集英社文庫

夏雲あがれ

上

宮本昌孝

夏雲あがれ　上　目次

挿画　南伸坊

夏雲あがれ　上

第一章　別　れ

一

青々として濁りなき空に、繭形《まゆがた》の白雲がいくつも浮かんでいる。野には、初夏の光を浴びて、卯《う》の花の白さが際立つ。

往来を、草履《ぞうり》をぱたぱたいわせて小走りにゆく武士も、雲や卯の花に負けず色白であった。やや小太りで、内股ぎみに足を送り出すので、月代《さかやき》も腰の大小も袴《はかま》もなければ、女と見紛《みまが》うであろう。

小走りながら、風呂敷包《ふろしきづつ》みを大事そうに抱えたこの青年、曽根仙之助《そねせんのすけ》である。

馬廻組《うままわりぐみ》百二十石の家督でありながら、あまりのたよりなさに、みずから出仕《しゅっし》遠慮をするよう親類縁者より申し渡され、これにしたがってきた仙之助も、藩校武徳館《ぶとくかん》では文武ともそこそこの成績をおさめた。それでも危ぶむ者が少なくなかったが、

「もうよかろう」

という藩主河内守吉長《かわちのかみよしなが》のお声懸《こえが》かりで、ようやく、二十歳の春より出仕し始めたのである。

二年前のことであった。

秋葉《あきば》神社の鳥居が見えてきた。すると、獣《けもの》の咆哮《ほうこう》とも聞こえる声が、耳に届く。

仙之助は、ひとり、おもてを綻《ほころ》ばせた。

神社前に達した仙之助は、鳥居を抜けようとして、何か思いついたように足をとめ、踵《きびす》を返す。

門前の菓子舗〈萬寿堂《まんじゅどう》〉へ入った。

「おいでなされませ」

亭主が応対に出る。

「長命餅《ちょうめいもち》を三つ。いや、十ばかり頂戴《ちょうだい》しよう」

太郎左《たろうざ》が五つや六つは食べるだろう、と仙之助は思い直したのである。

また、咆哮が聞こえた。

「何でございましょう、あれは。さきほどから、おそろしゅうて、かないませぬ」

名物の長命餅を包みながら、亭主が声を顫《ふる》わせる。

「熊ですよ」

と仙之助は言った。

「く、熊……」

亭主は、こんどはからだまで顫わせた。

「きょうはもう、これにて見世仕舞《みせじま》いさせていただきます」

仙之助が長命餅の包みを手に出ていくや、亭主はほんとうに、奉公人らに言いつけて見世仕舞いをし始める。

仙之助は、笑いを怺《こら》えた。

鳥居を抜けて参道をすすみ、大櫟《おおくぬぎ》の横を通って、社殿へ達する。さらに仙之助は、社殿の脇から裏手へまわりこみ、林の中へと踏み入った。

この林を抜ければ、地蔵山《じぞうやま》という小山の麓《ふもと》へ到る。その頂《いただき》に、かけがえのない親友ふたりが、待っているのである。


青葉若葉の匂い立つ地蔵山の頂で、木太刀《きだち》をかまえて対峙するふたりの青年武士。花山太郎左衛門《はなやまたろうざえもん》と筧新吾《かけいしんご》であった。

両人の向こうに、朽ち果てた祠堂《しどう》が見える。秋葉神社が勧請《かんじょう》されるまでは、近在の人々の尊崇《そんすう》をあつめたという。

太郎左は、仙之助が〈萬寿堂〉の亭主に言ったように、まさしく熊なみの雄偉なる体軀《たいく》を、さらに大きくみせる八相《はっそう》のかまえ。おとなになったへっつい顔は、少年期の滑稽《こっけい》さが薄れて、風格すら漂わせる。

対する新吾の木太刀は、青眼《せいがん》。しなやかそうな細身をやや沈めたその姿は、強靭《きょうじん》な発条《ばね》をいつでも作動できる準備ができていると見えた。眼許《めもと》の涼しげなところは、十代のころとかわらぬ。

「餞別《せんべつ》だ」

と新吾が言い放ち、

「受けた」

太郎左は応じる。

新吾の肉体の発条が作動した。

迅《はや》い。電光の突きである。

晴れた空へ、乾いた音が撥《は》ねあがった。

太郎左の木太刀が、新吾のそれを上から押さえている。

その一連の動きで巨軀を寄せた太郎左は、新吾の五体をはじきとばした。

地を二、三回転した新吾は、仰向《あおむ》けにとまったところで、上からのぞきこむ色白の顔と出くわす。

「よく出てこられたな」

うれしそうに言って、新吾は仙之助へ腕をのばした。

「新吾と別盃《べっぱい》を交わさずに立てるものですか」

友の腕をとって、仙之助は引き起こす。

「それでこそ仙之助だ」

太郎左も、破顔して、うんうんと頷《うなず》く。

明日、藩主河内守吉長は、江戸参覲《さんきん》のため、国を出立《しゅったつ》する。仙之助はその御供衆《おともしゅう》に、初めて選ばれたのである。

当時の武士の大半は、藩領を出ることがあるとすれば、殿様の参府《さんぷ》の御供ぐらいなものであった。一生、領外に出ないという者もめずらしくない。

そのため、旅とは、非日常のきわみであって、決しておおげさでなく、命懸けで行うものであった。参府にしても、江戸までの距離が遠い藩などは、まさしく決死の覚悟で行旅《こうりょ》した。

この藩領から江戸までは、六十五里。奥州《おうしゅう》や西国《さいごく》・九州《きゅうしゅう》の諸藩に比べれば、きわめて近いが、それでも、生還の期しがたい大変な長旅という感覚なのである。

だから、武士たちは、参府にあたって三、四ヵ月前から準備をし、やがて出発の日が迫れば、諸方への挨拶廻りや別宴、家族と惜別の盃《さかずき》を交わすなど、何かと慌《あわ》ただしい日々を過ごす。別して、仙之助のような上士《じょうし》は、格式が高いぶん、やらねばならぬことも多い。いずれも徒組《かちぐみ》三十石という軽輩の子弟である新吾と太郎左に、のんびり会っている暇は、実を言えばないのである。

にもかかわらず、仙之助は抜けだしてきた。新吾と太郎左が悦《よろこ》んだのも当然であろう。

三人は、祠堂の前に車座となった。

仙之助が、持参してきた風呂敷包みを開く。出てきたのは、徳利《とっくり》が二本と、蒔絵《まきえ》をほどこした五段重ねの重箱である。

「長命餅も、もとめてきました」

「それは、でかした」

などと妙な褒《ほ》め方をしながら、太郎左は早くも、重箱を上からひとつずつ外してゆく。そのたびに、おお、なんと、これはまた、などと歓声をあげた。

よく変化するその表情がおかしくて、新吾と仙之助は声を立てて笑う。

五つの重箱の中には、いずれも色とりどりで、いい匂いのする料理が、ぎっしりと詰まっている。

「孫《まご》さんか」

と太郎左が訊《き》く。

仙之助の母、綾《あや》の実家の千早《ちはや》家は、一切の役職に就《つ》かぬが、藩主に直《じか》に意見できるという格別の家柄で、料理人まで抱えている。孫さんこと孫七《まごしち》は、そのひとりで、しばしば曽根家を訪れては、綾のために食事を作る。

「わたしが作りました」

仙之助がそう明かしたので、新吾も太郎左もおどろいた。

幼少期より料理好きの仙之助が、孫七のやりかたを見様見真似でおぼえ、玄人《くろうと》はだしの腕前であることを、もとより両人とも知っている。幾度《いくど》もその手料理を食べた。

だが、参府直前の多忙の中では、こんな凝《こ》った重箱弁当を作る暇はあるまい。仙之助の顔をよくよく見れば、両眼の下に隈《くま》ができているではないか。

「仙之助、おまえ……」

徹夜して作ったことは明らかであろう。十年来、常にかわらぬこの友の無類のやさしさに、新吾は胸を熱くした。これでは、どちらが送り出すのか分からない。

「わたしたち三人だけの宴《うたげ》ですから……」

少女みたいに、仙之助は羞《は》じらう。

「なんていいやつなんだ」

と仙之助を抱きしめたのは、太郎左である。

「く、苦しい……」

「仙之助が女なら、おれの嫁にしてやるところだぞ」

「気味の悪いことを言うな」

新吾は、太郎左の衿首《えりくび》をつかんで、仙之助からひきはがす。

「もっとも、仙之助には佐喜《さき》どのの俤《おもかげ》があるからなあ」

「あ、新吾。それを言うか。友の胸を抉《えぐ》るとは、なんという非情なやつだ」

「抉るも何も、片恋ではないか」

曽根家の末のむすめ佐喜は、仙之助が親類縁者の総意により廃嫡《はいちやく》された万一の場合、婿《むこ》取りをしなければならなかったため、婚期を後《おく》らせていた。が、二年前、仙之助に出仕許可がおりた直後、同じ馬廻組の朔田《さくた》家へ嫁《とつ》いだ。佐喜に恋心を抱きつづけていた太郎左は、その婚礼の夜、ひとり海辺へ出て、腰まで海水に浸し、波を対手《あいて》に朝まで木太刀をふるいつづけたものである。どのみち、身分違いで、太郎左が佐喜を娶《めと》ることなど、まずありえぬことではあったが。

「食うぞ」

怒ったように腕まくりした太郎左は、重箱へと伸ばした手の甲を、

「だめです」

ぴしりと仙之助に叩《たた》かれた。

「新吾にまず箸《はし》をつけてもらいます」

「なんだ、なんだ。友のあいだで、えこひいきか」

「太郎左とわたしが、新吾をのこして江戸へゆくのですから、きょうは新吾のための別宴です」

「そんなばかな話があるか。ご参観と申せば、藩の出陣であるぞ。命懸けのわれらこそ、国にのこる者から丁重に送られてしかるべきではないか」

実は、太郎左も出府する。ただ、仙之助ら通常の御供衆とは事情が異なる。

日取りや詳細は未定だが、この秋口あたりに、将軍家台覧《たいらん》による武術大会の挙行されることが決まった。各藩の武芸達者が一堂に会すという大掛かりなものだ。

直心影流《じきしんかげりゅう》の印可《いんか》を得た太郎左は、いまや藩において、若手剣士の中では並ぶ者なき遣《つか》い手で、高田清兵衛《たかだせいべえ》ら武徳館剣術所教授方の全員一致の推挙により、藩の代表に任じられたのである。

これをうけて、清兵衛の老父浄円《じょうえん》が、武術大会の日まで、太郎左には江戸の長沼四郎左《ながぬましろうざ》

衛門《えもん》家の道場で研鑽《けんさん》を積ませるよう、藩庁へ献言した。四郎左衛門家は、直心影流の流祖山《やま》田平左衛門光徳《だへいざえもんみつのり》の血筋で、同流を継承する本家でもある。

そういう経緯で、太郎左の早めの江戸往《ゆ》きが許可された次第であった。剣一筋に生きてきた太郎左にとって、これほどの誉れはまたとあるまい。

「まあ、太郎左の言うとおりだ」

新吾があっさり同意する。

「本来ならば、きょうは、おれがふたりの門出《かどで》を祝い、道中の無事を祈って、酒肴《しゅこう》を用意せねばならぬところだからな」

「そのようなことはよいと、先日申したではありませんか」

すかさず仙之助は、ぱたぱたと手を振った。貧乏徒組の三男坊である新吾に、そんな無理をさせることはできない。なればこそ、きょうのこの別宴に、新吾には手ぶらでくるよう、仙之助は事前に言っておいたのである。

「うまい」

太郎左が、舌鼓《したつづみ》を打った。手づかみで食べ始めてしまったのである。

あきれた仙之助は、すまなさそうに、新吾にかぶりを振ってみせる。

仙之助の気遣いは、むろん重箱の料理のことなどではなかった。竹馬の友の太郎左に、出世のきっかけになるやもしれぬ好機が訪れたのに、新吾には何の変化もない。いつも飄々《ひょうひょう》として陽性の新吾だが、一抹《いちまつ》の悲哀を味わっていると想像されるのである。

「なあ、仙之助」

新吾が仙之助の肩に手をおいた。

「気を遣いすぎだぞ」

「えっ……」

「おまえが出仕できるようになったことも、太郎左のこんどのことも、おれはほんとうにうれしいんだ。おれのことは心配するな」

にっこり、新吾は微笑《ほほえ》みかける。

「新吾……」

こちらの思いを見抜いて、かえって気遣いをみせる新吾に、仙之助は熱いものがこみあげてきてしまった。

「なんだ、仙之助。もう泣いてるのか。たった一年の別れだろうが」

口のまわりを醬油《しょうゆ》か何かのたれで汚した太郎左が、仙之助の頰《ほお》を、甘露煮《かんろに》の魚の頭でつついて、からかう。

「命懸けだと言ったのは、どこのどいつだ。しかし、きたないなあ、手と口を拭《ふ》け」

新吾は、太郎左の肩を押し退《の》ける。

「まったく、盃事の前に食うかね」

「そうです、太郎左。まずは、別盃を」

「おお、それだ、それだ」

仙之助が、それぞれに盃を渡し、徳利を傾けて酌《しやく》をする。

「では、送り出す者から、一言」

さすがに居住まいを正す新吾であった。

「仙之助。江戸は生き馬の目を抜くところだそうだが、何があっても、いつものおまえのままでいいんだ。おまえの素直さ、やさしさに心を動かされぬ者はいない」

「はい」

「えらそうに言いやがって」

と太郎左が茶々を入れる。

「心配なのは、おまえだ、太郎左。大事な武術大会を控えているのだから、吉原《よしわら》なんぞへゆくなよ」

「ば、ばかっつら……。はなから、そんなつもりはないぞ。断じて、ない」

ひどくうろたえる太郎左である。

(こいつ、たのしみにしてるんだろうな、吉原)

ゆくなと言うほうが無理か、と新吾は内心、思い直した。

ただ、江戸には、千代丸《ちよまる》がいる。二年前から藩費で遊学中のこの優秀な弟の眼があっては、太郎左も自儘《じまま》に過ごすことはできまい。

「太郎左」

新吾は、穏やかに微笑む。

「何だ」

「おれの突きを躱《かわ》せたんだ。迅さに惑わされることはあるまい」

太郎左の剣は、力の剣である。力で圧倒して勝つ。技も尋常ではない。唯一、欠点をあげるとすれば、迅さがわずかに足りぬ。むろん、免許皆伝者の水準においての話であり、位《くらい》の劣る者と比べれば、太郎左は迅い。

一方、新吾は、印可にいまだ手は届かぬが、それは、実を言えば、癖を直そうとしないからであった。天性というべき迅さに、ついたよってしまうのである。それだけに逆に、新吾の剣の迅さは藩中随一といって差し支えなかった。ただ、それと認識しているのは、師匠の高田浄円・清兵衛父子と、太郎左だけにすぎぬ。

いましがた、新吾が餞別と称して、太郎左へ電光の突きを見舞ったのは、武術大会に向けて、太郎左の唯一の不安を拭《ぬぐ》いさってやるためだったのである。

「勝てよ、太郎左。七年前と同じ、おまえらしい堂々たる剣でな」

「新吾……」

もともと感激屋の太郎左である。大きな双の眼から、大粒の涙をぼろぼろ零《こぼ》し始めた。

「よせよ、太郎左」

「そんなこと……そんなこと言われたら、泣くに決まってる……」

あとは、ことばの代わりに、しゃくりあげる嗚咽《おえつ》となり、ついには大口あけて、吼《ほ》えるように泣きだす太郎左であった。夏木立の梢《こずえ》まで顫わせるようである。

「あーあ、また……」

太郎左の口から、食べ物がぼろぼろ落ちている。

「新吾。わたしも泣きます」

それまで眼を潤《うる》ませていただけの仙之助まで、わざわざ宣言して、声を放ち始めた。

(地蔵山に集めたのは、まずかったか)

ひとり苦笑する新吾である。

新吾と太郎左は、まさにいま車座となっているこの場所で、仙之助と初めて出遇《であ》った。十年前の冬、秋葉神社の火祭りの夜のことである。

当時、上士の子弟ばかりの興津《おきつ》道場と、軽輩の子らが中心の高田道場とは諍《いさか》いをつづけていた。興津道場の十代の門弟中の筆頭格だった渡辺辰之進《わたなべたつのしん》は、高田道場の麒麟児《きりんじ》と称される太郎左に、前々から眼をつけていて、ついに捕らえることに成功し、この地蔵山でいたぶったのである。そのとき、辰之進の取り巻きのひとりだった仙之助は、太郎左を助けにきた新吾とともに、辰之進の前に土下座して赦《ゆる》しを乞うた。土下座したのは、身分違いの喧嘩沙汰《けんかざた》は、上には有利、下には不利の裁定が下され、のちに家族まで憂き目をみることになると、新吾の幼なじみの少女恩田志保《おんだしほ》に諭されたからであった。

その屈辱から三年後、藩校武徳館建設にあたって、剣術所教授方を選ぶのに、同じ直心影流であることから、高田道場と興津道場の御前仕合《ごぜんじあい》が行われた。藩主上覧によって、勝者側の道場主が教授に任じられるという大一番である。太郎左と新吾と仙之助は、この御前仕合に出場し、辰之進とその取り巻きを打ち負かして、高田道場に勝利をもたらし、快哉《かいさい》を叫んだ。見事、雪辱を果たしたのである。

太郎左だけは、辰之進の卑怯《ひきよう》な振る舞いにより、胴を抜かれたのだが、河内守吉長の一言によって、勝利を宣せられた。吉長は、辰之進の剣を、下品《げぼん》の剣であると吐き捨てたのである。

「七年前と同じ、おまえらしい堂々たる剣」

新吾が太郎左に餞《はなむけ》として送ったことばには、三人の友情で熱せられたその珠玉の思い出がこめられているのであった。別れを明日に控えたいま、太郎左と仙之助が泣くのは無理もなかろう。

「仙之助も太郎左も長居はできまい。さあ、盃をあけよう」

新吾の音頭取《おんどとり》に、ようやく泣き熄《や》んだふたりも盃を高く掲げる。

「ふたりとも息災でな」

「うん」

「新吾もな」

三人は、喉首《のどくび》を反らせて、ひと息に飲み干す。かと見えたが、太郎左だけが、突然前のめりになって、噴き出した。

「水じゃないか」

怒りだした太郎左は、仙之助を睨《にら》みつける。

「だって、別れは水盃と決まっています」

「がきでもあるまいに。別れだろうと葬《とむら》いだろうと、いい年齢《とし》して、水なんか飲めるか。このばかっつらが」

わあっ、と太郎左にとびかかられて、

「助けて、新吾」

仙之助は新吾にしがみつく。

「やめろ、おまえら。いま泣いてた気持ちはどこへ失せた、痛《い》たたたっ……」

地蔵山の祠堂の前で、くんずほぐれつ、まことに罰当《ばちあ》たりな三人であった。

二

翌朝は、行列の道筋となる城下の町々の沿道に、藩中総出で居並び、藩主参覲の発駕《はつが》を見送る。

徒組は、国にのこる留守居組も、藩領の東外れの新田村《にったむら》まで行列を先導し、そこから引き返すのが、ならわしであった。こういうときは、新吾のような部屋住みの次《じ》・三男《さんなん》も駆り出される。沿道の領民の眼に、いかにも大層に映るようにするためだ。

「新吾。かまえて足並みを乱すでないぞ。相分《あいわ》かったな」

大手門《おおてもん》内の武者溜《むしゃだまり》で、組頭《くみがしら》の湯浅才兵衛《ゆあささいべえ》から、新吾はきつく注意された。

「はい、精一郎《せいいちろう》兄……」

兄上と口に出しかけて、新吾はそのことばを呑《の》み込み、

「おかしら」

と言い直す。

「助次郎《すけじろう》。おまえは、別して気をつけよ」

いまでは筧家の当主である助次郎も、才兵衛から釘を刺された。

「しかとおかしらの背を見て、相つとめまする」

才兵衛に向かって一礼しながら、横目でちらと投げてきた助次郎の視線から、新吾はあわてて眼を逸《そ》らした。助次郎の表情は、不逞《ふてい》な笑いを含んでいる。

才兵衛が背を向けたのをたしかめてから、新吾は次兄を小声でたしなめる。

「助次郎兄上。まじめにやってください。兄上が何かしくじったら、あとでわたしまでお叱《しか》りをうけるのですから」

「兄貴が組頭というのは、骨の折れることだな」

「骨の折れるのは、精一郎兄上のほうです」

「それもそうか」

にいっ、と助次郎は笑った。

当主となり、妻を娶ったのに、助次郎のうわついたところは一向におさまらぬ。

徒組組頭の湯浅家では、四年前、二十歳の嫡男《ちゃくなん》が病死した。男子はほかにいなかったの

で、当主の才兵衛は、組下の筧精一郎にひとりむすめの紀和《きわ》を妻《めあ》わせ、養嗣子《ようしし》に迎えたいと、筧家に幾度も足を運んだ。

精一郎は当時、すでに筧家の家督を嗣《つ》いでいたから、養子縁組ならば、次男の助次郎か、三男の新吾を指名するのが、筋のとおった話であろう。しかし、この弟たちは、精一郎に比べれば、何かと見劣りがする。精一郎は、文武ともに衆に傑《すぐ》れ、いずれ国家老となる石原栄之進《いしはらようのしん》にも眼をかけられるほどの俊英なのである。それだけに、三兄弟の父惣右衛門《そうえもん》も、組頭のたっての希望とはいえ、渋った。

ところが、母の貞江《さだえ》が精一郎に、湯浅家へお行きなさいと勧めた。貞江は、湯浅家の紀和が、少女時代からひそかに精一郎を思慕しつづけてきたことを知っており、その想いをあらためて紀和にたしかめたのである。

精一郎も、ふだんの厳格な言動からは想像もつかぬが、朴念仁《ぼくねんじん》ではない。かつては、隣家の恩田真沙《おんだまさ》に恋をし、真沙が人妻となったあとも、その身をある事件の窮地から救うべく、人をひとり斬ったほど感情の豊かな男であった。精一郎は、紀和の想いをうけとめ、湯浅家に入って、すぐに家督と当主の名である才兵衛を嗣いだ。舅《しゅうと》の才兵衛のほうは、隠居して、三悦《さんえつ》と号した。

そのため、にわかに助次郎が筧家を嗣ぐことになり、精一郎の出た翌年には、こちらも妻を娶ったのである。

新吾にすれば、精一郎が筧の当主ではまったく頭はあがらぬものの、助次郎よりはまだしもであった。助次郎は、掛け値なしにちゃらんぽらんなのである。

「新吾。帰りに呑《や》るか」

と助次郎が、盃をあおる仕種《しぐさ》をしてみせた。伝馬町のまぐそ小路への誘いである。軽輩の武士たちの遊び場で、新吾も太郎左に付き合って、時折出入りしていた。しかし、慎まねばならぬ日もある。

「兄上。ご参観です」

新吾は、ちょっと助次郎を睨んだ。

藩主の恙《つつが》ない江戸参着の知らせが届くまでは、国許《くにもと》の家中は身を慎むのが、当然なのである。しかし、これは藩庁からの達しではなく、自主性の問題なので、助次郎のような男が、そんな殊勝《しゅしょう》なまねをするはずもなかった。

「ならば、ひとりで往くか」

「だめです。わたしは、兄上をまっすぐ連れて帰るよう、嫂上《あねうえ》からきつく申し渡されているのですから」

「あはは。それは、ご苦労なことだなあ」

他人事《ひとごと》のように言って笑う助次郎に、さすがに新吾もむっとする。

「わたしは、寄宿寮へ戻ってもよいのです」

「それは、ならん。断じて、ならんぞ、新吾」

助次郎はあわてた。ほとんど縋《すが》るような眼つきではないか。

実は助次郎は、いったん武徳館の寄宿寮へ入った新吾を、妻のなおに対する防波堤にするため、わざわざ退寮させたという経緯がある。なおは、気の強い女であった。

「まったく、ご自分の都合ばかりではないですか」

「まあ、そう怒るな、新吾。な、な」

このとき、南面する大手門が開かれ、いよいよ参覲行列の出発となった。

城下の武家町は、大手門前から南下する道筋と、城の東と西の一帯に集中する。城の北側には、神明平《しんめいだいら》という丘陵が盛りあがり、その頂に武徳館が建つ。

大手門前の道筋は、幾度か鉤《かぎ》の手曲がりを繰り返したあとに、大きな四辻《よつつじ》へと出る。その四辻から東へ往く道と、南へ下るそれとが、東海道である。その東海道沿いの町々が、職人町、商人町であり、宿場の機能を備えていた。

四辻を東へと進む行列は、整然として重厚でも、美々しさはない。

参覲行列だからといって、ことさらに贅美《ぜいび》を凝らせば、恒常的な藩財政の逼迫《ひっぱく》にさらに拍車をかける。それを憂える藩主吉長が、質素倹約を督励しているからであった。

やがて、行列は、駒込川《こまごめがわ》へ達し、長さ二十七間《けん》の泰平橋《たいへいばし》にさしかかる。

初代藩主綱定入部《つなさだにゅうぶ》の当時は、戦略的観点から、この駒込川を東の第一防衛線と考えたので、これより西をご城下と称《よ》んだ。その名残《なごり》で、いまも、ご城下といえば、駒込川以西をさす。

実際には、泰平橋を渡って、さらに東へ天神町《てんじんちょう》・杉縄手《すぎなわて》までが城下町であった。

行列の供先《ともさき》をつとめる才兵衛は、その大役にも臆《おく》することなく、凜然《りんぜん》たる風姿を崩さないので、さしも不真面目な助次郎も、薄ら笑いを消し、背筋を伸ばして、皆と足並みを揃《そろ》える。新吾も緊張して倣《なら》った。

杉縄手から羽田村《はだむら》、佐橋村《さはしむら》、そしていよいよ藩領の東外れの新田村へ到る。ここで、国許留守居組の人々は、行列から抜けて路傍《ろぼう》へ整列した。

新吾は、太郎左の姿を眼に捉《とら》えた。余の者より、ゆうに頭ひとつ分抜きん出ているから、見つけるのはたやすい。

ここで見送りにまわるか、そのまま御供をつづけるかで、気持ちは随分と違うものらしい。太郎左は、入れ込みすぎるあまりであろう、眦《まなじり》を決して真正面を見据えていた。見送る友に気づくべくもない。

（あいつらしいな……）

新吾は、おかしくなった。

ほどなく、藩主吉長の馬上姿が見えてきた。行動的な吉長は、駕籠《かご》を好まぬ。むろん用意はしてある。雨の降る日や、落馬の危険のある悪路にさしかかったときや、あるいは、見通しが悪くて賊に弓矢・鉄炮《てっぽう》で狙われそうな場所では、要心のため駕籠の人となる。

馬廻衆の中に、仙之助はいた。鞍上《あんじょう》の仙之助は、少し不安そうな面持《おもも》ちだが、それでも輝いて見える。

新吾が振り仰ぐと、気づいた仙之助は、小さく頷き返した。

長々とつづいた行列も、やがて最後尾の者らが通過し、その姿が見えなくなるまで見送る

と、ようやく新吾は緊張を解いた。

しかし、才兵衛の一言に、新吾も才兵衛の組下の面々も、一斉に身を硬くする。

「お城へ恙なく帰り着くまでが、本日のわれらのお役目である。皆、気を抜いてはなるまいぞ」

助次郎ひとり、苦笑を洩《も》らしたが、才兵衛のひと睨みに、あわてて俯《うつむ》く。

かくて、往きよりも厳しい才兵衛の視線を浴びながら、湯浅組は帰城した。

三

才兵衛は、徒奉行に本日の次第の報告をするため、いったん城内へ入った。組下の助次郎も、組頭から解散を令されるまで、城に留まらねばならぬ。

本日限りの手伝いの新吾は、城門前からひとり帰途についた。

新吾がいなくても、助次郎はまっすぐ帰宅せざるをえないであろう。なぜなら、才兵衛から茅原町《かやはらちょう》まで同道いたせと命じられたからであった。徒組の組屋敷は、城の西北の茅原町にある。

初夏の陽《ひ》は、中天より降り注ぐ。が、眩《まぶ》しいというほどでもない。少し風も出ている。

新吾は、笠《かさ》をとった。

腹が減っているのだが、食べる気は起こらぬ。行列の見送りで疲れたわけではない。

（ひとりか……）

初めて、言い知れぬ寂しさに襲われた新吾であった。

太郎左とはそれこそ物心つく前から、仙之助とは十二歳の冬から、ほとんど毎日のように顔を合わせてきた。ともに高田道場で汗を流した。武徳館では、三人とも褒められた成績ではなかった。どんなときでも同じ気持ちで笑い、怒り、泣いた。喧嘩もした。命懸けで、悪と闘ったことも一再ならずある。親兄弟よりも永く、心はずむ時間《とき》を共有してきたといってもよい。

仙之助が出仕を始めた二年前からは、その時間は随分と短くなり、三人の付き合いかたも徐々に変容した。それでも、会えば、時は一挙に遡《さかのぼ》った。

その親友たちが、明日からはいないのである。なんという喪失感であろうか。

昨日、地蔵山では、ふたりに向かってえらそうな口をきいたが、あれは本心ではなかった。たしかに、仙之助と太郎左に栄えある時機《とき》が訪れた現実は、わがことのようにうれしい。その気持ちに偽りはない。しかし、それでふたりがおとなになってゆくことに、どこか割り切れない思いを抱いてしまうのである。

「おれは、どうなるんだ。いや、おれじゃない。おまえたち、どこへ往くんだ。戻ってこい。またいろんな事件に首を突っ込んで、無茶をしようじゃないか」

太郎左と仙之助の涙顔を眺めながら、心の奥底で、そう叫んでいたような気がする。

太郎左は、武術大会の結果如何《いかん》では、いつ帰国するか分からぬ。仙之助もまた、江戸での働きを認められて、もしやして定府《じょうふ》を命じられることがないとも限るまい。

しかし、帰国の時期にかかわらず、ふたりがそれぞれの仕事をやり遂げ、また一歩おとなへと成長して戻ってくることは疑いなかろう。それは、きらめくようなあのころの日々から、また遠ざかることを意味する。

（おれだけが……）

そうかといって、いつまでも十五、六歳のままでいられるはずがないことを、分別《ふんべつ》できぬ新吾ではない。二十二歳の自分と仙之助、二十三歳の太郎左、否応《いやおう》なくそれぞれの道を歩まねばならぬ時代を迎えたのである。

それでも、納得できかねた。いや、納得したくない。

「駄々っ子だな」

口に出して言ってみて、新吾はおのれを嗤《わら》う。切ない嗤いであった。

新吾は、城の西側の巴門下《ともえもんした》を通って、鉄炮町へ入ったところで、ふと立ちどまる。鉄炮町の向こうが高田道場のある御弓町《おゆみちょう》、その次が茅原町となる。

このまま家に帰りたくないと思った。誰かと話したい。自分と太郎左と仙之助のよき理解者と。

（見舞いにゆくか）

鉢谷十太夫《はちやじゅうだゆう》が四、五日前から風邪《かぜ》で臥《ふ》せっていると聞いていた。参観行列見送りの人々の中に、その姿を見かけなかったから、少し重いのかもしれぬ。

（鬼の霍乱《かくらん》だな……）

愛すべき頑固《がんこ》老人の顔を思い浮かべて、おかしさと、幾分の心配とを湧《わ》かせながら、いつしか新吾は踵を返していた。

鉢谷十太夫は、藩主吉長の傅役《もりやく》をつとめた人物で、隠居したあとも、吉長から師父《しふ》のように慕われつづける藩の名物老人である。傅役時代、加増を重ねて八百石の大身《たいしん》となったが、役を辞すさい、加増分をすべて返上し、もとの百石に戻って、鳴江村《しぎえむら》に隠居した潔さは、いまでも語り種《ぐさ》であった。

新吾ら三人は、藩校創設のさい、この十太夫を手伝い、創設反対派の陰謀を暴《あば》いた七年前の秋から、身分格式も年齢差もこえて、双方にとって得難い関係を保っている。

いまは十太夫の毒舌が聞きたかった。

「病気見舞いなんぞと、辛気臭《しんきくさ》いことをいたすな」

そんなふうな可愛《かわい》げのない文句を、十太夫は吐きかけるに決まっている。

なにしろ、今年の正月、十太夫の喜寿を祝うため、吉長みずから祝儀品を揃えて鳴江村を訪れたのに、笑顔ひとつみせず、あろうことか諫言《かんげん》を返したほどの偏屈者である。

「死にかけの老体にお使いになるほどの銭が藩庫におありなら、領民ひとりひとりに餅代でもお下しあそばされよ」

吉長は、苦笑いしながらも、素直にあやまり、祝儀品をひっこめたという。

供衆ははらはらしたようだが、あとでこの一件を耳にして、新吾らは大笑いしたものだ。

吉長と十太夫がこうした主従であることを、十太夫と親しむようになって、察することができたからである。

諏訪町《すわちょう》から、宿場筋の道を避けて、木立の中につけられた南西へのびる小道を抜け、鳴江寺の横手へ出た。鳴江観音の俗称で他領にも知られるこの寺の西にひろがる田園地帯が、鳴江村であった。

明るい陽射《ひざ》しの下、麦刈やら、田の溝浚《みぞさら》えやら、農民たちの忙しく立ち働く姿が、あちこちに見える。天秤棒《てんびんぼう》を担いだ者が、町へ苗売《なえうり》に出て戻ってきたところなのであろう、きょうはよう捌《さば》けたと、畦道《あぜみち》からうれしそうに声をかけている。

こういう風景には、心が浮き立つ。新吾は、ほんの少し、寂しさが紛れたような気がした。

「あれえ、新吾さん」

声をかけられ、振り返ると、粗末な布子《ぬのこ》に六尺近い巨体を押し込めた女が立っている。

「あ、これは奥方」

新吾は、会釈《えしゃく》した。

「いやだよ、新吾さん。奥方はやめろやって、いつも言うとるら」

羞《は》ずかしそうに、大きな腰をくねくねさせたが、栗《くり》みたいに巨《おお》きい双眸《そうぼう》には正直に喜色があらわれ、まんざらでもなさそうである。

鉢谷十太夫の若い後添《のちぞい》、お花《はな》であった。

飢饉《ききん》で父と兄弟姉妹を喪《うしな》ったあと、八幡村《はちまんむら》に母とともにふたり暮らしで、その怪力無双ゆえに、八幡村の金平娘《きんぴらむすめ》と称ばれた。それが、七年前の藩校建設の折、女の身でひとり人足として駆り出され、十太夫が藩校創設反対派の陰謀を暴くさいに関《かか》わったことをきっかけとして、ごく自然に夫婦となったのである。母も病死したので、いまではお花は、十太夫とふたり、誰に気がねすることもなく、幸福に暮らしている。

「鉢谷さまのお加減はいかがです」

「きのうまじゃ熱があったけど、今朝《けさ》は、はぁ下がって、腹がすいた言うだで、ほれ……」

とお花は、抱えている大きな桶《おけ》を、新吾のほうへ差し出してみせる。中に海水が張ってあり、鮑《あわび》が十数匹もいた。

「おらが獲《と》っただで」

「えっ……」

新吾は眼を剝《む》いた。藩領の南は海だが、しかし、鮑は海女《あま》が海底に潜って漁獲してくるものであろう。

お花は、にこにこしているではないか。笑うと、双頰にえくぼができるのが、お花の愛嬌《あいきょう》であった。

あらためてお花の姿をうち眺めてみれば、手拭《てぬぐい》で上に巻きあげた髪は、水気を含んでいるように見える。

（す、すごい……）

七年前、鉢谷邸の前で初めて出遇《であ》ったとき、お花が車軸を折らんばかりの勢いで大八車を曳《ひ》いて走り去ったので、新吾はすごいと賛嘆《さんたん》した。いまも同じ感想である。お花ならば、海女の真似事ぐらい、やりかねまい。

「新吾さんも、食うてけや。鮑は、出陣に食うくらいだもんで、精がつくだでね」

どうやらお花は、熨斗鮑《のしあわび》のことを言っているらしい。

新吾は、お花と連れ立って、鉢谷邸へ向かった。

鉢谷邸は、雑木林を背負う高台にある。ふたりは、ゆるやかな坂道をのぼって、長屋門《ながやもん》へ達した。奉公人が少ないので、長屋門も小振りである。

鉢谷邸の門扉《もんぴ》は、日中、開かれたままであった。近在の農民らが、十太夫の人柄を慕って、毎日のように作物を運んでくるからである。

「静かですね」

と新吾は訝《いぶか》る。奉公人が少ないとはいえ、いつもなら老僕の藤次兵衛《とじべえ》ぐらい出てくる。

「きょうは、殿さまの参観ご出立だでね」

行列を見送りがてら、どこでも遊山《ゆさん》に行ってくるがよい、と奉公人全員に日暮れ時までの暇を出したというのである。

十太夫らしい、と新吾は思った。上に厳しく、下に温かいのが、鉢谷十太夫という武士なのである。ただし、毒舌は、上にも下にも吐く。

隠居所とはいえ、武家屋敷なので、客と接する表と、私生活空間の裏とに分かれる。十太夫は裏の居間で床に就いている、とお花は言った。

表の式台玄関の横手に、内玄関につづいて設けられた台所へ、お花は外から廻る。戸をあけ、中へ入りながら、奥に向かって声をかけた。

「おまえさま。花だよ。ただいま……」

そこまで言ったとき、突然、裂帛《れっぱく》の気合声が迸《ほとばし》った。裏手からである。

新吾は、ただちに反応する。笠を投げ捨て、差料《さしりょう》の栗形《くりがた》に左手を添えて、走った。

家屋を廻り込んで裏庭へ出た瞬間、銀光に眼を射られた。

地に片膝をついた白い寝衣姿の十太夫が、いずれも牢人態《ろうにんてい》の武士二名の剣陣に、前後を塞《ふさ》がれている。

老いたりとはいえ、東軍流《とうぐんりゅう》奥義を極めた十太夫ほどの者が、脇差《わきざし》ひとつしか持たず、左肩のあたりを真紅《しんく》に染めているところからみて、不意討ちをうけたと察せられる。病床にあったことも、不利に働いたに相違ない。

十太夫の背後に立つ牢人の向こうに、小さな池が見えるが、そこに半身を浸した者がひとり。十太夫の脇差に仆《たお》されたのであろう。

「無礼者」

十太夫の前に立ち、こちらへ背を見せている牢人へ、新吾は大喝《たいかつ》を浴びせながら、滑るように間合いを詰めた。

「新吾。手強《てごわ》いぞ」

すかさず、十太夫が忠告をあたえる。

驚いて振り向いた牢人へ、新吾は低い位置から、抜きつけの一刀を見舞った。

もみあげの濃い牢人は、右から左へ横薙《よこな》ぎに新吾の剣を払う。

新吾は、剣尖《けんせん》に、対手の左袖《そで》を斬り裂かせて、脇を走り抜け、十太夫のもとへ達した。そのまま、十太夫の横をもすり抜けて、もうひとりの牢人へと迫る。

戦国武士とは比ぶべくもないが、この泰平の世に、新吾の実戦経験は、豊富といって差し支えない。勝ちを制するには、一瞬の好機を捉えたら、逡巡《しゅんじゅん》せず果敢に攻めることだと知っていた。そのさい皮や肉を裂かれるくらいは、覚悟の上である。

十太夫の背後にいた牢人は、突如出現した青年武士が、十太夫を助け起こしもせず、真っ直ぐ自分のほうへ向かってきたので、さすがにうろたえた。

その隙《すき》を見逃さず、新吾は下段から牢人の剣をはねあげ、返す一閃《いっせん》で、袈裟懸《けさが》けに打ち下ろした。が、牢人もよほどに鍛えあげているものか、とっさに身をひねって、これを躱す。

牢人の左肩口へ叩き込まれるはずだった新吾の切っ先は、対手の左肱《ひじ》を深く斬り割った。

「うあっ」

牢人は、剣を取り落とし、よろめくように後退する。

追い討とうとした新吾だが、鏘然《そうぜん》たる響きが後頭を打ったので、急激に見返った。十太夫が、もみあげの濃い牢人に、力押しに押されて、縁側の端に背を打ちつけるところであった。

新吾は、ふたたび疾風《はやて》となって、その牢人へ横合いから、打ち込んだ。

牢人は、やむをえず、十太夫から跳び離れて、新吾の斬撃《ざんげき》を躱し、青眼にかまえた。

新吾も、相青眼にとって、対峙する。

背後で、足音が遠ざかってゆく。肱を斬られた牢人が逃げたことは、もみあげの濃い牢人が微《かす》かに動揺の色をみせたことで、新吾にも分かった。

「おまえさま」

対峙する牢人の向こうに、お花の巨体が現れた。なぜか両手に、鮑を持っている。

「来るな、お花さん」

その新吾の叫びを合図としたように、牢人はふいに踵を返して、お花のほうへ走った。

お花は、並の女ではない。鮑を二つ、つづけざまに、牢人へ投げつけた。

一つを払い落とした牢人だが、もう一つを顔面へまともに浴びた。鮑の殻《から》だから、たまったものではない。

牢人は、左手で顔を押さえ、右手の剣を闇雲《やみくも》に揮《ふる》いながら、お花の横を駈け抜けた。

「お花さん。鉢谷さまをたのむ」

言いおいて、新吾は牢人を追う。

「やめい、新吾。捨ておけ」

だが、もはや、新吾はとまらぬ。十太夫の制止の声を振り切って、脛《すね》をとばした。

長屋門から出た牢人は、坂道を一散に駈け下ってゆく。

十太夫に作物を届けにきたのであろう、籠《かご》を背負った農婦が、俯き加減で上ってくる。牢人は、これと衝突して、ともにひっくり返った。

籠から路上へ、筍《たけのこ》や、蚕豆《そらまめ》や、夏菜類がぶちまけられる。

立ち上がった牢人は、ひたいから血を流した物凄《ものすご》い形相で、農婦に向かって、刀を振りあげた。農婦は、頭を抱えて、悲鳴を放つ。

「やめろ」

その声が、あまりに間近く聞こえて驚いたのであろう、牢人は、ぎょっとして鉢谷邸のほうを返り見る。

新吾は、牢人まで十間足らずに肉薄していた。韋駄天《いだてん》のごとき脚《あし》の速さといえよう。窮した牢人は、農婦の衿髪をつかんで、無理やり立たせると、その首根へ血刀《ちがたな》の刃をあてた。

さすがに新吾も急激に立ちどまる。

だが、剣は青眼につけた。いつでも踏み込める。

「さがれ」

牢人の怒声があたりに響き渡った。

「おぬしも武士ならば、卑怯な真似をするな」

新吾は、逆に、じりっと爪先《つまさき》を進める。

「さがれと申したのだ。女を殺すぞ」

牢人は、農婦の首へ、さらに刃を押しつけた。吊り上げた双眼を血走らせている。昂奮《こうふん》の極みというほかない。

「ひいいっ」

あまりの恐怖に、農婦は歯の根も合わぬほど顫えている。

その姿に、かえって、新吾の牢人に対する憤怒《ふんぬ》は煽《あお》られた。眼も眩《くら》みそうなほどの凶暴な怒りだ。

ふだんの新吾ならば、農婦の命を危機にさらさぬよう、素直に引き下がっていたであろう。

しかし、いまの新吾は、引き下がる気になれなかった。仙之助と太郎左が江戸へ出立し、ひとり取り残されたという寂寥感《せきりょうかん》を発散できる場所を、あるいは新吾は探していたのやもしれぬ。

牢人との距離は、三間足らず。

（おれの迅さならば、こやつが首を引き斬る前に、ひと太刀つけられる）

新吾は、呼吸を落ちつかせた。

牢人の顔面をまだらに染める血流れの一筋が、右眉《まゆ》を濡《ぬ》らして、小さな血溜まりをつくっている。数瞬後には、右眼の中へ流れ込むであろう。そのときを逃してはなるまい。

「さがれ、さがれ、さがれ」

牢人が疾呼《しっこ》をとばす。その剣は、いまにも農婦の首から鮮血を奔騰《ほんとう》せしめそうであった。

「わかった。さがる」

新吾は、足の位置はそのままに、まずはゆっくりと刀の切っ先を下ろしてゆく。

牢人の顔じゅうから噴き出る汗が、血と混ざり合って、その流れをわずかに速めていた。

右眉をふくらませた血溜まりから、一滴、軒端《のきば》の雨垂れのように落ちかかる。

(落ちろ)

新吾が祈った刹那《せつな》、その一滴は、牢人の右の睫毛《まつげ》に落ちた。

牢人が右眼を瞬《しばた》かせると、血は中へ流れ込んだ。

(いまだ)

新吾が大きく踏み込んだのと、牢人が右眼の痛みを振り払おうと小刻みに首を振り始めたのとが、同時のことであった。

「くっ……」

新吾の五体は、にわかに深く沈んで傾いた。石ころを踏んでしまったのである。

憤怒が過ぎるあまり、新吾も我を失っていたとしかいいようがない。足場を眼でたしかめなかった。

転倒する新吾を横目に見て、牢人は、野獣じみた雄叫《おたけ》びをあげた。

「うあああぁっ」

右腕の筋肉へ、力が伝わる。血刀の刃は、農婦の首を押し斬ろうとする。

「やめろおっ」

新吾は絶叫した。

農婦の空気を切り裂くような悲鳴。そして、中空へ奔騰する鮮血。

新吾の袴に、真っ赤な飛沫《しぶき》が降り注がれた。

その足もとへ、棒倒しに倒れてきたのは、しかし、牢人の五体であった。背中を長く深々と斬り割られている。

「筧新吾ではないか。どうしたことだ、いったい」

端正な眉目《びもく》の長身が、刀に拭いをかけながら言った。

「石原栄之進《いしはらえいのしん》さま……」

茫然《ぼうぜん》と、新吾はその人の名を呟《つぶや》いた。国家老石原織部《おりべ》の嫡男で、若手藩士らの人望厚い英才である。

栄之進もまた、参覲の行列を見送ったあと、十太夫の病気見舞いにやってきたのであった。栄之進は、剣を十太夫から学んだ。

「新吾」

聞き慣れた破《わ》れ鐘《がね》のような声が、新吾の耳を打った。お花に背負われて、十太夫が馳《は》せつけたのである。左肩の刀創《かたなきず》は、そのままだ。

お花の背からおりた十太夫は、新吾の頰桁《ほおげた》を思い切り殴りつけた。

「愚か者めが」

新吾は、うなだれた。すでに、自分の愚かさを悔いていたのである。石ころを踏んで転倒した瞬間からであった。

十太夫が新吾に捨てておけと言ったのは、こういう最悪の事態に到ることを危惧《きぐ》したからである。新吾が追わなければ、農婦の命が危険にさらされることもなかった。

たまたま栄之進が駈けつけてくれたからいいようなものの、そうでなければ、農婦も新吾も牢人に殺されていたことは疑いない。また栄之進自身も、緊急の場合とはいえ、人を後ろから斬らずに済んだはずだ。

「その顔つきでは、おのれの無思慮を後悔しておるようじゃな」

「申し訳ございません……」

もはや新吾の声は、蚊《か》の鳴くようなそれである。

「鉢谷さま。お怪我《けが》を」

と栄之進が老軀を気遣う。

「かすり傷じゃ」

「ともあれ、医者《くすし》を」

栄之進は、坂下でまだ顫えているふたりの供の一方に命じて、医者をよびに走らせた。

「こわい思いをさせて、すまなんだの」

十太夫が農婦に詫《わ》びる。

農婦は、かえって恐縮し、ぶちまけられた作物を、急いで籠に入れた。お花も手伝う。

「どうぞ、お納め下せえまし」

そう言いおいて、農婦は逃げるように去った。

「こやつ、この白昼に、鉢谷さまのお屋敷へ盗みに入ったのですか」

栄之進のその質問には、十太夫はかぶりを振った。皺《しわ》深いおもてに、憂いの色が濃い。

十太夫は、栄之進のもうひとりの供に、村役人をよびにいかせてから、中で話すと言った。

お花が、老軀を軽々と抱きあげる。

「よさんか、お花」

「何言うてるだ。おらたち夫婦だら」

お花は、ずんずん、長屋門へ向かう。

「新吾も来い」

十太夫に命ぜられ、新吾は、栄之進のあとから、とぼとぼとついてゆく。晴れがましい姿の親友たちを送り出したあとに、自分はこのていたらくである。なんとも、やりきれない。

にわかに雨蛙《あまがえる》が鳴きはじめた。陽射しは弱まり、新吾の影が薄くなってゆく。

長屋門を入るときには、太陽は雲間に隠れ、新吾の影も消え去っていた。それは、少年新吾の影であったのかもしれない。

雨粒が落ちてきた。

第二章　凶　兆

一

江戸市中の往来では、武家の行列が頻繁《ひんぱん》に交錯する。江戸時代も戦国の余風なお留まる初期のころは、面子《メンツ》立てから、家格やら石高やら官位やら先祖の武功やらを言い立てて、路上の真ん中で道を譲り合わず、血を見ることもしばしばであった。

徳川政権が磐石《ばんじやく》のものになるにつれ、往来での喧嘩沙汰《けんかざた》は減ってゆく。将軍家お膝元《ひざもと》を騒擾《そうじよう》せしめれば、悪くすると改易《かいえき》を命ぜられかねないからである。

また、武家同士でなくとも、人口過剰の江戸では、町方の者が供先《ともさき》や供の間を割ることもやむをえない場合は少なくない。これを咎《とが》めて無闇《むやみ》に斬り捨てるなどすれば、かえって幕府より罰せられた。

そのため、対手《あいて》が無理難題をふっかけてきてもひたすら平身低頭をつらぬけとか、人の通りたがらないぬかるみをこそ歩けとか、かなり卑屈な定めを家臣に徹底させた大名もいる。

御家《おいえ》大事の当時の武士の姿が垣間見《かいまみ》えるといえよう。

この東海の小藩も、吉長の曾祖父《そうそふ》吉陽《よしあき》の藩主時代に、その種の事件の当事者となった。五十有余年も前のことである。

参覲《さんきん》で在府中の吉陽の行列が、駒込浅嘉町《こまごめあさかちょう》にある藩主家の菩提寺西泉寺《ぼだいじせいせんじ》へ詣《もう》でるべく、近くの四辻《よつつじ》へ差しかかったところ、横道に急ぎ足の武士の一行が出現した。騎乗の主人に、徒《かち》の供が七名。

「将軍家御書院番《ごしょいんばん》、天野掃部助《あまのかもんのすけ》である。火急の用向きにて登城いたす。早々に道をあけい」

供の中間《ちゅうげん》にそう叫ばせるだけで、天野掃部助は馬の走りを抑えようともしない。

吉陽の行列がこれを避ける暇はなかった。それどころか、このままでは、供の真ん中を割られて、吉陽の駕籠《かご》まで危うい。

駕籠脇を警固《けいご》していた藩の馬廻組《うままわりぐみ》神尾伊右衛門《かみおいえもん》は、駕籠や行列の供廻りが馬蹄《ばてい》にかけられる前に、みずからの身を挺《てい》して、掃部助の乗馬《じょうめ》をとめようと決意する。野生馬を乗り馴《な》らしたこともある伊右衛門は、馬の扱いに自信があった。

だが、伊右衛門より先に、大手《おおで》をひろげて馬の往《ゆ》く手に立ちはだかった者がいる。徒組足軽《あしがる》の長畑五平《ながはたごへい》であった。

伊右衛門は、一瞬で、五平の行動の意味を察する。

五平の役は、同僚数名と行列に先行して辻々へ達しては、他の武家行列の有無を確認して、合図を送ることである。この四辻の安全をたしかめたのは、五平であった。おそらく五平が四辻から眺め渡したときには、掃部助の一行はまだ姿をみせていなかったのであろう。それでも、この突発事の非が自分にあると咄嗟《とっさ》に思い込み、馬に対する何の心得もないことなど忘れて、夢中で立ちはだかったものに違いない。五平は、日頃から無類の忠義者といわれる男なのである。

「退《の》け、五平」

疾呼《しっこ》した伊右衛門だが、そのときにはすでに五平の足は竦《すく》んで動けなくなっていた。

五平が馬蹄にかけられ、掃部助は鞍上《あんじょう》から投げだされ、狂乱した馬が吉陽の駕籠を踏みにじり、いきり立った双方の供衆は斬り合いに及ぶという、悪夢のような光景が伊右衛門の脳裡《のうり》に鮮明に浮かんだ。

伊右衛門は、五平を突き退けて、抜刀し、掃部助の乗馬の左前肢《まえあし》を横薙《よこな》ぎに両断した。馬が左側へ転倒し、掃部助は横ざまに放り出される。その一瞬を捉《とら》えた伊右衛門は、刀を投げ捨て、両腕と胸で落馬者のからだを宙で抱きとめ、みずからがその下敷きとなった。

「おのれ、わが愛馬を……」

激怒し、つかみかかってくる掃部助を、伊右衛門は路上へ押さえこんだ。掃部助の顔は土で汚れた。

折しも、ここに通りかかったのが、女乗物である。乗っていたのは、江戸城大奥御年寄《おとしより》の松山《まつやま》で、父親の病気見舞いで宿下《やどさが》りをし、城へ戻る途次であった。

松山が警固の武士に子細《しさい》を聞き取らせ、この場を預かると言うので、吉陽も天野掃部助も

したがうことにした。

伊右衛門ひとり、この成り行きを気に入らなかった。江戸市中の往来における大名と旗本のいざこざではないか。幕閣《ばっかく》に裁断を仰ぐべきことで、将軍御台所《みだいどころ》の日常を差配する女人に処置を委《ゆだ》ねるべきではあるまい。そう吉陽に意見しかけた伊右衛門だったが、同行していた藩の江戸家老から控えよと叱《しか》りつけられ、聞き入れてはもらえなかった。

御年寄といえば、老女とも御局《おつぼね》とも称し、大奥の一切を取り仕切る職掌であり、幕府老《ろう》中《じゅう》もその機嫌を伺《うかが》うというほどの権勢を誇る。江戸家老もまた、松山の機嫌を損ねることをおそれたのであろう。

伊右衛門の致《いた》し様《よう》は、すべてやむをえざる仕儀《しぎ》であったというほかあるまい。しかも、誰ひとり死傷者を出さなかったことを思えば、むしろ褒《ほ》められるべき勇気ある行動であった。

実際、事件直後の藩中では、

「あっぱれ。武人の鑑《かがみ》」

誰もが伊右衛門を褒めそやし、幕府からはお咎めなしの裁定が下されるに相違なしと安心していた。

当時、江戸詰《づめ》藩士の中に、若き日の鉢谷十太夫がいる。十太夫は小姓組《こしょうぐみ》だったが、伊右衛門とは東軍流の同門で、無二の親友であった。

吉陽の西泉寺詣《もうで》の日は非番で、供に加わらなかった十太夫だが、何事であれ伊右衛門のやったことに間違いはないと信じていた。ただ、対手の掃部助が、将軍家御旗本中の名門、天野一門であることを不安に思った。分家三十家をこえる天野一門の力は侮れまい。かれらの当主や子弟の多くは、幕府の要職に就《つ》いているであろう。一門の名誉を守るため、掃部助に有利な裁定が下るよう根回しすることは、さして難しくないはずだ。

（まして当藩は、将軍家御旗本衆に好かれておらぬ……）

初代藩主綱定は、関《せき》が原《はら》以後に徳川家康に仕えたので、本来ならば外様《とざま》である。それが、大坂の陣で真田幸村《さなだゆきむら》軍の鋭鋒《えいほう》に旗本を突き崩された家康が死に物狂いで逃げたとき、別の持ち場から疾風《はやて》のように走り来たって、これを助けた大功により、家康のお声懸《こえが》かりで譜代《ふだい》に取り立てられ、東海の要衝《ようしょう》の城持大名《しろもちだいみょう》となった。

このことで、かえって徳川譜代の大名・旗本衆から恨みをかってしまう。家康を警固《けいご》すべき自分たちの面目《めんぼく》を潰《つぶ》されたと、かれらは解釈したのである。

幕府要職というのは、例外はむろんあるが、三河《みかわ》以来の徳川家臣の譜代大名衆と旗本衆で構成される。かれら幕閣は、家康の死後、綱定はもとより、以後の歴代藩主を、殿中席次では譜代扱いでも、幕政にはいちども参加させていない。ただ領地替えを命じないのは、そこまでしては神君お声懸かりを完全に無視することになり、あまりに恐れ多いからであった。つまり、十太夫と伊右衛門の属する藩は、いわば半譜代半外様とでもよぶべき、いささか足もとの危うい存在なのである。

（それに……）

さらに十太夫は不吉の思いを抱いた。伊右衛門も気にしたように、江戸家老が大奥御年寄に事件を預けてしまったことは、いかにも軽率ではなかったか。

数日して、十太夫の危惧《きぐ》は現実のものとなった。藩にとっては、予想だにしなかった、あまりに厳しい裁定が下されたのである。

吉陽と江戸家老がよびだされ、老中より申し渡された文言《もんごん》を要約すれば、およそ次のようなものになる。

天野掃部助は、将軍家御書院番であることと、火急の用向きで登城することを、明らかにしていた。申すまでもなく、将軍家御書院番の役儀は、公事《おおやけごと》にて、かつ重大なるものである。比べて、吉陽の菩提寺参詣《さんけい》は私事《わたくしごと》に過ぎぬ。この場合、私が公に道を譲るのは、当然のこと。しかるに、神尾伊右衛門と長畑五平は掃部助の往《ゆ》く手を塞《ふさ》いだ。主君の警固を役目とするからには、まったくあやまった行動であったとは断じかねるが、他の致し様がなかったとも言い切れぬ。別して、伊右衛門が掃部助の乗馬の肢を斬ったのは粗忽《そこつ》である。むろん、性急に供割《ともわり》をしようとした掃部助にも越度《おちど》がなかったとは言いがたい。しかし、それがために掃部助は、結果的には軍馬を死に到らしめ、遅参《ちさん》によって役儀を疎《おろそ》かにし面目を失うという二重の恥辱をあたえられるに到り、すでに制裁をうけたとみるべきである。それでも将軍家お膝元を騒がせた罪は拭《ぬぐ》いがたく、掃部助には、本日若年寄《わかどしより》より、閉門五十日を命じることに決した。喧嘩両成敗の法に則《のっと》れば、吉陽もまた罪を免れぬところなれど、第三者の目撃証言から推し量るに、神尾・長畑両名の先走りであったとみられるので、藩が速やかにこの両名を処罰するにおいては、藩にも吉陽にもお咎めなしと決せられるであろう。

伊右衛門と五平をどう処罰するかは、吉陽の意にまかされた。だが、幕閣が両名の極刑を望んでいることは疑いない。

吉陽と江戸家老は、茫然《ぼうぜん》とした。御年寄松山は、事件の子細を、どんなふうに老中へ伝えたのか。

どう考えても、先に四辻へ達した吉陽の行列に優先権があった。横道に出現した掃部助の眼には、行列の横腹が見えており、その時点で馬をとめることができたはずだ。いかに登城を急いでいたとはいえ、さして長くない行列の通過を待てないほどではなかったろう。一方、こちらから言えば、みるみる肉薄する騎馬から、行列を避難させるだけの余裕はなかった。となれば、無理にでも騎馬の足をとめるほか、なす術《すべ》はあるまい。そして、怪我人《けがにん》ひとり出さずに、これをやってのけた伊右衛門は正しかった。なればこそ江戸家老も、松山が事件を預かると申し出たことに異議を唱えかけた伊右衛門を、叱りつけた。こちらに越度がないのは明らかなのだから、神妙にして沙汰を待つのが、こういう場合の心得であると思ったのである。あるいは、伊右衛門は名誉の士と讃《たた》えられるやもしれぬ、とまで江戸家老は楽観的に考えていた。

何もかも伊右衛門が正しかったというほかない。大奥の女人に事件を預けおいたきり、何もせずにいたのは、藩のしくじりであった。

だが、いまさら、異議を申し立てることはできぬ。幕府の裁定は下りてしまったのである。もし伊右衛門の命を助ければ、藩に災いが及ぶことは必至であろう。

江戸家老は、上屋敷へ戻るとただちに重臣らに諮《はか》り、伊右衛門を切腹《せっぷく》、五平を斬罪《ざんざい》に処することを決め、吉陽の承諾を得る。吉陽は泪《なみだ》を流しながらうなずいた、と後に伝わった。

おのれへの切腹命令を謹んで承った伊右衛門だが、五平の助命を願う。足軽身分にもかかわらず、吉陽の駕籠を守るべく馬の前に身を投げ出した五平は、忠義者と称賛されこそすれ、命を奪われねばならぬ謂《いわ》れはない。しかし、聞き入れられなかった。

藩では、ただちに老中宛《あ》ての書状をしたため、これを届けた。明日の暮《くれ》六ツに神尾伊右衛門の切腹と、長畑五平の斬刑を執行するので、検分役《けんぶんやく》の派遣を賜《たまわ》りたいと申し出たのである。

伊右衛門は、切腹のときまで、上屋敷内の長屋の自室に軟禁されることになったが、五平も同座させてくれるよう、江戸家老に頼んだ。足軽の五平には、死に臨む心構えができていないだろうから、説いてきかせたいと伊右衛門は言った。

士分と足軽が同座で処刑を待つなど、身分制を犯すことになるが、もともと藩は両人に、別して伊右衛門には同情的である。江戸家老は伊右衛門の望みどおりにした。

翌日未明、伊右衛門と五平の姿が長屋から消えていることに、二人の見張り番が気づいた。部屋の出入口は一か所だけである。伊右衛門と五平が厠《かわや》へ立つときは付き添うし、また両人には逃亡のおそれもないとみられていたので、見張り番たちは安心しきっていたといえよう。両人は床板を外して逃げたらしい。折しも野分《のわき》の季節で、この日は暁闇《ぎょうあん》の頃合いから風が吹きつけていた。木々のざわめきや、絶え間なく戸を揺らす音などが、両人の脱出作業に利したといえよう。

五平はまだしも、伊右衛門ほどの者まで、土壇場《どたんば》になって命が惜《お》しくなったか、と誰もが信じられぬ思いを抱いた。

両人の逐電《ちくでん》により、藩は一転、窮地に立たされた。老中より派遣の検分役が上屋敷へ到着する前に、両人を連れ戻すことができなければ、藩が故意に逃がしたと疑われ、重罰を科されることは必定《ひつじょう》であろう。すなわち、減封《げんぽう》あるいは改易である。

藩士らは、明《あけ》六ツの鐘の音を聞きながら、両人の行方を追って、一斉に江戸中へ散った。

その中でひとり十太夫だけは、脇目もふらず東海道を上った。

十太夫は、伊右衛門が死をおそれるような男でないことを知っている。逐電しなければならぬ理由があるとすれば、五平にかかわることに違いなかった。国許《くにもと》の五平の妻が男児を産んだばかりで、五平はまだその子と対面していないという事実を、十太夫は思い出したのである。

忠義者五平には、処刑される前にせめていちどでも、わが子の顔を見させてやりたい。伊右衛門ならば、そんな憐憫《れんびん》の情を湧《わ》かせたであろう。あるいは、五平自身のほうから、望んだことかもしれぬ。いずれにせよ、五平が国許まで奔《はし》って父子対面を果たすには、追手《おって》を振り切れるだけの警固者が必要となる。なればこそ、伊右衛門はともに逐電した。

(ほかには考えられぬ)

と十太夫は思い決めた。

おそらく伊右衛門は、五平が父子対面を済ませたら、その手で五平を斬り、自身は切腹するつもりに相違ない。五平もそのことを承知の上であろう。

心情的には、十太夫も伊右衛門を支持したい。だが、いまや伊右衛門と五平の命は、幾日《いくにち》も永らえるべきものではないのである。両人の生を本夕までに畢《お》えてもらわねば、藩の命が尽きる。

十太夫が六郷川《ろくごうがわ》の渡し場へ達したのは、朝の五ツ半近くであった。

ところが、渡し船の往来は見合わされているという。雨は落ちてこないが、強風が吹き荒れて川面《かわも》を烈《はげ》しく波立たせており、幅六十九間《けん》を渡すのは危うく見えた。

水夫《かこ》の説くところでは、風のおさまった頃合いを見計らっては船を出しているというので、最後に六郷から川崎《かわさき》へ渡したのはいつごろか訊《たず》ねると、五ツであったそうな。すでに半時《はんとき》経っている。伊右衛門と五平は川崎へ渡ってしまったに違いない。

それでも十太夫は、水夫らに、両人の人相風体《ふうてい》を告げて、本日の乗船客の中にそれらしき者らを見かけたかどうか質《ただ》した。が、徒労であった。昼夜を分かたず乗船客は切れぬという六郷の渡しである。水夫たちがいちいち客の顔を憶《おぼ》えているはずはあるまい。

十太夫は、風がおさまるのを待つ間、茶屋には入らなかった。万一ということもあるので、路傍《ろぼう》の木の下に佇《たたず》み、茶屋に出入りする者や、渡船場に集まる者らを、眺めつづけた。

四半時《しはんとき》もすると、風は弱まり、船が出ることになった。そのとき、茶屋の裏手から足早に姿を現した二人連れがいた。

（まだ渡っておらなんだのか……）

おどろいた十太夫だが、すぐに合点《がてん》がいった。五平は、足をひきずっている。上屋敷の塀《へい》を越えたときか何か知らぬが、あわてて逃げるあまり、途中で怪我をしたものであろう。そのために、五ツの渡し船にも間に合わなかったに違いない。

十太夫は、往来で、伊右衛門と五平の前に立ちはだかった。

「おぬしなら察しをつけると思うていた」

あわてもせず、伊右衛門は微笑《ほほえ》んだ。

「上屋敷へ戻れ、伊右衛門」

「五平を国許まで送り届ける。その後は、おとなしく服《したが》う」

「それではおそすぎることを知っておろう」

「江戸屋敷のご重役方は、無能揃《ぞろ》いだな。老中より数日の猶予《ゆうよ》を引き出すこともできぬのか」

「わが藩が、譜代でありながら譜代とは言いがたいことを、おぬしも承知のはず。幕閣は、わが藩の越度をよろこぶ」

「生まれたばかりの子の顔も見ずに、理不尽に命を奪われる者の無念……」

と伊右衛門は絞りだすように言った。

「察せよ、十太夫」

「察したからこそ、余の者には告げず、おれひとりで追ってきたのだ」

「ならば、見逃せ」

「できぬ相談であることは、分かっているはずだ」

「十太夫。藩命と友情と……」

言いさして、伊右衛門は、自嘲《じちょう》の笑みをみせた。自分が十太夫の立場なら、必ず同じようにすると思ったからである。

「ゆるせ、十太夫。戻れぬ」

「おれに抜かせるな、伊右衛門」

「数えきれぬほど打ち合《お》うたではないか」

「真剣で打ち合うたことはないぞ」

互いの苦衷《くちゅう》を思い遣《や》りながらも、相容《あいい》れることのできぬ悲劇的状況に、親友同士の胸は張り裂けそうであった。

「船に乗れ」

伊右衛門が、後ろに控える五平へ声を投げる。

「神尾さまは……」

すでに五平は泣きだしそうであった。

「いいから、往け」

「ご一緒でなければ、往けませぬ」

「子の顔を見て、名をつけてやれ」

「名は、神尾さまにつけていただきとう存じまする」

そこへ、水夫がひとり、走り寄ってくる。

「お武家さま。早《はよ》うお乗りになって下せえ」

「いますぐ参る」

と伊右衛門は応じた。

武士とその奉公人は渡賃無料なのだが、船待ちの旅人の数が膨《ふく》れあがってしまったので、先に伊右衛門は、優先的に乗船させてもらえるよう、水夫のひとりに酒手《さかて》をはずんでおいたのである。

「往け、五平」

「いいえ」

五平はかぶりを振る。

「神尾さまとて、ご新造《しんぞう》さまや坊《ぼん》さんにお会いになりたいはず」

伊右衛門にも三歳になる芳太郎《よしたろう》という男子がいた。だが、誕生の直後に藩主の参覲に随行した伊右衛門は、そのまま江戸定府《じょうふ》となって今日に至っている。

(可愛《かわい》い盛りであろうな……)

と十太夫まで切なくなった。

ふいに伊右衛門は、後ろへ猿臂《えんぴ》を伸ばし、五平の胸ぐらをつかんで引き寄せると、頬桁《ほおげた》を張った。

吹っ飛ばされた五平は、十太夫の横に転がる。

「おれにそのつもりはないと申したはずだ」

怒鳴りつけた伊右衛門は、差料《さしりょう》の柄《つか》に手をかけ、五平を睨《にら》みつけた。

「往かねば、この場でおれが斬る」

五平はおもてを歪《ゆが》ませる。伊右衛門のやさしさが分かるだけに、苦しくて仕方なかった。

それでも、立ち上がって、ようやく背を向けかける。

「五平、そのままにおれ」

こんどは十太夫が叱りとばす。

「邪魔立てはさせぬ」

大刀《だいとう》の柄に手をかけたまま、伊右衛門がじりっと半歩、間合いを詰めた。十太夫への威嚇《いかく》である。

十太夫は、ちらりと五平を見やってから、覚悟を決めたように、大きく息を吐いた。

すでに周囲には、人だかりができはじめている。斬り合いはやむをえぬ仕儀となったが、往来で刀を振り回せば、またぞろ藩が幕府から咎められよう。

渡船場を背負う十太夫は、往来の右側に建ち並ぶ茶屋のほうへ首を振った。建物の間から、稲田の広がりが見える。伊右衛門がうなずき返した。

同時に走り出したふたりは、往来からはずれて、茶屋と茶屋の間を抜け、黄金《こがね》色に波うつ秋田の中の畦道《あぜみち》へと踏み入る。

二間を隔てて対峙すると、ともに対手の気息が調《ととの》うのを待った。

五平を捕らえるためには、早々に結着《けっちゃく》をつけねばならぬ、と十太夫は思っている。そのことを、伊右衛門も百も承知であった。

両者とも、東軍流の免許皆伝。互いに、手加減などできうべくもない対手である。抜きつけの一閃《いっせん》で勝負は決する。

「よいか、伊右衛門」

「応《おう》っ」

ふたりの腰間から、鋭い白光が噴いて出た。

双方、踏み込みざまの一颯《いっさつ》は、わずかに伊右衛門のほうが迅《はや》かった。十太夫の右肩へ降ってきた刃は、しかし、肉を斬ったに過ぎない。

対手より低く、這《は》うように腰を沈めた十太夫は、伊右衛門の右胴へ深く物打《ものうち》を叩《たた》き込んだ。

くるり、と回った伊右衛門のからだは、畦道から稲田へ落ちた。

「伊右衛門。おぬし……」

十太夫は、魂の抜けゆく友のからだを抱え起こした。

「言うな、十太夫……。おぬしのような迷いのない切っ先こそ、御家を安《やす》んじることができる」

十太夫は、伊右衛門の剣が右肩の骨まで達しなかったその一瞬は、真剣の斬り合いに、さすがの伊右衛門も踏み込みがわずかに甘かったのだとみた。が、勝ったと分かった瞬間には、真実を悟っていた。

伊右衛門は友の命を奪うことを躊躇《ためら》った。非情に徹しきれなかったのである。対する十太夫は、切っ先を鈍らせることなく、友のからだに刃を深々と食い込ませた。伊右衛門のことばは、決して皮肉ではなく、たしかに十太夫のような人間こそ、幕府を向こうに回して藩を存続させうるのだといえよう。

しかし、十太夫自身は、自分が人として伊右衛門に敗れたと感じた。そう感じると、友をわが手にかけた悔恨が、心ばかりか骨にも肉にも皮にも、刺すような痛みとなってひろがった。

ふと顔をあげると、五間ばかり向こうに、五平が立ち尽くしていた。渡し船に乗らなかったのである。

十太夫は、眼配《めくば》せで、五平を沈黙させた。せめて伊右衛門には、五平は逃げ果《おお》せたと思い込んだまま逝《い》ってもらいたい。

五平は、嗚咽《おえつ》を怺《こら》えるため、拳《こぶし》を嚙《か》んだ。

「楽にしてくれ、十太夫」

伊右衛門が穏やかに頼む。

無言で、十太夫は脇差《わきざし》を抜いた。眼の前に飴《あめ》を伸ばしたようなぐにゃぐにゃの幕が下りてきて、もはや友の顔は見えぬ。

風が、また強くなった。

二

鳴江村の鉢谷十太夫屋敷の裏庭は、夏日の残光を浴びて赤く染まっている。赤紫色に見える桐《きり》の花が、日中に二度降った驟雨《しゅうう》の刺激で、いまもまだ清々《すがすが》しい芳香を放つ。

十太夫に斬られ、池に半身を浸《ひた》していた牢人者《ろうにんもの》の死体は、すでに片づけられた。

「食い詰め牢人どもの押込《おしこみ》として始末してくれぬか」

十太夫から頼まれた石原栄之進が、村役人などを奔らせて、すべてそのように手配し了《お》えたあと、十太夫の長い昔語りが始まり、それがいま終わろうとするところであった。

居間には、真新しい白い寝衣に着替えた十太夫が端座している。刀創《かたなきず》を被《こうむ》った左肩は医者《くすし》の手当てをうけた。

同座するのは、栄之進と新吾のみ。筧家《かけい》へは、新吾の帰りが遅くなることを、使いの者を遣って知らせておいた。

台所のほうから物音が聞こえる。押込騒ぎで遅れた夕餉《ゆうげ》の支度を、お花がしているのであった。

「五平は、おとなしゅう、わしに従い、伊右衛門の亡骸《なきがら》をのせた大八車《だいはちぐるま》を、ともに曳《ひ》いて上屋敷へ戻った。そして、暮六ツになると、幕府の検分役の前で、従容《しょうよう》として斬刑に処された……。可惜《あたら》、忠義の者を……」

十太夫の声が沈む。

伊右衛門は、粗忽な仕方で藩に迷惑をかけたという慙愧《ざんき》の念に堪《た》えきれず、切腹の刻限を待たずに自室で命を絶った。藩がそのように説明すると、幕府の検分役は痛ましげな表情をみせたという。検分役の旗本は、個人としては藩への処罰は厳しすぎると思っていたらしい。

「われらはのちに知ったことだがの、大奥御年寄松山は天野一門の出であったそうじゃ」

また、天野掃部助は火急の用向きで登城と言ったが、嘘《うそ》である。非番だった前夜に飲みすぎて、寝過ごし、遅刻しそうになったので、あわてて馬をとばしたというのが、真相であった。老中が吉陽を不問に付したのは、事件の当事者の当主同士を比べた場合、その点を暴《あば》かれて衝《つ》かれたとき、まったく掃部助の分《ぶ》が悪かったからであろう。

それにしても掃部助が、おのれの非を棚に上げ、天野一門の力でごり押しをしてまで、藩に厳罰を望んだ理由は、たったひとつであったという。落馬の直後、伊右衛門に路上へ押さえつけられ、顔を土で汚された、それに対する復讐《ふくしゅう》だったのである。

これほどの愚か者と四辻で接触してしまった藩の不運であったと嘆《なげ》くほかない。

「すべては後の祭りというものじゃ。当時の江戸の藩重臣らは、迂闊者《うかつもの》揃いであった」

十太夫は相変わらず辛辣《しんらつ》である。

「鉢谷さま。その後、天野掃部助はどうなったのでしょうか」

と新吾が訊《き》く。声に憤《いきどお》りが含まれている。

「一年も経たぬうちに亡くなった。酒色が過ぎたらしいわ」

「天罰だ」

若い新吾は、ひとり満足げにうなずく。そのようすに、十太夫と栄之進は微笑んだ。

「翌年、国へ帰ったわしは、伊右衛門の妻女千賀《ちか》を訪ねた。どの面《つら》さげてとは思うたが、案じられてならなんだのだ……」

かつて十太夫は、伊右衛門と、千賀を争って恋の鞘当《さやあ》てを演じた。敗者となった後も、親しさは変わらず、伊右衛門・千賀夫婦から幾度も縁談話をもちかけられ、そのたびに逃げだしたものである。

そういう関《かか》わりとは別に、十太夫はどうしても千賀を訪ねたかった。一子の芳太郎が神隠《かみかく》しにあったという噂《うわさ》が、江戸屋敷にまで聞こえていたからである。事実とすれば、良人《おっと》を失い、家も取り潰されたばかりの身には、過酷というほかあるまい。

千賀は、中海《なかうみ》の漁村で、網元《あみもと》から離《はな》れ屋を提供されて、つつましく暮らしていた。網元のむすめが、行儀見習いとして神尾家に仕えていたことから、ぜひ当家で余生を安楽に、と父娘からほとんど懇願されたそうな。

十太夫の顔を見ると、千賀は、恨み言など一切口にせず、それどころか、藩のためを思って、親友の命を奪わねばならなかった男の苦衷に同情を寄せてくれた。十太夫が女の前で泣いたのは、赤子のころを除けば、このときが最初で最後である。

芳太郎が行方《ゆきがた》知れずになったというのは、まことであった。

子どもや女が突然行方不明になると、天狗《てんぐ》にさらわれたとか、狐《きつね》に化かされたなどといい、これを神隠しとよんだ。

現実には、多くは人身売買であったろう。あるいは、医学の未発達な時代で、子どもが無事に成長するのは幸運なことだったから、子宝に恵まれぬ家が、幼子《おさなご》をさらってわが子としてしまった例もないとはいえまい。山人《やまびと》にさらわれた女が無理やり妻にされたという話もある。

だが、当時の人々にとって、神隠しは非現実的なことではなかった。数日してひょっこり戻ってきた子どもが、その間のことは何も憶えていないという話は、とくに農村ではよく聞かれた。そういう不可思議さから、天狗や鬼や狐の仕業《しわざ》であると信じられたのであろう。

千賀は、しかし、芳太郎は神隠しにあったのではないと言って、切なそうな、それでいて諦念《ていねん》の滲《にじ》む疲れた表情をみせた。

「芳太郎は、おこうにあげました」

千賀の語ったことは、伊右衛門と五平の死よりも悲劇的といえたかもしれない。

五平が藩命に叛《そむ》いてまで一目だけでも会いたいと望んだわが子は、実は五平の刑死から半月足らずのうちに風邪《かぜ》をこじらせて亡くなっている。妻のおこうは、半狂乱になった。

それから数日後、おこうが、ふらふらと千賀のもとへやってきて、そのまま終日、一言も口をきかず、ぼんやりとしていた。ただ、ちょこまかと動き回る芳太郎を眺めるときだけは、それこそ菩薩《ぼさつ》さまのような慈愛に盈《み》ちた微笑を浮かべた。千賀は、身分違いでも、同じ痛みをもつおこうを哀れに思い、咎め立てせず、そのままにしておいた。やがて、おこうは、ま

たふらふらと出ていった。

千賀とおこうの出遇《であ》いは、それだけである。芳太郎が消えたのは、その五日後のことであった。

幾日か経って、千賀は、おこうが誰にも告げずに城下を退去したことを知る。その日は、芳太郎の消えた日と重なるのであった。

「それでは、かどわかしではござらぬか」

おどろいた十太夫は、ただちに自分がおこうの行方を捜すと申し出たが、千賀は静かにかぶりを振ったのである。

「かどわかしではありませぬ。おこうは、芳太郎をわが子と信じているのです」

「だとすれば、狂気のなせるわざ。おこうの手にあっては、お子の身は危うい」

「いいえ。おこうが芳太郎を害することは決してありませぬ。おこうの母親としての心だけは、なにものにも毒されておらず、純そのものと、わたくしは信じております」

「だからというて、このまま放っておかれるおつもりか」

「わたくしは、五平とわが良人伊右衛門があのような仕儀となったとき、おこう母子と、われら母子の運命も定まったような気がするのです。芳太郎はひとりの哀れな母親の生涯の光明となるよう、天に定められたのでございましょう」

「千賀どのは哀れな母親ではないと言われるのか」

「少なくともわたくしは、芳太郎が行方知れずになったからというて、絶望は致しましたが、自害まで思い及びませなんだ。なれど、おこうは、さにあらず。おこうは、芳太郎を奪われたら、必ず自害いたしましょう」

その場は納得してみせた十太夫だが、ひそかに人をつかって、おこうと芳太郎の行方を追った。

いちどは、他国に居場所を捜しあて、十太夫みずから会いにいったが、ひと足違いで、そこは引き払われていた。わが子を守ろうとする母親の本能が、危険を事前に察知したとしか思われなかった。

以後、十太夫は、おこうを追うのをやめた。追い詰めて、死に到らしめることを惧《おそ》れたのである。

「新吾に肱《ひじ》を斬られて逃げた牢人者が、芳太郎であることは、間違いないのでございましょうか」

栄之進が、念押しするように、十太夫に訊いた。

「神尾芳太郎。新吾が馳《は》せつける前に、そう名乗りをあげおった。それでなくとも、一目で分かった。わしは、新しい年を迎えるたび、伊右衛門がどんな顔になったかと想い描いてきたのだ。いまなら皺《しわ》だらけの歯抜け爺《じい》さんに相違あるまいが、五十歳代ならばまだ若き日の俤《おもかげ》をとどめておったろう。あやつは、わしの心の中の伊右衛門に瓜《うり》ふたつであった」

十太夫が、事を食い詰め牢人どもの押込として始末するよう栄之進に頼んだのも、逃げた牢人が芳太郎であると信ずればこそであった。十太夫と栄之進に斬られた余の二名は、芳太郎の助太刀《すけだち》であったろう。

逃げた牢人の肱を斬った当の新吾は、むろん伊右衛門の顔も、芳太郎のそれも知らぬが、その牢人の面体《めんてい》は記憶している。風雪を刻んだ分厚い皮膚や、半白《はんぱく》の髪が、老境に入っていることを示していた。ただ、そのわりには、不意をついた新吾の一閃を躱《かわ》した身ごなしは、素早かった。

「芳太郎が神尾を名乗ったということは、おこうは、みずからは亡き伊右衛門の妻になりすまし、芳太郎をその遺児として育ててきたということでしょうか」

栄之進の不審はもっともなことである。

「なりすましたというのは、正しくあるまい。おそらく、おこうは、おのれが長畑五平の妻であったのか、神尾伊右衛門の妻であったのか、いずれとも分からなくなっていたのであろう。あるいは、いつしか伊右衛門の妻であったと信じるようになったのか……。いずれにせよ、芳太郎にとって、わしが父の敵《かたき》であることだけは事実じゃ」

十太夫は、自分の左肩を見やる。その表情に後悔の念がちらりと掠《かす》めたのを、栄之進は見逃さなかった。

「鉢谷さま。その左肩の疵《きず》は……」

そこまで言って、栄之進は口を噤《つぐ》んだ。

十太夫がめずらしく視線を逸《そ》らす。

ふたりのそのようすから、あることを悟った新吾は、ばかなと思った。

「まさか鉢谷さまは、神尾芳太郎に討たれてやるおつもりだったのですか」

「新吾」

栄之進から叱りつけられたが、新吾はつづける。

「あやつが鉢谷さまを亡父の敵などと罵《ののし》るのは、思い違いも甚《はなは》だしいではございませぬか。それどころか、むちゃくちゃな話です。なぜ討たれてやらねばなりませぬ。なぜです、鉢谷さま」

「寛新吾、控えよ」

「おやまあ、元気のええことで」

とつぜん、お花の間のびした声が割り込んできたので、新吾も栄之進も気を削がれて黙ってしまう。

「腹へったら、栄之進さんも新吾さんも」

行灯《あんどん》に火を入れながら、お花は大きな顔を笑み崩す。

「どうぞ奥方、おかまいなく」

栄之進が遠慮したが、

「やだよ、たいしたもんはできゃせんでねえ」

お花は、ぱたぱた手を振った。

「いま、鮑《あわび》のいいのともあえもってくるで、まずはそれで一杯やってな」

鮑の腸《はらわた》を玉子・塩・味醂《みりん》で調味し、火にかけてから裏ごしし、下煮をしておいた鮑の小片と和《あ》えたものを、鮑のともあえという。

「おお、それはよい」

十太夫が相好《そうごう》を崩す。

それをきっかけに、難しい話は打ち切りとなった。

三

夜道を、二張《ふたはり》の提灯《ちょうちん》が動いている。鳴江観音から諏訪町へ抜ける木立の中の小道である。

栄之進の供の小者《こもの》二名が、あるじと新吾の足もとを照らしながら先を往く。

「まったく、あの頑固爺《がんこじじい》……」

新吾が小声で毒づいた。

「聞こえておるぞ」

たしなめたそばから、しかし栄之進は、くすりと笑った。

「まあ、無類と申してよかろうな」

頑固爺という新吾の意見に、栄之進も同調したのである。

逃げた神尾芳太郎が今夜また襲ってこないとも限らぬので、栄之進と新吾は朝まで警固すると申し出たのだが、それを十太夫からにべもなくことわられた。

「鬱陶《うっとう》しい」

左肱の、おそらく腱《けん》を断たれたであろう芳太郎が刀を持てると思うか、と十太夫は言うのである。

それで栄之進のほうは、あっさり引き下がったのだが、新吾は食い下がった。昼間、助太刀をふたりも従えて襲撃してきた卑怯《ひきょう》な芳太郎だから、ほかにも仲間がいないとは限らない、と意見したのである。

新吾の本音をいえば、芳太郎が単身で再襲撃してきたとしても、その右腕一本で揮《ふる》う剣に、十太夫はみずから身を投げ出すのではないかという危惧が拭い去れないのであった。

おのれのような未熟者に警固されては、かえっておちおち眠ることもできぬ。ついに十太夫からそんな憎たらしい文句を投げつけられたので、新吾も売りことばに買いことば、ならばご勝手にと吐き捨てて、鉢谷邸を憤然と辞去したのである。

「栄之進さま……」

新吾は、ためらいがちに声をかけた。

「訊きたいことがあるようだな、新吾」

「はい」

「申せ」

「人の恨みと申すものは、五十年の余も消えずに燃えつづけるものなのでしょうか」

「そうよな……」

「まして芳太郎は、父親が亡くなったとき、わずか三歳の幼子でした。長じてから、おこうに聞かされたにせよ、それで鉢谷さまへの憎しみが湧くものでしょうか」

「おこうの狂気がのりうつったのやもしれぬ」

「たとえそうであったにせよ、敵を討つのなら、もっと前にできたはずです。鉢谷さまの所在なら、すぐに知れたでしょうから。それが五十年もの歳月を経て……」

「おこうが亡くなったのではないかな」

と栄之進は想像を口にした。

「たぶん、おこうは全身全霊をかけて、芳太郎を愛したに相違ない。芳太郎もまたそういう母の愛を至上のものとうけとめた。狂気じみていたとしても、母子は一心同体だったのであろう。その一方がこの世から消えた。残された者は心の平衡《へいこう》を失い、うろたえる。平衡を取り戻すためには、みずからも命を絶つか、消えた者がこの世に遺《のこ》した怨念《おんねん》をわがものとして生きるか、いずれかしかあるまい」

「つまり栄之進さまは、おこうの怨念は鉢谷さまに向けられたものであると……」

「新吾が鉢谷さまの前で申したように、それはむちゃくちゃな話だが、いまさら芳太郎にそれと諭したところで、通じる対手ではない」

「たとえ鉢谷さまも、そのようにお考えであったとしても、討たれてやろうというお気持ちは、わたしには解《げ》せませぬ」

新吾は何としても納得がいかない。

「あるいは、芳太郎のほうは、存外まともであったのやもしれぬ」

「どういうことでしょうか」

「おのれのまことの母親が、憎い敵の妻となった。それと知っておれば、恨みは五十年どころか百年もつづくやもしれまいな」

「おことばの意味を分かりかねますが……」

「新吾。鉢谷さまの亡くなられた奥方の名を知らぬのか」

「存じませぬ」

「千賀どのだ」

「………」

新吾は、眼を剝《む》いて、絶句した。

十太夫を不潔とも厚顔とも思うまでには到らぬが、倫《みち》に外れた行為であるような気はする。だが、考えようによっては、美談ととれなくもない。いずれにせよ、若い新吾の頭では、この衝撃的な事実をどう受けとめればよいのか、すぐには判断できかねた。

「申し添えておくがな、新吾。鉢谷さまと千賀どのの間に、お子はなかった。その事実が物語ることを、ようく考えよ」

新吾の脳裡に突如、ある光景が浮かんだ。新吾が七年前の秋、初めて鉢谷邸を訪ねたとき、十太夫は仏間にいて、位牌《いはい》に向かって掌《て》を合わせていた。

「亡妻の命日での」

と十太夫は言った。何のことはない一風景である。

いま思い返せば、あのときの十太夫はひどく遠い眼をしていたような気がする。それは、たんなる儀式として祈りを捧げる表情とは、どこか違っていたのではなかったか。

「神尾芳太郎がこれからどうするつもりか、それは知る由《よし》もないが、わたしは明日からご領内に胡乱《うろん》な者が出入りしておらぬか調べてみるつもりだ。手伝うか、新吾」

「わたしのような者にお手伝いさせていただけるのですか」

新吾の声は弾んだ。

「鉢谷さまに見込まれておるそなただ。ぜひとも、と言いたい」

「鉢谷さまがわたしを見込んでおられるなどと、さようなことは決してありませぬ」

「新吾。あの頑固……いや、鉢谷さまと七年も交誼《こうぎ》を結んでいて分からぬか。鉢谷さまは、行く末有望とみた若者には、厳しく接せられる御方《おかた》だ。弟子のわたしが申すのだから間違いない」

いずれ藩の執政となるのは疑いない栄之進のことばや、眼色には真情が溢《あふ》れている。新吾の総身に鋭気が盈ちてきた。

「明日、武徳館の日課を了えたら、屋敷へ訪ねてまいれ」

「はい」

新吾は、おもてを上気させながら返辞をした。

諏訪町からは帰路が違う。そこで新吾は、提灯を一張貸してもらい、栄之進と別れた。

今朝《けさ》、藩主吉長の参覲のお供で江戸へ出立した仙之助と太郎左を見送ったあと、もはやあの燦々《さんさん》として一点の曇りもない少年時代に戻ることはできぬと思い知った新吾は、切なくて切なくてどうしようもなかった。ひとり取り残され、この先はさしたる人生ではないと察しながら、無為の日々を過ごすことに堪えられるであろうか。

それが、いまは、いささか誇らしい気分であった。必要とされた歓びによるものであろう。

それと同時に新吾は、おのれを見失いかけていたことにも気づいた。

(あんなしょぼくれたおれを見たら、太郎左は怒鳴りつけ、仙之助は泣いただろうな……)

旅の空の下にある友を想い、声に出して、すまぬ、と謝る新吾であった。

巴門下まで達し、鉄炮町へ入ろうかというところで、新吾は火花を見て立ちどまった。そこから武徳館へ通じる椿坂《つばきざか》が見えているが、火花はその上方の木立の中から洩《も》れ出た。

(誰か上るか下りるかしているのかな……)

それとも人魂《ひとだま》でも出たか。

だが、しばし待っても、ふたたび火花は現れぬ。

(気のせいだったのか……)

さほど不審とも思われぬので、往き過ぎようとした。そのとき、火花が散った。こんどは刃を打ち合わせる音が微《かす》かに聞こえたではないか。

新吾は、椿坂を駈け上りはじめた。

明るければ、まだ熟さず、艶《つや》やかに光る果実を眺めることのできる椿の木立の間を、新吾は疾走する。武徳館に通う身には勝手知ったる坂道であった。

耳に、悲鳴が届いた。次いで、重量のある何かの倒れる音。人が斬られた、と新吾は察した。

足音が聞こえた。それは急激に大きくなる。何者かが、こちらへ駈け下りてくるらしい。人を斬ったほうであろう。

新吾は、提灯を、火を吹き消してから投げ捨てた。駈け下りてくる者に、疚《やま》しいところがあれば、目撃者を斬り捨てようとするやもしれぬからであった。その場合、新吾の火明かりは斬撃《ざんげき》の目標にされる。

神明平の起伏に沿ってつけられた坂道を、半《なか》ばまで達したとき、新吾の前に黒影が出現した。

黒影がぎょっとした気配を感じた新吾だが、もとより面体までは見分けられぬ。黒影の右手に抜き身がひっさげられているのが、漂った血の匂いから分かった。

黒影は、駈け下りる勢いを落とさず、血濡《ちぬ》れた剣を右肩へ担いだ。

新吾があっと思ったときには、黒影の剣は新吾の脳天めがけて振り下ろされている。辛うじて、新吾は抜き合わせ、剣を高くはね上げた。

凄《すさ》まじい重さの衝撃に、新吾の腰は砕ける。熱い火花が顔に降り注がれた。

椿の木の下に尻餅《しりもち》をついた新吾を、振り返って一瞬、襲わんとする素振りをみせた黒影だが、新吾が怯《ひる》みもせず立ち上がって青眼《せいがん》にかまえたので、厄介《やっかい》であるとでも思ったか、くるりと背を向けた。そのまま黒影は、椿坂を一散に駈け下りてゆく。

新吾は追わなかった。とても敵《かな》う対手ではない。

ふたたび上りはじめた新吾は、椿坂を上りきる少し手前に突っ伏している者を発見した。武士であるようだ。

触ると、手にべったりと血がついた。背中をおそろしく深く袈裟《けさ》懸《が》けに割られている。新吾は強烈な血臭に咳《せ》き込んだ。

「しっかりなされい」

抱え起こして、仰向《あおむ》かせた。月の光にぼうっと浮かんだ顔に、新吾は驚愕《きょうがく》する。

(神尾芳太郎……)

念のため、左腕をたしかめた。肱のところに白い布が巻かれている。

「神尾どの、神尾どの」

芳太郎には、ほんの微かだが息がある。その頬を、新吾は幾度も張った。

芳太郎の瞼《まぶた》がうっすらと開かれる。

「何か言い遺すことはござらぬか」

「…………」

「何と言われた。もういちど」

「…………」

あまりに芳太郎の声はか細い。新吾は、芳太郎の唇へ、自分の耳をほとんど押しつけた。

「し……しん……みょう……」

「しんみょう、しんみょうと言われたのか、神尾どの。どういう意味です。神尾どの」

新吾の左腕に支えられていた芳太郎の頭が、顎《あご》のほうへずずっと沈み込んだ。事切《ことき》れたのである。

茫然とする新吾であった。

（いったい、どういう……）

助太刀を頼んだ者と仲間割れでもしたのか。あるいは、何かもっと、まったく別の理由か。

藩主が江戸へ向けて出立したその日のうちに、十太夫が襲われ、その襲った牢人は何者かに斬殺された。そこに何も関連がないといえるであろうか。それとも、たんなる偶然なのか。

背後に誰か忍び寄る気配を察し、新吾は振り向いて、差料の柄へ手をかけた。

おどろいて、びくっとしたのは、野良犬である。新吾の殺気に怯《おび》えた野良犬は、尻尾《しっぽ》を巻いて、どこかへ走り去った。

（いやな予感がする……）

これは、十太夫の私的なことも含めて、ひょっとすると藩にも関わる何らかの事件の凶兆ではあるまいか。幾度か修羅場に立ったことのある新吾は、そう思わずにいられぬ。

ぶっぽうそう、ぶっぽうそう……。

木葉木菟《このはずく》の鳴き声が、いまは何やら不気味に聞こえる新吾であった。

第三章　蚯蚓《きゅういん》出《いづ》る

一

庭の雛罌粟《ひなげし》が、白や紅色の可憐《かれん》な花を夏日に向かって咲かせている。

母屋《おもや》に接して小さな隠居屋を建て増ししてから、貞江は花と野菜の栽培に日々、余念がない。忽右衛門のほうは、もっぱら釣りであった。

「今年も美人草が咲きました」

戸を開け放した向こうにひろがる庭を、眺めやりながら、貞江がおっとりと微笑《ほほえ》んだ。

雛罌粟は、虞美人草《ぐびじんそう》、美人草ともよばれる。楚《そ》王の寵姫《ちょうき》虞氏が死後にこの花になったという伝説が、これらの別称を生んだ。

筧《かけい》家の朝であった。

当主助次郎、隠居の忽右衛門、厄介《やっかい》の新吾が朝食を摂《と》っている。同居の叔父叔母《おじおば》や弟などを、厄介という。

貞江と、助次郎の妻なおは、給仕である。女たちの食事は、男たちが了《お》えた後だ。なおの腹が目立つ。

「あの花のような女の子を授かれば、うれしゅうございますな、お前さま」

「貞江。さようなことを申して、まことに女子《じょし》が生まれたら何とする」

と恕右衛門にたしなめられるが、貞江は意に介さない。

「あら。お前さまとて、女の子を可愛《かわい》がってみとうございましょう」

恕右衛門は、返辞をせず、茶を啜《すす》りはじめた。武家は何をおいても跡継ぎである。嫁をまことの嫁として認めるのも、男子を産んでから、というのが厳格な恕右衛門の考え方であった。

「舅上《ちちうえ》、ご安心下さい。必ず男子をあげてご覧にいれます」

なおが、きっぱりと宣言した。

きりょうがよいといえる嫁だが、物言いや佇《たたず》まいに、生来のきつさを漂わせている。

「そんなに気張ることはないさ。男でも女でもどっちでもいいよ」

助次郎の発言は不用意というべきであったろう。なおのおもてに赤みがさした。

「どっちでもいいとは何事にございます。武家の当主ならば、舅上のように、男子をお望みあそばしませ」

「そんなむちゃなこと……」

「何がむちゃでございます」

「生まれてみなければ分からないだろう、男か女かなんて」

「なればこそ強く望むのです、男子をと。当主がそのようにやわなことでは、男子を育てるに、先が思いやられます」

「なおの申すとおりだ、助次郎」

怒右衛門が嫁に同調する。

「分かりました。望みます、望みます。もう朝から晩まで望みます」

言いながら、助次郎は、手をのばして、なぜかなおの胸のあたりを撫《な》でた。

「何をなさいます」

なおの手がとんで、助次郎の手は払いのけられる。

「ははは。すまん、すまん。腹と間違えた」

貞江と新吾だけが、俯《うつむ》いた。ふたりとも、おかしくて仕方ないのだが、なおの手前、笑うこともできぬ。

新吾は、貞江がなおに気を遣《つか》っていることを察していた。貞江とて、武家の女であるからには、自家に男子誕生を望まぬはずはない。だが、あまり男子、男子と口にすれば、嫁に負担をかけることになろう。なればこそ、女の子をと言うのである。

もっとも、男子ばかりを産んだ貞江が、孫に女児を欲しがっていることは嘘《うそ》ではない。

しかしながら、懐妊中の当のなおは、姑《しゅうとめ》に気遣ってもらう必要など、まったくなさそうではある。

実は、助次郎の嫁取りも決まったあと、新吾は武徳館の寄宿寮へ入った。寮生の日常の掛かりを、藩が負担してくれるからである。貧家のような徒組《かちぐみ》の家では、これは大いに助かる。

寄宿寮入寮には資格制限が設けられていて、各家ひとり、部屋住みの次《じ》・三男《さんなん》以下に限った。入寮の最少年齢十歳、最高年齢二十二歳。在寮最長期間は、再入寮も含めて、総計三ケ年。再々入寮は許可されない。また、在寮中、学業不成績の者は、強制退寮が決まりであった。

新吾は、強制退寮を命ぜられぬよう、励んだ。それでも、褒《ほ》められた成績ではなかったが、在寮の合否すれすれのところで、一年間を過ごした。

ところが、試験を明日に控えたある夜のこと、久々に同僚との飲み会に出かけた助次郎の帰りがおそいので、新吾が迎えにいった。どうせとうに飲み会は終わって、助次郎ひとり、伝馬町あたりでひっかかっているに違いないとみて、新吾は助次郎の馴染《なじ》みの安手《やすで》の水茶屋をめざした。案の定であった。そこで新吾は、泥酔《でいすい》状態の助次郎と、そのいかがわしい遊び仲間から、無理やり引っ張りこまれてしまう。気づいたのは翌朝で、隣に茶汲女《ちゃくみおんな》が寝ていた。

ひどい宿酔《ふつかよい》のまま、あわてて武徳館へ走り、その日の試験を受けたが、もとより惨憺《さんたん》たる成績に了わった。そればかりか、酒気芬々《ふんぷん》たる態《てい》で試験に臨んだことで、教導方《きょうどうがた》からこっぴどく叱《しか》りつけられ、とうとう強制退寮を命ぜられたのである。

のちに新吾は知るが、すべては、助次郎の策略であった。

助次郎の妻なおは、同じ徒組の小杉《こすぎ》家のむすめである。なかなかの美貌《びぼう》なのに、評判の気の強さが災いし、嫁の貰《もら》い手がなかったところを、組頭《くみがしら》の湯浅才兵衛、つまり精一郎の仲《なこ》人《うど》により助次郎へ嫁《とつ》ぐことになった。助次郎のような軟弱者には、きつい嫁がよいと才兵衛が言い、忽右衛門も賛成したものだ。

以後の助次郎は、ほとんど城と組屋敷を往復するだけの生活を強《し》いられるようになった。歩くだけでちゃらんぽらんと音のしそうな助次郎に堪《た》えられることではない。けれども、いささかでもよからぬ遊びをしようものなら、勘の鋭いなおが、これを見抜いて、才兵衛まで注進に及ぶため、そのたびに大目玉を食らった。舅《しゅうと》にも姑にも実家へも告げず、仲人の才兵衛だけに泣きつくあたりが、なおの頭のよさであったろう。

ただ、なおの場合、泣きつくという言いかたは正しくあるまい。助次郎の不行状を、証拠をあげて理路整然と才兵衛に説明するだけであった。

助次郎は考えた。防波堤が必要である、と。かくて助次郎は、新吾を強制退寮に追い込み、家から武徳館へ通わせるようにしたのである。

以来、助次郎は、みずからの素行不良によって不都合の生じたときには、必ずその責任の大半を新吾におっかぶせる。新吾にすれば、迷惑このうえないし、腹も立つが、なおのきつさを思えば、助次郎が可哀相《かわいそう》な気もしないではないので、緩衝《かんしょう》の役を果たしてやることにしている。昔から、どこか憎めない兄であった。

「では、一緒に出るか、新吾」

助次郎が立ち上がった。

一瞬、きょとんとした新吾だが、兄の眼配《めくば》せからすぐに察する。

（またですか……）

その新吾の心中の呟《つぶや》きに、助次郎はうなずき返した。

「いずれへまいられるのです。本日は非番にございましょう」

なおが、早速咎《とが》める。

「高田道場だよ」

「何用です」

「稽古《けいこ》に決まっているではないか。本日、清兵衛先生は、武徳館での教課はなく、御弓町におられる」

「わたくしは、筧へ嫁いでまいってから、あなたが道場へ足を向けるのを、いちどとて見たおぼえはございませぬ。どうした風のふきまわしでしょうか」

「なればこそさ。清兵衛先生が、助次郎も非番の日ぐらいは顔を出してはどうかと仰せられたのだ。そうだな、新吾」

そうくるか、と内心ではあきれつつ、新吾は、はいと返辞をする。

「久々にたっぷり揉《も》んでやると仰せにございました」

ほんとうにたっぷり揉んでもらえばいいのだと思いながら、新吾は助次郎に話を合わせた。

かんたんに信じたのは忽右衛門である。

「それはよい」

助次郎が、しめたという顔をする。

なおの疑いの眼差《まなざ》しは露骨だが、舅の一言のあとでは、追及をさすがに控えたようだ。

但し、忽右衛門からさらに一言あった。

「どうやら新吾も剣だけは一人前になったとみえる。当主たる身が、弟におくれをとっては忸怩《じくじ》たる思いであろう。高田先生からおことばがあったのはよい機会だ。今後は、非番の日といわず、下城のさい毎日、道場へ寄ってまいれ。よいな、助次郎」

「実は、わたしもそのように思い決めていたところです。生まれてくるわが子に剣の手ほどきもできぬようでは、父親として恥ずかしゅうござるゆえ」

「よくぞ申した、助次郎。いまのそなたの決意を聞けば、精一郎、いや組頭もお悦《よろこ》びになられよう」

忽右衛門の声は感激で顫《ふる》えているではないか。

（あーあ、父上はほんとうに懲りないお人だなあ……）

ひとり苦笑する新吾であった。

忽右衛門はこれまで助次郎にどれほど騙《だま》されてきたことか。こんども助次郎は、道場通いを再開するとみせて、どこぞで遊び惚《ほう》けるつもりに相違ないのである。

だが、親というものは、子が幾歳《いくさい》になろうと、期待をかけつづけるのかもしれない。とすれば、学業成績不振の自分も、助次郎と同様、期待を裏切っている。そう思うと、新吾もちょっとすまない気持ちが湧《わ》く。

新吾は、助次郎と伴《つ》れ立って、木戸門を出た。

二

ちょうど隣家の恩田志保も出てきたところで、新吾たちは路上で出遇《であ》う。志保の手に、風呂敷包《ふろしきづつ》みがある。

「おお、これは志保どの。ちかごろ、また一段と美しゅうなられた。わが家の庭に咲いた美人草も、志保どのの前では色あせるというものだ」

歯の浮くような科白《せりふ》をしゃあしゃあと言う助次郎であった。

「はいはい、ありがとう存じます」

馴《な》れたもので、志保も笑顔で軽くあしらう。

志保が美しいのは、事実であった。組屋敷の子女たちの中では、間違いなく随一の容姿であろう。

だが、志保は、いちど婚期を逸している。

四年前、小姓組《こしょうぐみ》の蒔田長《まきたちょう》十郎《じゅうろう》より、妻にと望まれた。もとより小姓組と徒組とでは、家格が違いすぎる。が、志保の姉真沙もその美貌を見初《みそ》められて勘定組頭《かんじょうぐみがしら》香川《かがわ》総太郎《そうたろう》へ嫁い

でいた。

もとはと言えば、長十郎は総太郎の友人であり、真沙の美しさを見るにつけ、その妹に想いを馳《は》せるようになったものらしい。それで総太郎が、仲立ちとなって、恩田家へ話をもってきたのである。

長十郎は藩主のおぼえもめでたい好青年と聞かされた志保だが、気乗りしなかった。とはいえ、これは玉《たま》の輿《こし》というもので、ことわれば蒔田家に恥をかかせることになるし、総太郎の面目《めんぼく》も潰《つぶ》すことになる。何よりも志保は、真沙の立場を悪くしたくなかった。

家格差については、いったん香川家の養女となり、そこから嫁入りするという形をとれば、問題はない。志保は、承諾した。

ただ、その年、長十郎は参覲《さんきん》の供《とも》をすることになっていたので、祝言《しゅうげん》は翌年の帰国後と決められた。

ところが、長十郎は、江戸の水が合わなかったのか、大病を患《わずら》ってしまい、翌年の帰国は叶《かな》わず、祝言も延期となる。そのまま長十郎は、江戸で寝たり起きたりの日々をつづけ、さらに一年後、ついに帰らぬ人となった。

その間、香川家で花嫁修業をつづけていた志保は、長十郎の訃報《ふほう》に接したとき、さして悲しくもなかった。本音を言えば、解放感をおぼえた。蒔田長十郎とは、いちども会ったことがないのだから、無理もない。

真沙は、志保を恩田家へ戻すよう、総太郎に願った。香川家にいる間、志保が心より愉《たの》しまなかったことを、察していたからである。総太郎も、何となくそんな気がしていたので、真沙の願いを聞き容《い》れた。

以来、恩田志保に縁談はない。それは、適齢期を過ぎたからではなく、蒔田長十郎の許《いいな》嫁《ずけ》となったさい、藩中でかなり評判になったので、客死《かくし》した長十郎の後室《こうしつ》という見方を、世間がしているからである。むろん、現実には、祝言を挙げておらず、蒔田家に足を踏み入れたことすらない志保は、いまだ嫁入り前のむすめであった。

「助次郎さま、きょうはお非番にございましょう。どちらへお出かけなさいますの」

筧家と恩田家は、家族同然の付き合いである。別して、互いの母親同士が姉妹《しまい》のように仲が良い。それで志保も、助次郎の非番の日はもちろん、新吾の武徳館における日割《ひわり》まで知っている。

「高田道場へ」

なぜか助次郎は胸を反らす。

「まあ、それではお心を入れかえられたのでございますのね」

物言いはやわらかいが、言っていることは遠慮のない志保である。

「あはは。おれは、よほど信用がないらしい」

「あたりまえです」

と新吾が言う。

「で、兄上、どこへ往かれるのです」

「道場と申した」

「うそつけ」

「あ。当主に向かって、なんだ、その口のききかたは」

「寄宿寮へ戻ってもいいんだ」

新吾は、今年中ならばまだ、再入寮の資格がある。

「また、そんな心にもないことを。新吾だって、この兄と一緒に暮らすほうが心強かろう」

ふにゃ、と助次郎は笑いかける。この赤子みたいな笑顔に、新吾はいつもやられてしまう。

「どこでもいいから、早く往ってください」

「もつべきものは弟よ」

助次郎は、新吾の両頰《ほお》を手で挟んで、軽く叩《はた》いてから、歩きだした。が、五、六歩のところで振り返る。

「おい、新吾。おまえ、いつまで志保どのを放っておくつもりだ」

「な、何を言うのです」

「照れるな、照れるな。おまえが志保どのに惚《ほ》れてることは、まわりはみんな知ってるんだ。だから、真沙どのだって、志保どのを恩田家へ戻した」

「あっちへいけ、ばか助」

「いまはまだ蒔田のことが尾を引いて、遠慮してるようだがな、志保どのを嫁に望んでる軽輩の家は少なくないぞ。厄介だろうが、部屋住みだろうが、かまうものか。いまのうちに志保どのを疵物《きずもの》にしちまうことだ。そうすれば、おまえに嫁ぐしかないからな」

「こ、この……」

新吾は絶句するしかない。横に立つ志保の顔を見ることもできなかった。

「同じ命を懸けるなら、藩や家や剣なんぞより、惚れた女のほうがいいと思わんか」

武士にあるまじき考えを、明るく吐き出すと、

「じゃあな、新吾」

手を振って、助次郎は悠然と歩き去った。

助次郎の後ろ姿を見送りながら、新吾はあのとんでもない一言を反芻《はんすう》していた。

(志保を疵物に……)

露骨に言えば、抱いてしまえということではないか。助次郎の男女の道に関する野放図さは、いまに始まったことではないが、それにしてもなんというばかなことを……。

志保のいないところで口にするのならまだしも、本人の前でよくも言えたものだ。

しかし、いまの新吾は、助次郎に腹を立てるより先に、おのれのからだが燃えるように熱くなってしまったことに戸惑っている。

それは、夏の陽射《ひざ》しのせいではない。傍《かたわ》らに立つ志保の体温を感じるからであった。触れてもいないのに、感じる。ふたりとも押し黙っているせいで、志保の息遣いまで感じる。いや、自分の呼吸音であろうか。

たしかに新吾は、志保が愛《いと》おしい。そのことに、はっきりと気づいたのは、志保と莳田長

十郎との縁組が決まった四年前のことである。だが、どうすることもできなかった。貧乏徒組の厄介で、養子先も見つからぬ身では、妻《めと》を娶るなどできようべくもあるまい。

だから新吾は、志保が恩田家へ戻ってきたときには、客死した蒔田長十郎には悪いが、ひとりひそかに拳《こぶし》を突き上げたものだ。

志保が戻ってきたからといって、新吾と志保の仲が進展するわけではなかった。志保に新たな婚家が決まるまでは、以前とかわらぬ関係を保つことができる。それくらいのことであった。志保への愛に気づいてからは、以前通りでは充《み》たされない新吾だったが、それで満足するしかないのが、いまの自分の立場である。助次郎が煽《あお》ったように、志保を疵物にしてしまうことなど、できるはずがないではないか。

新吾は、志保へ視線を向けるのを躊躇《ためら》った。眼を合わせれば、何か言わねばなるまい。助次郎の放言は、笑って済ませられるようなことではないのである。

「いやだ、新《しん》ちゃん」

志保が笑いだした。少女時代へ戻ったように、くだけた感じである。

「お顔がひきつってる」

と幼なじみの少年の顔を横合いからのぞきこむ。小首をかしげたその仕種《しぐさ》は、まさに少女であった。

「ば……ばか。なんで笑ってるんだ」

あんなことを言われたら、羞恥《しゅうち》のあまり顔を被《おお》ってしまうか、無礼なと助次郎を叱りつけるか、いずれかであるのが、処女《おとめ》の正常な反応ではないのか。新吾はそう思う。

「だって、助次郎さまがおかしなことを言うから」

「おかしなことなのか、あれが」

「そうよ。わたくしを疵物にする勇気なんかないもの、新ちゃんには……」

志保は、笑顔を消して、咎めるような眼つきをしてみせた。が、それは、一瞬のことにすぎず、すぐにまた満面を笑み崩す。

「……なあんて、うそ」

ぺろりと舌を出してみせたあと、志保はくだけた調子をやめた。

「ほんとうに助次郎さまは無礼です」

新吾は、困惑した。昔から、様々に表情を変えて新吾をからかっては悦ぶ志保だが、香川家から恩田家へ戻って以後は、その豹変《ひょうへん》ぶりが大胆になっている。

生来の明るさを失ってはいないものの、いちどは許婚者をもったという経験が、いささかの愁《うれ》いをもたらしたのか、志保のふとした表情に妖《あや》しい色香の漂うときがあり、新吾は悩ましくなることがあった。

「相済まぬ」

と新吾も口調をあらためる。

「それだけでございますか」

「それだけとは……」

「いいえ。よろしゅうございます、それだけで」

志保は眼を伏せる。愁いが滲《にじ》んだ。

(どうして、こんなに美しくなったんだ……)

新吾は視線を逸らした。

「わたくし、これから鳴江村までまいりますの」

ふいに志保が話題をかえてくれたので、ほっとする。志保とふたりきりで、これ以上、色恋の話をつづけたら、気絶してしまうかもしれぬ新吾であった。

「鉢谷さまのお見舞いに」

と志保は風呂敷包みを、ちょっと上げてみせる。

「ああ、そうか」

志保の母ぬいは、恩田家へ嫁ぐ前、鉢谷十太夫に小太刀《こだち》を習っていた。その縁で、志保が時折、ぬいに言いつけられて、鉢谷邸へ届け物などをする。

「あの爺《じい》…… いや、鉢谷さまはお元気だよ」

「肩の疵は浅くないと伺《うかが》いましたが」

「心の臓を抉《えぐ》られたって死ぬようなお人じゃない」

「まあ、なんということを」

一昨日の鉢谷邸の事件は、すでに、押込《おしこみ》として処理されている。あの夜、新吾が鉢谷邸からの帰途、椿坂で発見し、死を見届けた神尾芳太郎のことも、その場からすぐに石原栄之進へ急報したところ、これも栄之進が押込の仲間割れということで始末をつけた。むろん、神尾芳太郎という名は出さぬ。すべては、十太夫のために、名もなき食い詰め牢人《ろうにん》どもの仕業《しわざ》としたのである。

新吾は、巴門下まで、志保と伴れ立って歩いた。話題といえば、今夏の御前踏水《ごぜんとうすい》のことぐらいであった。それがいちばん当たり障《さわ》りがない。

御前踏水では、毎年、太郎左と組んで水剣《すいけん》を披露してきた新吾だが、今夏は相方《あいかた》が不在なので、抜手合《ぬきてあ》わせに出場するばかりである。馴れた演泳だから、合同稽古日にだけ水錬場《すいれんじょう》へ出向くことにしていた。

御前踏水の話題が尽きると、ふたりの会話は途切れがちになった。このぎごちなさの原因は、新吾にも志保にも分かっている。どちらも、志保の近い将来の話を意識して避けるからであろう。

巴門下で志保と別れた新吾の椿坂を上る足取りは、少し重かった。

三

校庭に鎮座する大成殿《たいせいでん》の甍《いらか》が、中天より降り注ぐ夏日を浴びて輝いている。

下校しようと、校門へ向かって歩いていた新吾は、足をとめた。

寄宿寮の玄関前が、さわがしい。若者たちの輪ができており、何やらさかんに囃《はや》し立てているではないか。

（まさか……）

ちょっといやな予感がした。

予感がした以上、知らぬふりもできぬ。新吾は、輪の中へ無理やりからだを入れ、いちばん前へ出た。

ふたりの若者が、校庭の砂を舞いあげながら、取っ組み合いの喧嘩《けんか》をしている。一方は、まだ前髪立ちであった。

だが、月代《さかやき》を剃《そ》った対手《あいて》より、前髪立ちのほうが体軀《たいく》はいささか巨《おお》きい。

前髪立ちの拳が、対手の頬桁《ほおげた》へもろに入った。

ひっくり返った対手へ馬乗りになった前髪立ちが、ふたたび振り上げた拳を、新吾は横合いから摑《つか》んだ。

「何しやがる」

怒鳴って振り仰がせた汗みどろの顔が、太郎左にそっくりではないか。花山家の末っ子、笠丸《かさまる》であった。十四歳である。

「あ、新さん……」

笠丸は、途端にばつの悪そうな表情をみせた。

「何が新さんだ」

そのひたいへ平手でひと打ち食らわせてから、新吾は笠丸を立たせる。

江戸で開催される将軍家台覧《たいらん》の武術大会に出場するため、一昨日、藩主の参観行列に加わって国許《くにもと》を立った太郎左には、四人の弟がいる。その中で、性格も骨格も太郎左に最も似てきたのが、末弟笠丸であった。

「だって、こいつ、兄上が武術大会で負けるなんて言うんだ。つむりが悪いからって」

喧嘩のわけを訊《き》かれもしないのに、笠丸は勢い込んで言った。

「そんなことか」

「そんなことって、新さん……」

「負けやしないさ、太郎左は。弟のおまえが信じなくてどうする」

「信じてるよ」

「だったら、喧嘩なんかするな」

新吾は喧嘩対手を見やって苦笑した。すでにのびている。

「あ、ひょろ安《やす》だ」

「逃げろ」

輪をつくっていた若者らが、蜘蛛《くも》の子を散らすように、わあっと逃げだした。

新吾は、笠丸の喧嘩対手を抱き起こし、活《かつ》を入れる。

「伴れてゆけ」

息を吹き返したばかりで、状況の呑《の》み込めぬ喧嘩対手の腕をとって、笠丸も走り去った。

ひとりゆっくりと歩み寄ってきたのは、うらなりそっくりの顔と、ひょろひょろと情けなさそうな痩身《そうしん》の持ち主、武徳館教導方介添《かいぞえ》・赤沢安右衛門《あかざわやすえもん》である。

「寛。何の騒ぎだ」

「若い連中がちょっとふざけていただけです」

何を思ったか、安右衛門は、鼻をひくつかせて、新吾の顔のあたりを嗅《か》ぐ。

「ちかごろは呑んでおらぬようだな」

新吾は、むっとした。酒気を帯びて武徳館に登校したのは、あの強制退寮の原因となった試験日だけのことだ。それも、助次郎の策略にまんまと嵌《は》まって。

だが、安右衛門は、何かというと、新吾にあの日を思い出させるようないやみを言う。

「では、下校いたしますので」

にべもない挨拶を返して、新吾は立ち去ろうとした。

「待て、寛」

安右衛門が、新吾の前へ回り込む。

「何を嗅ぎ回っておる」

「なんのことですか」

「とぼけるな。鉢谷さまを襲うた牢人どものことだ」

安右衛門の眼が、ちかりと光る。それは藩の隠密白十組《おんみつはくじゆうぐみ》の手練《てだれ》者の眼であった。

新吾は、どきりとする。

「おぬしも斬り合《お》うたそうではないか」

「偶々《たまたま》、居合わせたのです」

「ほんとうに押込だったのか」

「鉢谷さまがそう仰せられました」

「鳴江村のご隠居は、とぼけるのがうまいからな」

「介添がさように毒吐《どくつ》いたと、鉢谷さまに伝えておきます」

「おい。毒吐いたは、ひどいではないか」

安右衛門が慌《あわ》てた。

「とにかく、下校後にわたしが何をしようと、介添には関《かか》わりないことです。失礼ながら、その疑《うたぐ》り深さはきっと、猫頭巾《ねこずきん》のかぶりすぎです」

「滅多なことを申すな」

白十組の面々は、行動するとき必ず猫頭巾を着用するのである。

白十組は謎《なぞ》に包まれている。そういう隠密隊が存在するらしいと思っている人間すら、ごくわずかであった。だが、新吾は藩の存亡にかかわる暗闘に巻き込まれたとき、その実体を知ったのである。

「御免」

新吾は、安右衛門から離れて、袴《はかま》の裾《すそ》を歯切れよく音立てて切るような歩き方で、校門を出た。ちょっとうれしかった。安右衛門を言い負かしてやったような気分になったからである。

しかし、冷や汗ものではあった。

これから新吾は、石原邸を訪ね、中食《ちゅうじき》を馳走《ちそう》になってから、石原栄之進の供をして、ある場所へ出かけることになっている。まさか、安右衛門はそんなことまで知る由《よし》もなかろうが、鉢谷邸の事件がただの押込でないと察しをつけたのは、さすがに白十組というべきであった。

(それとも……)

神尾芳太郎の出現が、白十組を動かすきっかけになったとでもいうのであろうか。

新吾自身、一昨夜の椿坂で芳太郎の死を看取《みと》ったとき、これはただの敵討《かたきう》ちではないような気がしたものだ。

何者とも知れぬが、芳太郎を斬殺して逃げ去った男は、途方もない遣い手であった。芳太郎よりも、また栄之進が斬った牢人よりも、間違いなく強い。もしあの男が敵討ちの助太刀のひとりだったのなら、十太夫を襲撃するさい、同行させぬという手はなかったろう。

何より不吉をおぼえたのは、河内守吉長が参覲の旅へ出た直後に、事件が起こったことである。まるで藩主が国を留守にするのを待ちかねていたような按配《あんばい》ではないか。

栄之進は、新吾と同様のことを思い、昨日ふたたびふたりで鉢谷邸を訪ね、その危惧《きぐ》を十太夫へ語っている。そのさい、芳太郎が死に際に新吾へ言い遺《のこ》したことばも告げた。

「しんみょう」

それを聞いて、十太夫は、やはり敵討ちであろうと言った。

「しんみょうとは、たぶん真明寺《しんみょうじ》のことだ。神尾家の墓がある」

「城下にそのようなお寺がございましたか」

「昔は、寺町《てらまち》にあった。なれど、一時期、箸《はし》にも棒にもかからん住職がいての、こやつが不要心から二度つづけて火を出しおった。それで、寺社奉行の命により、穂屋ケ原《ほやがはら》へ移された。もう三十年にもなろう」

真明寺が寺町にあったころは、神尾伊右衛門の命日には必ず香華《こうげ》を手向《たむ》けに訪れた十太夫だったが、移転後は足を運ばなくなった。穂屋ケ原は、いささか遠い。その代わり十太夫は、伊右衛門の遺骨を真明寺から分けてもらった。そのうえで、鉢谷邸裏の雑木林の中に伊右衛門の墓をたて、ここに分骨を葬り、いつでも亡友と語り合っている。

「真明寺に葬ってほしい。芳太郎は新吾にそう頼もうとしたのではないか」

と十太夫は推理したのである。

もしこの敵討ちに何か裏があって、たとえば口封じのために殺されたのだとしたら、芳太郎は恨みを含んで、そのことを新吾に告げようとしたはず。だが、実際に言い遺したのは、菩提寺《ぼだいじ》の名なのだから、裏はあるまいというのが十太夫の考えであった。

栄之進と新吾は、その場は納得の態をみせて十太夫のもとを辞したが、帰路、ふたりとも、不審は拭《ぬぐ》いがたいということで、意見の一致をみた。

「おそらく鉢谷さまは、みずからの手にかけた親友神尾伊右衛門の名を汚したくないという思いから、疑わしきことに眼を瞑《つむ》ってでも、敵討ちであってほしいと願っておられるのであろう」

ならば、この一件の真相は、十太夫の指示を仰がず、自分たちで探るほかない。

神尾芳太郎が鉢谷邸から逃げ去った段階では、領内の胡乱《うろん》な者の出入りを、新吾に手伝わせて調べるつもりの栄之進であったが、芳太郎斬殺という予想外の展開に、方針を変えた。

「真明寺へ往ってみるか、新吾」

「はい」

かくて本日、新吾は石原邸へ出向き、栄之進に随《したが》って真明寺を訪ねることになったのである。

四

城下北方三里の穂屋ケ原は、芒《すすき》が群生するばかりのうら寂しい土地であった。人家もほとんど見えず、物《もの》の怪《け》が出るとさえいわれている。

地名の由来は詳《つまび》らかではないが、おそらく、遠い昔、このあたりに穂屋を建て、神を祭るという風習でもあったのであろう。芒の穂で葺《ふ》いた家を穂屋という。

葉叢《はむら》立って青々と繁る芒の原の中を、栄之進はゆっくり馬をうたせている。供は四人。家士《かし》の井出庄助《いでしょうすけ》に、口取《くちとり》の乙吉《おときち》、小者《こもの》の三次郎《さんじろう》という石原家の奉公人らと新吾であった。

「あれだな」

馬上の栄之進が言った。前方の、芒の原が少し切れたところに、山門が見える。

帰り道が暗くなっては難儀なので、なるべく早く真明寺へ着くよう、追手町《おうてちょう》の石原屋敷を出てから、幾度《いくど》も脚《あし》を速めた。そのせいで、栄之進も供衆も、笠の下の顔はいずれも汗まみれである。汗は衿《えり》まで濡《ぬ》らしていた。

急いだ甲斐《かい》あって、陽はまだ高い。このぶんなら、真明寺で半時《はんとき》余り過ごしたとしても、夕暮れまでには追手町へ戻れよう。

「ひどいなあ、これは……」

真明寺の山門前に達すると、新吾はあきれた。

山門は、ほとんど崩れ落ちている。そこから見える参道も、掃き清められるどころか、朽《く》木《き》やら腐った落葉やら筵《むしろ》やらが散乱しており、足の踏み場も見あたらぬほどではないか。

「おそらく、寺町から穂屋ケ原への移転後、檀家《だんか》も訪れる人も少なくなり、寂《さび》れる一方だったのであろう」

と栄之進が、下馬して、言った。

それでも、住職がまともなら、こんな荒れ寺に堕《だ》すはずはない。この三十年間、箸にも棒にもかからぬ住職が、ひとりといわず、幾人もつづいたのやもしれぬ。

こんな寺では、死者も安らかには眠れまい。十太夫が伊右衛門の遺骨を分けてもらったことは、正しい判断だったといえよう。

三次郎が、右足を振っている。足先に這《は》いのぼってきた蚯蚓《みみず》を、振り落としたのである。大きな蚯蚓で、ちょっと薄気味悪いが、この荒れ寺には似合う。

乙吉を馬とともに残し、新吾らは参道へ踏み入った。

三次郎が先に立って、足許をたしかめながら、進む。真明寺は、小山を背負った微高地に建てられており、参道はやや上っている。

その短い参道を上りきったところで、牢人どもと出くわした。二名である。いずれも荒《すさ》んだ人相だ。

「そこもとらは、ご信徒かな」

穏やかに栄之進は問うた。

「うぬらこそ何者だ」

牢人のひとりが、無精《ぶしょう》ひげだらけのあごを突き出して言う。

「全円《ぜんえん》どのはおられるか」

栄之進も、名乗りをあげず、また訊《たず》ねた。真明寺のいまの住持《じゅうじ》が、全円という者であることを、昨日のうちに調べておいた。

牢人らが何か言いかけたが、それより早く栄之進は、斬りつけるように繰り返した。

「おられるか」

その気迫に圧《お》されたか、無精ひげがついに返辞をした。

「おればどうしたというのだ」

精一杯、虚勢を張ったのであろう、怒鳴っている。

「わたしは寺社奉行である」

これには、新吾も井出庄助も三次郎も、思わず栄之進の顔を見てしまう。

ふたりの牢人は、明らかに動揺し、二、三歩後退する。

「おい」

一方が声をかけると、他方があわててうなずき返し、次いで両名揃《そろ》って背を向け、走り去った。

「栄之進さま。なにゆえ、あのような偽りを……」

という新吾のおどろきには返辞をせず、栄之進は三次郎に口早に命じる。

「三次郎。乙吉のところへ戻れ。われらに万一のことあらば、父上にこう伝えよ。真明寺は浮牢《ふろう》の徒の巣窟《そうくつ》である。寺社奉行は、怠慢でこれを知らぬか、真明寺より賄賂《まいない》をもらっているか、いずれかであろう。あるいは、寺社奉行でなければ、寺社巡検役《じゅんけんやく》あたりに相違ない。相分《あいわ》かったな」

栄之進の父石原織部は、国家老である。

「しかと承りましてございます」

三次郎は、心利いた男だ。かつて栄之進が由姫《よしひめ》誘拐事件の陰謀に巻き込まれて、かえって囚われの身となったさい、三次郎が機転を利かして主家の不穏なようすを十太夫に伝え、これが事件解決の一助となった。

新吾も、ようやく事の次第を理解した。この荒れ寺と、悪相の牢人らの存在と、寺社奉行という一言へのかれらの反応から、栄之進は真明寺の実態を察したに相違なかった。

真明寺は、無住の打ち捨てられた寺ではない。住持がいるにもかかわらず、これほどの荒れ寺で、しかも得体の知れぬ牢人どもがうろついている。そんな寺を、寺社奉行が処罰していないのは、奇妙なことと言わねばなるまい。

（さすがに栄之進さまだ……）

若手藩士からこぞって次期執政を待望される栄之進の鋭さに、新吾はいまさらながら舌を巻いた。

栄之進が、袴の股立《ももだ》ちをとり、差料《さしりょう》の下《さ》げ緒《お》を外す。

「庄助も新吾も支度いたせ。ただし、向こうが抜かぬ限りは、おとなしくしておれ。はじめに斬りかかってきた対手は、わたしが抜き討ちに仕留める。そなたらも、それを合図に、さいしょの敵をひと太刀で斬り伏せよ。さすれば、向こうは、もし人数が多くとも、必ず腰が引ける。そこへ、われら三人揃って斬り込む」

「腰が引けるというのは、人数にもよりましょう」

井出庄助は音声《こわね》も乱さず栄之進に質《ただ》した。腕に自信があるようだ。

「十人までだな。対手がそれより多いときは、はじめのひと太刀を見舞ったら、すぐに遁《に》げる」

「心得ました」

「新吾も、よいな」

「はい」

新吾は、下げ緒で両袖をたすきがけに括《くく》りとめながら、力強くうなずいた。東軍流の奥義に達する栄之進はむろんのこと、庄助も頼もしい。たしかに敵が十人までなら、負ける気がしない。

栄之進の左に庄助、右に新吾が立った。

全円が姿を現した。さきほどのふたりの牢人を含め、破落戸《ごろつき》を八名従えている。新吾らが遁げずに斬り込んでゆける人数であった。

「こやつか、寺社奉行と申したのは」

栄之進の前に立った全円が、牢人にたしかめてから、大きな舌打ちを放つ。とても御仏《みほとけ》に仕える者の佇まいではない。

「ばかものが。こやつは、寺社奉行ではないわ」

「ほう。失礼ながら、こんな破れ寺《や》のご住持が、横田理左衛門《よこたりざえもん》どのに会《お》うたことがおありか」

栄之進は、わざとおどろいてみせた。横田理左衛門が藩の寺社奉行である。

「さようなことは、どうでもよいわ。何者だ、うぬは」

「石原栄之進と申す」

「石原……」

その姓は、全円も聞き覚えがあるらしい。

それとみて、井出庄助が声を張る。

「控えよ。国家老石原織部さまのご子息にあられるぞ」

全円は、さすがにおどろいたようだが、といって態度をあらためるようすはみえぬ。

「国家老の倅《せがれ》が何用か」

「訊ねたいことがござる」

「そのかっこうで、物を訊ねるか」

栄之進、新吾、庄助がいくさ支度であることを、全円は咎めた。

「そちらが先に抜かねば、当方も抜くつもりはない」

「なんだ、訊ねたいこととは」

「神尾芳太郎をご存じであろう」

「知らぬ」

全円の眼がかすかに泳いだのを、栄之進は見逃さなかった。

「それはおかしい。こちらには、神尾家の墓があるはず」

「墓はあまたある。いちいちおぼえておらぬわ」

「それでは住持はつとまりますまい」

だいいち、あまたとよべるほどたくさんの墓が、この寺にあるようにも思われぬ。

「よいか、石原栄之進とやら。国家老の倅か何か知らぬが、この真明寺にはさわらぬことだ。

後悔するぞ」

「もうすこし、分かりやすく説いていただけぬか」

「このまま去《い》ね、と申したのだ」

「訊ねたことにこたえていただければ、すぐにでも辞去仕《つかまつ》る」

全円の右手が、何気ないふうをよそおって、後ろへ回された。

「されば……」

言いながら、全円は、横へ動いた。瞬間、それまで全円の真後ろにいた牢人がひとり、栄之進めがけて踏み込みざま、抜刀した。

すでに予想していた栄之進は、わずかに左へ身をずらすと、自分の右胴を狙ってきた対手の、沈んだ右肩のあたりへ抜き討ちの一颯《いっさつ》を降らせた。

牢人は、鮮血を迸《ほとばし》らせながら、つんのめり、たたらを踏んで、参道へ転げ落ちる。

新吾と庄助が、それぞれの眼前の対手を刃圏内に入れたのは、同時のことであった。大きく踏みだした両名は、いずれも初太刀に存分の手応えをおぼえた。

庄助の対手は、袈裟《けさ》懸けを浴び、刀を鞘《さや》の半《なか》ばあたりまで抜いたところで、仰のけざまに仆《たお》れた。新吾の対手は、右手を柄《つか》にかけた瞬間、手首をざっくりと割られ、そのまま傷口を押さえてうずくまってしまう。

一挙に三名を斬られ、残る五名の破落戸はうろたえた。

「庄助。新吾」

「おう」

「おう」

栄之進、庄助、新吾は息を揃えて、残る五名へ襲いかかった。

すでに勝敗は見えている。破落戸どもは、抜き合わせる勇気もなく、いずれも背中を見せて遁げだした。栄之進の戦術と、これを見事に実践した庄助と新吾、三人の完勝である。

「全円が」

振り返った庄助が、僧衣をひるがえし、参道をこけつまろびつ駈けおりてゆく全円の姿を見つけた。

ただちに新吾は反応する。脚の速さにかけては、誰にも負けぬ。

「三次郎。その坊主をとめよ」

新吾の背後で、栄之進が叫んだ。

あるじの声を聞いた三次郎は、山門の下で大手《おおで》をひろげた。が、全円には勢いがついている。三次郎をはねとばして、芒の原へと走《と》り込んだ。

そこで新吾は追いついた。後ろから跳びかかり、全円と一緒に転がる。

頰のあたりに、鋭い痛みが走った。芒の葉のふちの鋸歯《きょし》に切られたのである。だが、新吾はかまわぬ。暴れる全円を、後ろから羽交い締め《はがいじめ》にした。

全円も死に物狂いである。背中に新吾をはりつかせたまま、物凄《ものすご》い力で立ち上がった。

芒を踏み荒らす音や、全円の怒声や衣の擦れる音などがうるさくて、新吾は矢唸《やうな》りを聞きとれなかった。

全円の左胸に矢が突き刺さっても、何が起こったのか、すぐには理解できずにいた。

全円の総身から力が抜けた。その体重が、新吾に預けられる。新吾は、とつぜん息絶えてしまった全円を抱えたまま、尻餅《しりもち》をついた。

どこかで、馬蹄《ばてい》の轟《とどろ》きが起こった。近い。

立ち上がった新吾は、芒の原の中を走り去ってゆく一騎を発見した。三十間《けん》ほど向こうである。

山門のほうを振り返ると、こちらでも馬蹄が高鳴った。状況を見届けた栄之進が、逃げる一騎を追って、乗馬《じょうめ》に鞭《むち》を入れている。

馬側《ばそく》に寄り添って走る庄助が、新吾に向かって大声で、全円の生死を訊《き》いてきた。

「事切《こと き》れました」

叫び返しながら、新吾は、自分も走って、栄之進の馬側についた。

穂屋ケ原は、南に向かって、わずかに下っており、その芒の原が尽きたあたりに、猿ケ崖《さるがけ》とよばれる、高さ七、八丈の急斜面の崖が、東西に長く横たわる。

逃げる一騎は、その猿ケ崖のほうへ真っ直ぐに向かっているではないか。このあたりの地形を知らぬか、でなければ、ひどくあわてているのであろう。

「庄助。新吾。左右にひらけ。あやつは、猿ケ崖に気づけば、左右いずれかへ馬首を転じるほかない」

庄助が右、新吾は左へ走った。

逃走者の馬は、芒の原を抜け出た。猿ケ崖が迫る。

ところが、逃走者は、馬首を転じるどころか、猿ケ崖へ馬を乗り入れさせた。

栄之進は、鞍上《あんじょう》で唸った。逃走者は、よほど馬術に達しているのであろう。

栄之進とて、八条流《はちじょうりゅう》の馬術を修めている。乗馬を、さらに鞭打った。

だが、馬のほうが怖がった。猿ケ崖の直前で、馬はみずから四肢を踏ん張り、横倒しになってしまう。栄之進は、鞍上より投げ出された。

「栄之進さま」

庄助が、気づいて、あるじのもとへ馳せ向かう。

新吾は、しかし、ひとり猿ケ崖へ身を躍らせた。そのまま、猿ケ崖の赤土にまみれながら、急斜面を転がり落ちてゆく。世界が、ぐるぐる回転した。

崖下には小川が流れており、対岸から向こうは、雑木林である。巧みに乗馬を操って、猿ケ崖を踏み下りた逃走者は、小川を跳び越え、雑木林の中へ走り込んだ。

小川の中へ落ちた新吾だが、どこか骨が折れたという感じはなかった。やわらかい土が、五体を守ってくれたのである。川水に浸かったことで、むしろ気持ちよかった。

「逃がすものか」

口に出して言ってみて、みずからを鼓舞すると、雑木林の中へと駆け入った。

逃走者の馬の走りが鈍っている。ここでは樹間を縫って進まねばならぬだけに、新吾の脚のほうが速い。みるみる差を詰めた。

逃走者が反撃に転じたのは、このときである。ふいに馬をとめて、鞍上より跳び下りるや、抜き身を右肩へ担ぎ、新吾めがけて疾駆《しっく》してきた。

（あいつだ……）

一昨夜、椿坂で神尾芳太郎を斬殺し、新吾とすれ違いざま、凄《すさ》まじい一閃《いっせん》を送りつけてきた巨大な黒影と同一人に相違ない。きょうは眼出し頭巾を着けており、またしても顔形を見定められぬ。

新吾は、抜き合わせた。一昨夜と同じ形である。

が、きょうは、抜き合わせたあとが、違っていた。新吾は、打ち下ろされた対手の剣の衝撃の凄さに、刀を取り落とした。あたりが明るいぶん、敵の打撃は精確だったのであろう。

「小僧が」

憎々しげな一言が吐かれた。

頭巾のせいでくぐもっていたが、新吾はその声に聞き覚えがあるような気がした。

敵は、すかさず剣を上段に振り上げた。情け容赦のない動きである。

（斬られる）

そう思うしかない。足が竦《すく》んだ。

新吾は幸運であった。敵の剣は、飛来した副子《そえこ》を払い落とさねばならなかった。

井出庄助が、走り来る。新吾は、横っ跳びに、刃圏内から逃れ出た。

敵と庄助が激突するのを、新吾は目《ま》のあたりにした。双方、まったく同時に剣を振り下ろしたと見えたが、庄助が右小手を斬られ、敵は無傷であった。このままでは、庄助も新吾も斬られるであろう。

「曲者《くせもの》、そこにおれ」

栄之進が雑木林の中へ跳び込んできた。

ここに至って、敵はようやく背を向け、ふたたび馬上の人となって、遁走《とんそう》する。

さすがの新吾も、もはや追走する気力は起こらなかった。右手に疵を負った庄助も同様である。

ふたりのもとへ馳せつけた栄之進も、遠ざかる敵を見送った。

「新吾。大事ないか」

「わたしより、庄助どのが……」

栄之進は、印籠《いんろう》より金創薬《きんそうやく》を取り出し、みずから庄助の疵の手当てをしはじめる。

「栄之進さま。あやつが何者か、いま分かりました」

「まことか、新吾」

「しんみょうです」

「それは真明寺のことであろう」

「あるいは、そうかもしれませぬ。なれど、神尾芳太郎がほんとうに言い遺したかったのは、あやつの名ではなかったかと思うのです」

「しんみょうと申すのか」

「神妙斎《しんみょうさい》。建部《たてべ》神妙斎です」

栄之進は、しばし、声を失う。

建部神妙斎は、藩主河内守吉長の叔父左兵衛尉信親《さひょうえのじょうのぶちか》の寵臣《ちょうしん》である。左兵衛尉信親は、隠居後、蟠竜公《ばんりゅうこう》とよばれている。

「しかと相違あるまいな、新吾」

「相違ございませぬ」

新吾は、真明寺の山門前で見た蚯蚓を思い出した。立夏とともに土中より這い出てくる蚯蚓は、土壌を呑み込んで作物の養分を奪い、小動物の死骸を食らう。

そして、蟠竜公の影がちらつき始めたとき、藩には必ず陰謀が渦巻き、血腥《ちなまぐさ》い暗闘が繰り広げられる。蟠竜公は、さながら大蚯蚓というべきであろう。

木漏れ日の中で、ようやく新吾は、五体の節々に痛みをおぼえはじめていた。

第四章　白十組《はくじゅうぐみ》、動く

一

「おふくろさまは、ご在宅ですか」

曽根家の門前で訪《おとな》いをいれた新吾は、中間《ちゅうげん》部屋から出てきた虎次《とらじ》に訊《き》いた。

「ご母堂《ぼどう》さまにございますか……」

仙之助の母の綾《あや》のことである。

「おわしますが……」

虎次が不審そうな顔をしたのも無理はない。新吾が曽根家に用があるとすれば、仙之助を訪ねてくるときだけである。

「実は、ご参覲《さんきん》の行列を新田村で見送ったさい、馬上の仙之助より、おふくろさまへの言伝《ことつ》てをたのまれました。さしたることでもなかったので、すっかり忘れていたのです。まことに面目《めんぼく》ない」

新吾ら徒組《かちぐみ》の者は、参覲行列の供先《ともさき》をつとめ、藩領の東外れの新田村まで先導した。五日前のことである。

「さようにございましたか。されば、早々にお取次ぎいたしましょう」

いったん屋敷内へ戻った虎次は、新吾が待つほどもなく、また小走りに出てきた。

綾は、茶亭にいるという。新吾には勝手知ったる屋敷だが、仙之助を訪ねたわけではないので、虎次の案内にまかせた。

「ご母堂さま。筧《かけい》さまをお伴《つ》れいたしましてございます」

「お入りなさい、新吾さん」

虎次が退《さ》がり、新吾は茶亭に入って、綾とふたりきりになる。

「一服しんぜましょう」

穏やかな笑みを浮かべて、綾はのんびりと言った。

「あ、いえ……わたしは、作法を存じませんから」

と新吾は、あわてて手を振る。

「作法などよろしいのですよ」

「はあ……」

旅立った息子からの言伝てをもってきたと聞いても、すぐに本題に入るような性急さをみせないのは、育ちのよい綾ならではのことである。

新吾は、茶を点《た》てる綾の手もとを眺めているあいだ、湯の沸き立つ音も庭木にとまる小蟬《こぜみ》の鳴き声も、何やら涼しげに聞いた。

それは、綾という存在のせいであろうと思わずにはいられぬ。花鳥風月を友として暮らす千早家に生まれたこの女人には、透明感がある。

やがて、新吾の前に差し出された茶は、かなり温《ぬる》めで、量の多いものであった。新吾が実は喉《のど》を渇《かわ》かせていることを、綾はちゃんと分かっていたのである。

「頂戴《ちょうだい》いたします」

新吾は、ひと息に呑《の》みほした。生き返ったような心地がする。

綾は、さらに一服、点てた。こんどは、熱めで量の少ない茶である。

それをゆっくり啜《すす》り終えると、新吾はしあわせな気分になった。が、それだけに、後ろめたい思いにも駆られた。

仙之助の伝言というのは、綾に面会するための口実なのである。

いかに友人の家とはいえ、上士《じょうし》の曽根家を、軽輩の新吾が無闇《むやみ》に訪ねることは憚《はばか》らねばならぬ。仙之助が不在と分かっていれば、なおさらのことである。それは、身分をわきまえぬ不作法というものであった。

（軽率だったかな……）

このまま何も言わずに帰ろう、と新吾は思いはじめた。

「新吾さん」

「はい」

「あなたが、仙之助からの言伝てをお忘れになるはずはないわね。わたくしに用がおありなのでしょう」

笑みを絶やさず、綾は言った。

（何もかも見抜かれている……）

このひとには敵《かな》わない。

「申し訳ありません」

きまりが悪そうに、頭を掻《か》く新吾であった。

「いいのよ。おっしゃい」

「では、申し上げます」

新吾は居住まいを正した。

「千早蔵人《くらんど》さまに会いたいのです。なにとぞお取次ぎの労をとっていただきたく、非礼をかえりみず、かく参上いたした次第にございます」

綾は、すぐには返辞をせぬ。凝《じ》っと新吾を瞶《みつ》め返すばかりである。白十組頭領としての蔵人に会いたいという意味であることが、察せられたからであろう。

「おふくろさまは、鉢谷十太夫さまが無頼の牢人《ろうにん》どもに襲われた事件をご存じでしょうか」

綾の無言のうなずきが返される。

「実は陰で糸を引く者がおりました。そやつが何のために鉢谷さまを殺害せんとしたのか、理由は分かりません。そして、そやつは、わたしなどでは到底、手の届かぬ御方《おかた》の寵臣《ちようしん》なのです」

「新吾さん」

ようやく綾が口をひらいた。

「今年も御前踏水《ごぜんとうすい》に出られるのですか」

「え……」

話がとぶのは綾にはよくあることだが、これはとびすぎではないのか。

「抜手合《ぬきてあ》わせに出ます」

仕方なく、新吾はこたえた。

「明日はお稽古《けいこ》がおあり」

「いまは各自にまかされているので、あるといえばあり、ないといえばなし、というところですが……」

「お稽古は、駒込川の水錬場《すいれんじょう》でなければいけないのかしら」

「泳げるところなら、べつだん、どこでもかまいません」

「では、明日、野入湖《のいりこ》でお稽古なさい」

めずらしく、有無を言わせぬような綾の口調であった。つまり、そこには意味がある。

（そうか……）

新吾は、すぐに理解した。野入湖を見下ろす高台に、千早屋敷が建つ。

「ありがとう存じます」

二

銀光きらめく湖水に、小舟を浮かべて、釣り糸を垂れる男がいる。そのゆったりとして柔和そうな佇《たたず》まいは、上方《かみがた》の大店《おおだな》の旦那《だんな》のような風情で、脇差《わきざし》も帯びていないが、これでも歴《れっき》とした武士であった。

舟尾の方向に、白い山が見える。ほとんど斜面いっぱいに列をなす蜜柑《みかん》の木々が、白い小花をいまを盛りと咲かせているのである。

その蜜柑の段々畑のさらに上に、数寄屋普請《すきやぶしん》の母屋《おもや》を真ん中にして、山荘ふうの家々が十棟余り建ち並ぶ。千早屋敷であった。

千早家は、禄高《ろくだか》千石。一切の役職に就《つ》かぬが、藩主家に直《じか》に意見することをゆるされた格別の家柄である。

釣り人は、その千早家当主、蔵人業亮《なりあき》であった。

小舟の中には、盥《たらい》がおいてある。釣果《ちょうか》を泳がせておくためのものだが、そこにはまだ魚の姿はない。

それでも、蔵人は、にこにこしている。こうしていることが、心地よいのである。

「あれは……」

船頭をつとめている武士が言った。千早家の御用取次《ごようとりつぎ》、阿野謙三郎《あのけんざぶろう》である。

その指さした先に、抜手《ぬきて》を切って向かってくる者が見える。新吾であることは間違いない。

釣り糸が急激に引かれ、蔵人はやや腰を浮かせる。

「これは無礼をいたしました」

腕に釣り糸をからめてしまった新吾が、立ち泳ぎしながら、大きな声で謝った。

「徒組の者か」

と謙三郎も声を張る。

野入湖には、夏のことで、あちこちに水遊びをする子どもたちや、新吾同様、水錬に励む若者などの姿が少なからず見受けられる。岸辺を逍遥《しょうよう》する遊山者《ゆさん》もいる。かれらに不審を抱かれないために、新吾と謙三郎はひと芝居うっているのである。

「筧新吾と申します。御前踏水の稽古をいたしておりました」

新吾が言うと、

「よきかな、よきかな」

こんどは、蔵人が微笑《ほほえ》んだ。

「こちらは、千早蔵人さまである」

「千早さま……」

さも仰天したようなようすで、新吾はふたたび詫《わ》びたが、蔵人は笑顔を絶やさぬ。

「いやいや、大事なる御前踏水の稽古の障《さわ》りとなったこちらが悪い。ゆるせよ」

「恐れ入ります」

「どうじゃ、にぎり飯を食べてゆかぬか。腹がすいておろう」

「御前《ごぜん》の仰せである。遠慮いたすな。水術《すいじゅつ》の話などいたせ」

と謙三郎が口添えする。

「はい。それでは、おことばに甘えます」

小舟にあがった新吾は、謙三郎から差し出された手拭《てぬぐい》で、からだを拭う。

「久しいの、新吾。いちだんと逞《たくま》しゅうなったようだ」

ひきしまって艶《つや》のある新吾の肉体を、眩《まぶ》しそうに眺めながら、蔵人は言った。

「蔵人さまもご健勝におわし、何よりのことと存じます」

六年前の冬から翌年の正月にかけて繰り広げられた藩の存亡に関《かか》わる事件以後、新吾は蔵人に謁《えっ》していない。

蟠竜公が江戸詰《づめ》の重臣らを抱き込んで、藩主河内守吉長の追い落としを画策し、これを白十組が未然にふせいだというのが、その事件である。仙之助がそれと知らずに巻き込まれたばかりに、親友の命を救うべく奔走した新吾は、図《はか》らずも、白十組頭領が千早蔵人であることを知ってしまった。

これは、とてつもない秘事である。なぜなら、白十組の頭領とその配下の正体を、藩主ですら知らないからである。歴代藩主は、その座に就いたとき、先代より、羈絏役《きせつやく》をつとめる者の名を伝えられるばかりであった。羈絏役とは、白十組と藩主をつなぐ、いわば連絡役である。

白十組の掟《おきて》に従えば、秘事を知った人間は亡き者にせねばならぬ。だが蔵人は、新吾が決して余人に秘事を洩《も》らさぬと信じ、頭領みずからその掟を破った。というより、新吾という若者に心底、惚《ほ》れ込んでしまったのである。

しかし、そうかといって、蔵人と新吾が昵懇《じっこん》になるわけにはいかなかった。白十組の動いたあの事件に関わった新吾は、蟠竜公一派から眼をつけられるに違いなく、そうなったとき、両人が交流していると、蔵人にも疑惑の眼差《まなざ》しが及んでしまう。まして身分違いの蔵人と新吾だけに、ふつうに交わるだけでも奇異に映る。なればこそ両人は、事件のあと、城下ですれ違うことすらしなかった。

ただ蔵人は、新吾にそれと気づかれずに、事件からしばらくの間、配下を身辺警固《けいご》にあたらせた。新吾を白十組につながる人間とみなし、その動きを監視することで、何としても謎《なぞ》の隠密《おんみつ》隊の正体をつかみたい。そう蟠竜公一派が考えると想像されたからである。案の定、新吾の周辺には怪しい影が出没したが、それも三ヵ月《みつき》も経つと消えた。どうやら蟠竜公一派は、新吾を白十組とは無関係と断定したようであった。

以後、蟠竜公一派も鳴りをひそめ、五年余りの歳月が流れている。

「孫七のつくったものだ」

蔵人みずから、持参の重箱のふたをあけ、新吾にすすめる。にぎり飯だけでなく、色とりどりの菜《さい》が並んでいた。

千早家の料理人の孫七は、時折、綾によばれて曽根家でも料理をするので、新吾も会ったことがある。

「いただきます」

新吾がにぎり飯にかぶりついたところで、蔵人は本題に入った。

「鳴江村の事件に、竹屋町《たけやちょう》がからんでいるそうだな」

蟠竜公の屋敷が、竹屋町の法雲寺《ほううんじ》裏手にある。

新吾は、飯粒を呑み込んでから、うなずいた。

「順を追って話してみよ」

「はい」

五十年以上前の神尾伊右衛門と長畑五平の悲劇、石原栄之進も関わることになった鉢谷邸での斬り合い、椿坂で斬られた神尾芳太郎が死に際に言い遺《のこ》したこと、真明寺における闘い、建部神妙斎の出現など、新吾はすべてを簡潔に語った。

「手短で要を得ておるな」

と蔵人が褒《ほ》めた。

「恐れ入ります」

偶然の出会いを装ったとはいえ、蔵人と長く接して怪しまれてはならぬので、いかにして要領よく説明するか、幾度《いくど》も練習してきた新吾なのである。

また、語る間、新吾は、腕を伸ばしたり縮めたり、上体を揺らせたりした。いかにも水術の説明をしているようにみせかけたのである。

「建部神妙斎は、どうかして神尾芳太郎を捜し出し、敵討《かたきう》ちとみせて、鉢谷さまを襲わせた。ところが、芳太郎がしくじったので、口封じのため、これを殺した。真明寺の全円もまた、その事実を知っていたがために、同じく口を封じた。神妙斎、いや竹屋町は、そのほんとうの意図を知られず、鉢谷さまを亡き者にしたかったのに相違ない。さように石原栄之進さまは推測しておられます」

「さすがに織部どののご子息。読みが鋭い。なれど、肝心の竹屋町の意図が分からぬというわけだな」

「はい。昔、先代の殿さまが毒殺されかけた事件以来、鉢谷さまと竹屋町とは決して相容《あいい》れぬ間柄と伝え聞いておりますが、しかし、もし竹屋町が鉢谷さまに恨みを抱いておられたなら、とうに何か起きているはず。すでに隠居されて久しい鉢谷さまに、いまさら刺客《しかく》を差し向けるのは解《げ》せないことです」

「うむ」

「敵の意図が分からなければ、ふたたび鉢谷さまが襲われるや否やも予測がつきません。さりとて、対手《あいて》が対手だけに、栄之進さまでも手出しはできかねます。それで、蔵人さまにお縋《すが》りしようと思い立った次第です」

「寛」

阿野謙三郎が怖い顔をして割って入った。

「そのほう、白十組のことを、石原栄之進どのに明かしたのではあるまいな」

むっとして、新吾は謙三郎を睨《にら》み返す。

「白十組のはの字すら、口にしておりません」

「謙三郎。筧新吾は、たとえおのが身を斬り刻まれようと、秘事は明かさぬ男だ」

蔵人が真剣な面持《おもも》ちで言ってくれたので、新吾はいささか誇らしい気分になり、謙三郎に向かって鼻をうごめかした。ただ、斬り刻まれても は、ちょっと、と思った。

「建部神妙斎のことや、石原栄之進の推測を、鳴江村のご老体に話したか」

「とんでもないことです」

すぐに新吾は、ぱたぱたと手を振った。

「あのご気象《きしょう》ですから、さようなことをお知りになれば、きっと竹屋町へお討ち入りなされます」

「あははは」

蔵人は腹を抱えた。

「新吾よ。そのさい、ご老体がついて来《こ》よと仰せられたら、なんとする」

むろんこれは蔵人の冗談である。

「鉢谷さまは、さようなことは仰せられません。必ずおひとりで往《ゆ》かれます。なれど、わたしは、来るなと言われてもついてゆきます。九念寺《きゅうねんじ》の口惜《くちお》しさを二度と味わいたくはありませんから」

新吾の迷いのない心情の吐露であった。

蔵人が表情をはじめて曇らせる。

「寛。無礼であるぞ」

押し殺した怒声を投げた謙三郎だが、

「よい、謙三郎」

と蔵人に制せられる。

蟠竜公の吉長追い落としの陰謀のさい、蔵人は、猫頭巾《ねこずきん》で素顔を隠し、駒込川の水錬場にほど近い九念寺において、深夜、蟠竜公と対決した。だが、陰謀の確たる証拠を握っていないと見抜かれた蔵人は、蟠竜公にあしらわれ、この大物を屈伏せしめる機会を逸してしまったのである。そのとき、残された最後の手段は、刺し違えることであったが、蔵人はそれをしなかった。

蟠竜公の悪謀のために、多数の人が死に、藩は困窮し、新吾自身は親友を殺されかけた。いかに藩主の叔父《おじ》だからとて、これを野放しにしては、大いなる禍根《かこん》を残すことは明白ではないか。白十組に同行していた新吾は、みずからは刀の鯉口《こいぐち》を切り、捨て身を覚悟したところを謙三郎に制せられてしまっただけに、あのときの口惜しさは筆舌に尽くせぬものがあった。と同時に、蟠竜公と刺し違えなかった蔵人を、見損《みそこ》なったのである。

蔵人自身も、新吾の心の動きを察し、おのれに忸怩《じくじ》たる思いを抱いたものであった。

「新吾。この蔵人を、まだ見損のうておるか」

「さようなつもりで申したのではありません。お気を悪くなされたのなら、あやまります」

ぺこりと新吾は頭をさげた。

「それに、蔵人さまを見損なっていれば、このように組ったりいたしません。わたしも、すこしは成長しました。あのとき、どちらかが刀を抜いていれば、いまごろ藩は潰《つぶ》れていたように思います」

よく分別《ふんべつ》したとでも言いたげに、ひとりうなずいたのは謙三郎である。

「いや、新吾」

と蔵人が、ゆっくりかぶりを振る。

「そなたは正しかった。おのれを捨てて、一途《いちず》に友を愛し、藩を憂えたそなたの美しい心は、なにものにも代えがたい。おとなになることはないのだ。あのときの寛新吾のままでよい」

しばし、蔵人と新吾は、瞶《みつ》め合った。

（おとなになることはない……）

そのことばを、新吾は噛《か》みしめる。

新たな旅立ちをした太郎左と仙之助を見送って、自分だけがおとなになりきれず、取り残されたような寂寥感《せきりようかん》やもどかしさ、そして二度と戻らぬ輝かしい日々をひとり思う切なさに、いまも時折、懊悩《おうのう》する新吾である。蔵人の一言は、その苦しさから、自分を解放してくれたような気がした。

無理しておとなになろうとしなくていい。過ぎ去った昔を懐かしむのは、自然なことではないか。

（おれはおれのまま生きればいいんだ）

それまで鏡のようであった湖水が、ふいに小波《さざなみ》を立てた。新吾は、蔵人との間を吹き抜ける爽《さわ》やかな湖風を、眼で捉《とら》えたような気がした。

「寛。もう往け。あとは、われらが探る」

謙三郎が促す。長居は禁物であった。

新吾は立ち上がると、大きな声でにぎり飯の礼を言った。

「一層、励めよ」

と蔵人が声をかける。

ちらりと蔵人と謙三郎を振り返った新吾は、一言ささやいた。

「とうに探索を始めておられると思っていましたが……」

ふいをつかれたかっこうの蔵人も謙三郎も、狼狽《ろうばい》の色を思わず顔に出してしまう。

真明寺を訪ねた日、武徳館の校庭で赤沢安右衛門から不審の眼を向けられたことが、新吾をして、この事件に白十組は何らかの形ですでに関わりをもっている、と想像させたのである。

新吾は、くすっという小さな笑い声を残して、湖へ飛び込んだ。

「たいしたものよ」

うれしくて仕方ないというふうに、蔵人は満面を綻《ほころ》ばせた。

「やはり配下になされますか、寛を」

謙三郎が主人の表情を窺《うかが》う。

「その儀は……」

と言ったなり、蔵人は押し黙った。

白十組は、闇に生きる者たちである。この夏の光のように明るい新吾には似合うまい、と蔵人は思う。できれば、表の世界で活躍させてやりたい若者なのである。しかし、だからこそ、人を欺《あざむ》かねばならぬ隠密に向くともいえよう。

愛すべき若者の泳ぎ去る姿を、蔵人はいつまでも見送りつづけた。

三

「おお、新吾」

鉢谷邸を訪ね、裏庭へまわりこむと、諸肌《もろはだ》脱ぎで木刀を振る栄之進に出迎えられた。

栄之進は、ちかごろ剣術に迷いが生じているので、師である十太夫に鍛え直していただきたいと申し出て、真明寺事件の翌日から鉢谷邸に泊まり込んでいた。はや四泊になる。

「これはご精の出ることでございます」

新吾も、にこやかに挨拶する。

縁側であぐらを組む十太夫が、どこやら不満そうな面持ちで、新吾と栄之進をかわるがわる睨んだ。

気づかぬふりをするふたりであった。

真明寺で無頼の牢人どもと斬り合った一件は、藩庁の処理という点において、すでに片がついている。

栄之進は、斬り合いのあと、国家老であり父でもある石原織部に急報したが、そのさい十太夫と神尾芳太郎の名を出さなかった。穂屋ケ原まで遠駈《とおが》けに出たところ、飲み水をもらうために立ち寄った真明寺で、いきなり住職全円の手下どもに斬りかかられ、やむをえず刀を抜くと、対手は弓矢をもちだし、その乱戦の中で全円は味方の矢を浴びて死んだと釈明し、辻褄《つじつま》を合わせた。

領内の寺社を管掌《かんしょう》するのは、寺社奉行である。織部が寺社奉行横田理左衛門に早々の出頭を命じたところ、理左衛門は、使者を待たせておいて自室に戻り、自害し果ててしまった。だが、家来の中に正直な者がいて、白状に及んだ。無頼の徒を飼い、旅人を襲って金品を強奪したり、賭場《とば》を開くなどしている生臭坊主《なまぐさぼうず》全円の悪行を、見て見ぬふりをする代わりに、理左衛門は賄賂《まいない》を受け取っていたという。ちかごろ、その事実が噂《うわさ》になりはじめていたので、全円は栄之進らを藩庁の密偵か何かと思い違いして、斬りかかったのではないか、とその家来は言った。もっともな推理というべきであろう。

栄之進は、建部神妙斎のことを織部に明かさなかった。それを明かせば、背後に蟠竜公の影が現れるから、事はきわめて重大なものとなろう。そうなると、どうしても五十有余年前の悲劇から話を説き起こさねばならず、十太夫が守ろうとしている神尾家と長畑家の名誉を汚すことは避けられまい。それに、芳太郎と全円を殺したのは神妙斎であったと新吾はきめつけたが、面体《めんてい》までたしかめ得たわけではなく、確証がないのである。栄之進が事の解決を焦《あせ》って、すべてを告げれば、織部は動きだし、蟠竜公が勘づく。この陰謀家の息のかかった藩士は、少なくないのである。結果、蟠竜公は、陰謀の種を蒔《ま》いたまま退いて、その一斉の発芽を凝《じ》っと待つか、あるいは、由姫誘拐事件のときのように、ふたたび血腥《ちなまぐさ》い風を吹き荒れさせるか、どちらかであろう。いずれにせよ、好ましからざる事態である。蟠竜公がなにゆえ十太夫の命を狙わせたのか、それを新吾とふたりで探りだすまでは、藩庁を動かすまいと思い決した栄之進なのであった。

真明寺の一件では、栄之進はお咎《とが》めなしである。それどころか、悪の温床であった荒れ寺を掃除したというので、藩内でまた株が上がった。

新吾のことは話題にものぼらぬ。このあたりは、次期国家老と目される俊英と、軽輩の三男坊の違いであったろう。

栄之進と新吾は、十太夫にだけは、真明寺を訪ねたほんとうの理由を話してある。神尾芳太郎のことを知っているや否や、全円に問いただすためであった、と。

だが、あとは嘘《うそ》をついた。藩庁の回し者とみられて、いきなり斬りつけられたので、何も訊けなかったが、やはり鉢谷さまの仰せられたとおり、芳太郎はまことの両親と同じ墓に入りたくて、末期《まつご》に菩提寺《ぼだいじ》の名を新吾に伝えようとしたのでしょう、と。

「鉢谷さま。お加減はいかがですか」

新吾が声をかけると、十太夫はさらに睨みつけてきた。

「だいぶおよろしいようだ」

代わりに栄之進がこたえる。

「それはようございました」

「どうだ、新吾、対手をせぬか」

「はい。願ってもないことです」

新吾は、両刀を外して縁側へ置くと、袴《はかま》の股立《ももだ》ちをとる。

「新吾、どういうつもりじゃ」

ついに十太夫の怒声があがった。

「どういうつもりって、わたしは見舞いにまいっております」

とぼけた顔で、新吾は言う。

「嘘をつけ。この数日来、毎日やって来るではないか。見舞いが聞いてあきれるわ」

「おまえさま、そんな罰当《ばちあ》たりなこと、言うもんでねえ」

台所のほうから、お花の声がとんできた。十太夫の怒声を聞いたのであろう。

「新吾さんは、おまえさまのからだを案じて来てくれるだで。素直に礼を言わなきゃだめだ」

「そなたは、黙って……」

そこまで言いかけて、十太夫はあとのことばを呑み込む。お花と喧嘩《けんか》しても仕方がない。

「分かった、分かった」

台所に向かってそう返辞をしておいてから、十太夫はこんどは栄之進を見やる。

「栄之進。そなたもじゃ」

「は……」

こちらもとぼけた。

「剣に迷いが生じておるなどと、ぬけぬけと申しおって」

すると栄之進は、極《き》まり悪そうに、首の横のあたりを撫《な》でる。そのようすを見て、新吾もぽりぽりと頭を掻《か》いた。

「何かわしに隠しておろう。申せ」

だが、ふたりとも、返辞をせぬ。

「栄之進。新吾」

ついに十太夫は腰を浮かせる。

「こう暑くてはかなわぬなあ」

と栄之進が、空を見上げて言う。

「新吾。駒込川へ泳ぎにゆくか」

「よい思案にございます。わたしも御前踏水の稽古をいたしますから」

「ならば、ちょうどよい。まいろう」

汗も拭わず、さっさと肌を入れると、栄之進は歩きだした。庭に控えていた小者《こもの》の三次郎が、あるじの両刀を抱えてつづく。

「御免」

新吾も両刀を差すと、十太夫に一礼してから、走り去った。

「たちの悪いやつらじゃ」

残された十太夫は、舌打ちを洩らしたが、新吾らの姿が見えなくなると、ふっと和《なご》んだ笑みをみせた。

（あれで、わしの警固をしているつもりか……）

栄之進と新吾が何か隠し事をしているという疑いは拭いきれない。しかし、それを措《お》いても、十太夫がふたたび襲われはしないかと心底より危惧《きぐ》し、しばらくの間は自分たちの身を挺《てい》して警固をしようと、ふたりが思い立ったことは想像に難くなかった。その気持ちが、十太夫にはうれしいのである。

一方、鉢谷邸をあとにした栄之進と新吾は、苦笑いを浮かべていた。

「まったくあつかいにくい爺様《じいさま》ですね」

「いまに始まったことではあるまい」

「それもそうでした」

こんどは、おかしそうに笑うふたりであった。

「それにしても、おひとりにして大丈夫でしょうか」

「大事ない。夜になれば、鉢谷さまのお屋敷まわりを、井出庄助がそれとなく見張る」

庄助は石原家の家士《かし》で、剣の腕が立つ。

「庄助どのはいずれに」

「あの百姓家だ」

栄之進が指さした家は、鉢谷邸からそれこそ眼と鼻の先にある。

村役人を通じて、ひそかに話をつけ、庄助以下三名をしばらく逗留《とうりゅう》させてもらうことにした、と栄之進は明かした。

いずれ栄之進も新吾も、十太夫から煙たがられることは眼に見えていたので、次善策を打っておいたということである。このあたりも、さすがに栄之進というべきで、新吾は一層、敬意の念を抱いた。

「いまいちど襲うてまいればよいのだが……」

と栄之進はつぶやいた。物騒な科白《せりふ》というべきではある。

栄之進は、蟠竜公が神妙斎を通じて、全円を傭《やと》っていたに違いないと思っている。何か薄汚い仕事をさせるときのためであったろう。そのために、全円は全円で、牢人どもを飼った。だから、牢人どもは裏の事情を何も知らなかったろうが、全円はいささかは通じていた。そう考えれば、真明寺にさわると後悔するぞと全円が凄《すご》んでみせたことも、腑《ふ》に落ちる。大きな後ろ楯《だて》を意識しての威《おど》し文句だったのである。

また、寺社奉行横田理左衛門が、全円を野放しにしておいたのも、あるいは賄賂の効果というより、蟠竜公からのほのめかしでもあったのやもしれぬ。

全円か理左衛門か、いずれかが生きていれば、口を割らせることもできたろうが、いまとなってはもう遅い。

栄之進が物騒な科白を吐いたのも、蟠竜公一派の者を、ひとりでもいいから生け捕りたいからであった。いまのところ、ほかに手はない。

「新吾。いつまでこのさまがつづくか、わたしにも分からぬが、ついてきてくれるか」

「もとよりのことです」

「いよいよとなれば、わたしが竹屋町へ乗り込む」

「それは危のうございます」

「ご機嫌伺《うかが》いにまいるだけだ」

栄之進は笑ったが、その秘めたる決意が新吾には伝わってくる。

(そのときは、おれが……)

新吾もまた、ひそかに覚悟を決めた。

「そうだ。明日、わたしは中洲《なかす》で才兵衛に会うぞ」

「え。兄、いや組頭《くみがしら》に」

「うれしいことに、陋巷《ろうこう》会に招かれたのだ」

陋巷会とは、軽格の藩士らによる藩政研究会である。新吾の長兄、湯浅才兵衛はその音頭《おんど》取《とり》であった。

栄之進の言った中洲というのは、愛宕町《あたごちょう》木念寺《もくねんじ》境内に設けられた水茶屋の屋号である。

川中の陸地を休み処と見立てた名でもあろうか。手頃な値で、そこそこのもてなしをしてくれるので、軽輩の者らが会合によく使う。

陋巷会など、上士ならば、招かれても出席すまい。格段に身分の高い国家老の嫡男《ちゃくなん》ともなれば、なおさらであろう。

それを、うれしいことに、と栄之進は言った。すでにこうして、軽輩で年下の新吾を、頼りにし、対等に扱ってくれること自体、栄之進のただならぬ懐《ふところ》の深さを示すものである。

(栄之進さまが御執政になられれば、藩の行く末は輝かしい)

そして新吾は、栄之進の傍《かたわ》らで新しい藩法か何かを読み上げる仙之助の姿を、心中に過《よぎ》らせた。このうえない名宰相と輔佐《ほさ》の誕生ではないか。

これほど心躍る夢はまたとない。気分の明るくなる新吾であった。

四

「組頭さまがお見えにございます」

助次郎の居室へ、妻のなおがやってきて告げた。

「いや、それがな……」

助次郎は、顔をしかめ、腹をおさえている。

「いかがなさいました」

「どうも、いましがたより腹が痛《いと》うて、痛うて。なあ、新吾」

眼の前に端座する新吾に、助けをもとめる。

「盗み食いなどするからです。あの饅頭《まんじゅう》は、いささか日が経っていると、母上が仰せられたではないですか」

もらいもので、仏壇に供えてあった饅頭を助次郎が食べたのだ、と新吾はなおに説明した。

「さようですか」

なおの口調は冷やかである。

「それでは、陋巷会にご出席なされても、酒《さき》を召し上がることはできませぬな。わたくしから組頭さまに、そのように申し伝えておきます。早々にご支度なされませ」

「支度って……」

助次郎は、あっけにとられる。陋巷会になんぞ出席したくないから、新吾を証人に立てて腹痛を訴えているのだが、敵もさるものであった。なおは、先刻、良人《おっと》の嘘をお見通しなのである。

「あ、なお。組頭には何も伝えずともよい。腹痛ぐらいで大事な集まりをしくじるほど、おれもやわではないぞ。堪《た》え忍んで、立派につとめてみせよう」

助次郎は、男らしく立ち上がった。

（よく言うなあ……）

藩政の研究など毛筋の先ほどの興味もない助次郎であることを、新吾は分かっている。寛家を嗣《つ》いだとき、才兵衛によって無理やり陋巷会へ入会させられたのだが、どだい無理な話ではないか。真面目な会に入ったからといって、素行のあらたまる助次郎ではあるまい。

新吾は、助次郎を見送るべく、なおとともに玄関まで出た。

「新吾」

じろりと才兵衛に睨まれる。

「ちかごろ、石原栄之進どのの従者の真似事などしておるようだが、ほどほどにしておけ」

「従者の真似事などしておりません。いささか気に入っていただいているだけです」

「あちらは、いずれ御執政の座に就かれる御方だ」

「存じております」

「軽輩のそなたが、そのような御方に近づいておれば、要らざる誤解を招く。もう子どもではないのだ。それくらいのことは、察しがつこう」

「どういうことですか」

「…………」

才兵衛がためらっていると、

「寛の三男坊は金魚の糞《ふん》」

と助次郎が口を挿《はさ》んだ。

「助次郎」

才兵衛は弟を叱《しか》りつける。

「いいじゃないですか、精一郎兄上。いずれ新吾の耳にも入るでしょうから」

助次郎の口調がくだけた。

「誰がそんなことを……」

新吾は、おもてを強張《こわば》らせた。怒りがこみあげてきたのである。

金魚の糞とは、おそらく、新吾が恥ずかしげもなく栄之進に取り入り、出世を狙っていると揶揄《やゆ》したものであろう。新吾には、思ってもみないことであった。

「誰が言おうと、そんなことはいいさ。世間のやっかみというものだ。気にするな、新吾」

ぽん、と助次郎は新吾の肩を叩《たた》いて、式台から土間へ下りた。

「ともかく自重《じちょう》いたせ。よいな、新吾」

才兵衛が背を向けた。

それが捨て科白のように聞こえた新吾は、頭に血を昇らせてしまう。

「お待ちください」

新吾はよびとめ、才兵衛が振り返る。

「組頭はいかがです」

「なんのことだ」

「今夜の陋巷会の集まりには、栄之進さまを招いておられるとうかがっております」

「たしかに招いておる」

「ならば、兄上とて金魚の糞ではありませんか」

「よせ、新吾」

助次郎が割って入る。

「おれの口がすべった。悪かった」

「助次郎兄上に訊《たず》ねているのではありません。組頭のおこたえを聞きたいのです」

この件については、たとえ対手が怖い長兄でも、一歩も退《ひ》く気のない新吾であった。

「まったくの別儀」

冷たく才兵衛は言い放った。

「陋巷会は、藩政について意見を交わし合い、藩のさきゆきを論じ、ときには藩庁へ具申にも及ぶ集まりだ。そこに、次期御執政となられる御方を招いて、談論風発《だんろんふうはつ》いたすは、いわば公《おおやけ》の儀。そなたの私事の交わりとは、根本が違う」

「身分違いの私事の交わりが、そんなに悪いことですか。仙之助を友にもったことも、鉢谷さまにかわいがっていただくのも、悪いことですか」

「そこまで申してはおらぬ」

「仰せられたも同じです」

「控えよ、寛新吾」

才兵衛が何を言ったのか、新吾には一瞬、分かりかねた。が、才兵衛の後ろに立った助次郎が眼配《めくば》せしてくれたので、ようやく理解する。

新吾は式台に立ち、土間に立つ才兵衛を見下ろすかっこうになっている。

唇を嚙みながら、それでも新吾は、式台に正座し、才兵衛を見上げた。

「よいか、新吾……」

才兵衛の声音《こわね》が、やさしくなる。

「武家とは、かくも窮屈なものだ。この窮屈さを日常とできるようにならねば、いつか道をあやまる。そなたは自由すぎるのだ。わしは、弟を失いとうはない」

新吾の頭は混乱する。昂奮《こうふん》のあまり、才兵衛のことばの意味をすぐに理解できないが、兄の温情だけは伝わってきたからである。

「組頭。早《はよ》う往かねば、おくれまするぞ」

と助次郎が促す。

「おまえもだ、助次郎」

「おまえもとは……」

「自由すぎる。もっとも、おまえの場合は、むちゃくちゃと申したほうがよい。今夜こそ吞みすぎるでないぞ」

「酒なくば談論風発もありませぬぞ」

「愚にもつかぬことばかり申して、いたずらに会を紛糾《ふんきゅう》させる男が、よく言うものだ」

まいれ、と才兵衛は言って、先に立った。

助次郎が、新吾の耳もとまで上体を傾け、素早くささやいた。

「見たか、兄上の顔。照れてやがる」

泣くなよと言い残して、助次郎も玄関から出てゆく。

西日を浴びる兄たちの後ろ姿を見送りながら、だが、溢《あふ》れ出る泪《なみだ》をとめようのない新吾であった。怒りと口惜しさと、そして才兵衛の真意を悟ったありがたさとが綯《な》い交《ま》ぜの、名状しがたい泪である。

新吾は、鉢谷屋敷でも、真明寺でも斬り合った。まかり間違えば、自分こそ命を落としていたやもしれぬ。そんな弟の身が、わが身を切られるほど案じられてならぬ才兵衛なのである。新吾が口さがない者らからどんなふうに誹《そし》られようと、実はそんなことを才兵衛は歯牙《しが》にかけてもいまい。新吾に冷たいことばを投げつけたのは、弟を死なせたくないという、その思いのみによったに違いなかった。

十六歳の春の出来事が、新吾の脳裡《のうり》に蘇《よみがえ》る。

才兵衛、いや精一郎は、初恋のひと真沙を窮地より救うため、剣鬼ともいうべき秋津右近《あきつうこん》を斬った。その現場に居合わせた新吾は、あまりのことに気を失ってしまい、精一郎に背負われて家路についた。精一郎は、新吾が家まで意識を取り戻さなかったと思っていたようだが、実は違う。新吾は、途中で気づいた。だが、そのまま凝っとしていた。よくおんぶしてもらった幼いころを思い出し、懐かしくなったからである。兄の背中は広くて温かかった。

「新吾どの」

嫂《あによめ》のなおに声をかけられたので、新吾は拳《こぶし》で泪を拭った。

「あとでお迎えをたのみましたよ」

「あのひとは、どうせ足もとも覚束《おぼつか》ないほど呑むに決まっておりますから」

どうしてこのひとはこんなに冷たいのか、と新吾は内心、溜《た》め息《いき》をつく。

「手にあまるようでしたら、いたしかたありませぬ。まぐそ小路にでも泊まっておいでなさい」

「え……」

新吾は眼を剝《む》いた。なおが助次郎の外泊許可を出すなど、はじめてのことである。しかも、まぐそ小路と言った。助次郎が聞いたら、かえって恐怖のあまり悶絶《もんぜつ》するに違いない。

なおが、懐から紙包みを出したかと見るや、それを新吾の袂《たもと》の中へ手早く押し込んだ。幾《いく》許《ばく》かの銭が入っていることは疑いない。

「嫂上《あねうえ》……」

なおを見損なっていた自分を、新吾は慚《は》じた。

「申すまでもありませぬが、このことは、あのひとには明かさぬように。よろしいな、新吾どの」

さいごの念押しのさいは、いつもの怖い嫂の顔に戻っている。やはり、こちらがほんとうの姿なのか。

「はい。誓って」

身を縮こまらせる新吾であった。

やがて、日は落ちた。

木念寺に新吾が到着したのは、暮《くれ》の六ツ半をいささか過ぎた頃合いである。境内に入ると、葭簀《よしず》張《ば》りの小屋が見えた。軒下の〈中洲〉と書かれた掛行灯《かけあんどん》の明かりに、見世先《みせさき》の炉と茶釜《ちゃがま》が浮かんでいる。

陋巷会の者が幾人か、見世の外に出て、ほろ酔いの態《てい》で談笑する姿が見えた。夏のことで、空にはまだ仄《ほの》かな明るさが残るが、純粋に藩政について意見を闘わせることを陋巷会の本旨《ほんし》とする才兵衛は、皆が酒に呑まれる前に会合を切り上げるのが常であった。もっとも、中洲自体も、寺社の境内ということで、五ツまでしか営業をゆるされていない。

新吾が近づいてゆくと、ちょうど見世から才兵衛も出てきた。

「なおどのに頼まれたか」

新吾の顔を見るなり、才兵衛が言いあてた。

「はい。どうせひどく酔っているだろうからと」

才兵衛が苦笑する。会合の途中で厠《かわや》に立つふりをして、そのまま助次郎は姿を消したのだという。

「逃げおった」

新吾も予想しないではなかったが、まさか石原栄之進を招いた集まりで、そこまではしないだろうと高《たか》を括《くく》っていたのである。助次郎に対する見方が甘かった。

ところで栄之進の姿は、とあたりを見回しかけて、新吾は思いとどまる。さきほど栄之進のことで、才兵衛ともめたばかりなので、気が引けたのである。

「伝馬町へ往ってみます」

まぐそ小路は伝馬町の一角である。

「新吾」

才兵衛によびとめられた。

「なんでしょう」

「いや……」

めずらしく才兵衛が、口ごもる。兄も気まずい思いをしていることが、それで新吾には察せられた。

「あまり助次郎を甘やかすな」

言うつもりもないことを言ったのは、明らかである。

「分かっております」

才兵衛の気持ちは分かっていると新吾は匂わせた。うなずき返した才兵衛の表情が、少し明るい。これが血を分けた兄弟というものであろう。

それから四半時《しはんとき》もしないうちに、新吾はまぐそ小路の茶屋〈さがり藤《ふじ》〉で、助次郎の姿を見つけた。

建物は、さがり藤という美しい屋号と似ても似つかぬ、薄汚れて半ば壊れかけた棟割《むねわり》だが、茶汲女《ちゃくみおんな》と酒が佳《よ》いというので、遊び人には評判のよい茶屋である。さがり藤というのも、閨事《ねやごと》に関係した隠語らしいが、そこまで新吾は知らない。

「よお、新吾。来ると思っていたぞ」

ひどく乱れた風情だが、たしかに顔だちなどは整った女に酌をさせながら、助次郎はうれしそうに言った。こんなときの助次郎は、何やら死ぬほど楽しそうに見える。

(嫂上の気も知らないで……)

新吾は、なおから預かった紙包みの中身を、助次郎のために使うのは、ばかばかしいような気がしてきた。

「おまえも呑め」

「お泊まりになるつもりではないでしょうね」

「帰る、帰る」

この言いかたは、帰る気がない。

しかし、少しつき合おう、と新吾は思った。新吾も今夜は呑みたい気分なのである。

女に酌をされ、新吾はひと息に呷《あお》った。それから、たてつづけに、さらに二杯。

「おまえも強くなったな、新吾」

「指南役がよろしいものですから」

「わが弟はたのもしい。それにひきかえ、あれはだめだ」

「あれとは……」

「石原栄之進さ。さいしょの一、二杯でへろへろになった」

「え……」

「おれが遁《に》げる前に、早くもこんなだ」

助次郎は、両眼を半ば閉じ、口をだらしなく開けて舌を見せ、上体をふらふらさせてみせる。女が笑った。

「あのぶんでは、今夜は中洲に泊まるのではないか」

おかしい、と新吾は思った。いつか仙之助から、栄之進どのはお酒にも強く、どれほど呑んでも姿勢ひとつ崩されないそうです、と聞いたことがある。

蟠竜公の影が、新吾の前に膨《ふく》れあがった。一昨日、野入湖の舟上で、新吾は先代藩主毒殺未遂事件のことを口にしたが、そのことが同時に思い起こされる。

栄之進の酒、あるいは盃《さかずき》に、毒でも盛ってあったのであろうか。

こうした自分の反応は、過敏にすぎるやもしれぬ。仙之助の話は人伝《ひとづ》てに聞いたものだから、実際には栄之進は酒に弱いのかもしれぬではないか。

（いや、蟠竜公が動きはじめたのはたしかなんだ。要心して、しすぎるということはないぞ）

胸騒ぎもする。

新吾は、ふいに座を立った。

「お。踊りでもやるか」

勘違いして手をうった助次郎へ、新吾はなおから預かった紙包みを押しつけた。

「今夜はお泊まりになってください」

新吾は、さがり藤を跳びだした。

紙包みをひらいた助次郎は、にんまりとする。

「ああ、もつべきものは弟かな」

新吾は、提灯《ちょうちん》を手に、夜道を一散に愛宕町へ駈け戻った。

木念寺の参道へ走り込んだ。暗い。五ツをとうに過ぎたので、中洲も火を落としてひっそりと静まり返っている。

そう思われたのは一瞬のことで、にわかに足音が新吾の耳朶《じだ》を打った。

中洲の小屋の向こう側から参道へ、影が出現した。

（刺客）

そうと新吾は断じた。痺《しび》れ薬か睡《ねむ》り薬か知らぬが、あらかじめ栄之進にこれを盛っておき、まったく動けなくなったところへ忍び寄って殺害する。いや、もう殺害してしまったのか。

新吾は、参道沿いに植えられた木の枝に提灯をひっかけておいて、ふたたび参道の中央へ戻り、差料《さしりょう》を抜いた。

「とまれ」

だが、影は、立ちはだかった新吾に気づいても、とまるようすはない。

「斬るぞ」

それでも影はとまらぬ。

一瞬、新吾は躊躇《ためら》った。影がもし建部神妙斎であれば、斬られるのは自分のほうである。

弟を失いとうはない……。

才兵衛の情愛のこもった一言が胸内を過《よぎ》った。

（兄上。やはり、わたしは、窮屈な生きかたはできない）

影が肉薄する。

「やああっ」

夏月まで顫《ふる》わせるような剽悍《ひょうかん》な気合声を発して、新吾は影に向かって渾身《こんしん》の突きを浴びせた。

すれ違いざまに、手応《てごた》えがあった。が、軽い。影は、そのまま、走り去った。

血が匂った。新吾は、おのれの剣の切っ先が濡れていることを知った。影はどこかに傷を負ったはずである。

また、足音が聞こえた。ふたりめの影が小屋の向こうから現れたのである。

新吾は、剣を右八相《みぎはっそう》につけて、新たな影が襲ってくるのを待った。こやつは逃がさぬ。

「逃げなんだとは、ふてぶてしい」

影の声はくぐもっている。だが、どういう意味か。

影は、一挙に間合いを詰めてきた。

伸びのある突きが、新吾の喉首《のどくび》を襲った。これを新吾は、上から叩き伏せ、剣をすべらせざまに、影へからだを寄せた。

そのまま、木立のほうへ押してゆく。枝にひっかけた提灯の明かりで、対手の面体《めんてい》をたしかめるつもりであった。

「おっ……」

明かりがわずかに届いた瞬間、対手のほうが先におどろきの声をあげた。

「筧新吾ではないか」

猫頭巾の下から、またくぐもった声を発した対手を、新吾もようやく見定めた。

「介添《かいぞえ》っ……」

表の顔は武徳館教導方介添、裏の顔は白十組随一の手錬者《てだれ》、赤沢安右衛門であった。

（まさか、白十組が栄之進さまのお命を狙ったのか……）

提灯の仄明かりの中で、新吾は安右衛門に疑惑の眼差しを向けた。

木葉木菟《このはずく》が鳴いている。椿坂で神尾芳太郎が惨殺されたときと同じであった。

第五章　旅立ち

一

「径三尺二寸で、あの弦が三尺だから、矢はおおよそ……」

机を前にした新吾は、顔の前に筆を立てて、一方の眼を瞑《つぶ》り、小声でぶつぶつ呟《つぶや》いている。

演壇上に掲げられた大きな紙に、いくつか算術の設問が記してある。その中に描かれた円内の三角形の矢（高さ）の寸法を、新吾は目算しているのであった。

その新吾の手の甲が、ぴしりと鳴った。

「痛《い》てっ」

扇子《せんす》で叩《たた》いた対手《あいて》を見上げると、算術の助教《じょきょう》の伊沢格二郎《いざわかくじろう》である。

「おおよそとは何だ。しかと点竄《てんざん》いたせ」

天才数学者関孝和《せきたかかず》が、算木《さんぎ》を用いる中国伝来の天元術《てんげんじゅつ》を改良し、紙に書いて表す傍書法《ぼうしょほう》を創始したことで、代数式《だいすうしき》を使った種々の計算は容易になった。演段術《えんだんじゅつ》とよばれるこれを、関の弟子らがさらに発展させ、日本独特の筆算式高等代数学が生まれた。すなわち、点竄術である。

そういう説明を耳にするだけでも頭痛がするほど、新吾は算術が不得手《ふえて》であった。苦手なものは、人生には不必要であるときめつけて、みずからを納得させようとするのは、人の常であろう。そこで新吾も、漢学者の言を、得たりとばかりに信奉するふりをしていた。

「錙銖《ししゅ》を算するは商賈《しょうこ》の業なり」

要するに、算術なんぞ商人のすることで、武士やまともな学者がこれを学んでは、品位を疑われると言いたいのである。

むろん新吾自身に、商人を軽《かろ》んずる気持ちはさらさらない。ただ、算術の受講中、銭勘定がそんなに楽しいかと憤激し、教授に殴りかかろうとした太郎左は論外としても、自分の将来にこの学問が役立つとは、いささかも思えぬのであった。

「よいか、皆」

伊沢助教が、答案を必死にひねり出そうとしている諸生の間を、ゆっくり歩きながら言う。

「幾度《いくど》も教えてきたことだが、あらためて申すぞ。武士に算術は必須《ひっす》である。戦時においては、城砦《じょうさい》の経営、軍伍の整列、糧食の分配をはじめ、兵具を製するにも、遠近高低を測るにも、短煩《たんこう》射弾の用を達するにも、悉く《ことごと》算術の力に頼らずということはないのだ。平時に

おいても、しかり。およそ国用を弁する基本、民生に便するの根本、賦税を均《ひと》しくし、冗費を除き、量入制出の政《まつりごと》を立て……」

伊沢助教の説教は延々とつづくが、すでに新吾は上の空である。算術の試験はお手上げだとあきらめた途端に、思いは一昨夜へと飛んだ。

水茶屋〈中洲〉の設けられた木念寺境内で、闇の中から出現し、新吾と斬り結んだ黒影の正体は、赤沢安右衛門であった。白十組が石原栄之進暗殺を企んだのかと疑った新吾であったが、安右衛門はそうではないと否定し、刺客《しかく》が栄之進の部屋へ達する前に、これを発見し、捕らえるべく追いかけはじめた矢先に、新吾に出くわしたのだという。

たしかに、もうひとつの黒影が、安右衛門出現の前に、すれ違いざまに新吾へ斬りつけ、そのまま逃走している。

睡《ねむ》り薬を呑《の》まされたらしく、深い眠りに落ちている栄之進だが、大事はないと安右衛門は請け合った。しかし、刺客は蟠竜公の手の者でしょうかと新吾が訊《たず》ねても、安右衛門は何もこたえてはくれぬ。白十組の任務に関《かか》わることを、余人に明かすことはできぬのであろうが、認めたも同然だと新吾は思った。

野入湖の舟上で千早蔵人と会見したさい、神尾芳太郎による鉢谷十太夫襲撃とは別のところで、それ以前から白十組は蟠竜公に何らかの探りを入れているのではないか、とおぼろげながら想像した新吾である。安右衛門があまりにもうまく刺客の刃から栄之進を救ったことで、その想像は確信に変わったといってよい。

十太夫の次は栄之進。事ここに至っては、白十組が蟠竜公の何を探っているのか、すべてを明かしてもらわねば、納得できるものではない。また、引き下がる気にもなれぬ。新吾は、安右衛門を脅《おど》した。

「明かしていただけぬとあらば、栄之進さまに白十組のことを告げ、ふたり打ち揃《そろ》うて千早屋敷へ乗り込み、蔵人さまに直《じか》にお訊ねいたします」

一両日待てと言いおいて、安右衛門は消えた。

新吾は、昨日は朝早く〈中洲〉へ駈けつけた。安右衛門が請け合ってくれたものの、栄之進の身が案じられたからである。

ちょうど起き出したばかりの栄之進は、頭が痛むようで、昨晩のことはほとんど覚えていないと苦笑した。あるじの眼覚めを待っていた三次郎が、栄之進さまがいつも召し上がるお酒は上物ばかりにございますから、〈中洲〉の安酒で悪酔いなされたに相違ございません、と声を落として新吾に言った。

安酒かどうかはともかく、どうやら栄之進自身、睡り薬を混ぜられたとは思っていないようであった。むろん、我が身に刺客の魔手が迫ったことにも気づいていない。

栄之進の無事をたしかめ、ひとまず安堵《あんど》した新吾は、そのまま武徳館へ登校したが、安右衛門の姿を見かけぬまま、日課を了《お》え、下校の途についた。この日は、御前踏水《ごぜんとうすい》の合同水錬《れん》があったので、いったん帰宅して中食《ちゅうじき》をとってから、駒込川へ出かけ、日暮れまで泳いだ。

暗くなってから家に戻った新吾は、助次郎に陋巷会の酒席のようすを訊ねたが、前夜の酒がまだ抜けぬ筧家《かけい》の当主の口から出るのは、〈さがり藤〉の酌婦との閨事《ねやごと》のことばかりで、話にも何もならなかった。

今朝は今朝で、助次郎は忽右衛門から小言をもらっていたので、訊き出す機会もなかったのだが、新吾はもはや、助次郎の記憶をたよったところでどうにもなるまいと思い始めている。

(それにしても……)

軽輩たちの集まりである陋巷会の中に、蟠竜公につながる人間がいるとしたら、おそろしいことといわねばなるまい。それは、蟠竜公がいつのまにか、支持者の裾野《すその》を拡げていたという証明ではないのか。藩主吉長の失脚をもくろみ、失敗に終わってから六年の間、かの陰謀家はただ沈黙を守っていたのではなかったということであろう。

講義の開始時と終了時に打ち鳴らされる太鼓の音を、遠いものに聞いた。

「やめい」

伊沢助教の声を間近に聞いて、新吾は我に返った。考え事をしているうち、試験終了の時刻に至ってしまったことに、ようやく気づいたのである。

あわてて筆を走らせたが、もはやおそすぎた。また手の甲を打たれ、こんどは、あまりの痛さに、筆を取り落としてしまう。

睨《にら》みつけている伊沢助教を見上げて、新吾は、あははと愛想《あいそ》笑いを返した。

二

本日の新吾は、七ツ半まで受講科目があるので、弁当持参であった。

新吾は、文教場から校庭へ出て、寄宿寮へ向かう。中食の弁当をつかうついでに、花山家の末っ子の五男坊笠丸のようすを見てくるつもりであった。

太郎左は、江戸へ出立《しゅったつ》の前、自分の留守中に笠丸が問題を起こさぬよう、折にふれて眼配りしてくれと新吾に頼んだ。自分が武徳館随一の問題児だったことを棚にあげ、よく言うものだと呆《あき》れた新吾だが、親友の弟というだけでなく、赤子のころから知っている笠丸のことだから、快く引き受けたのである。

花山家では、ほかに三男幸丸《こうまる》、四男吉丸《よしまる》も武徳館に通っているが、このふたりはおとなしい性格のせいか、藩校においては乱暴者の笠丸に近づきたがらない。

校庭を横切り、寄宿寮の玄関先まで達すると、泣き叫ぶ声が聞こえてきて、次いで怒鳴り声が、新吾の耳をうった。

「また花山か。どこへ行った、花山は」

次の瞬間には、玄関から笠丸が飛び出してきた。にぎり飯を両手にもち、両頰《ほお》もふくらませているではないか。

笠丸は、新吾に気づかず、すっ飛んでいった。

その後ろ姿を見送りながら、新吾は笑ってしまう。おおかた、誰かに力比べか何かを強いて、戦利品として弁当をとりあげたといったところであろうが、太郎左少年がそこにいるようではないか。笠丸は新吾たちの輝かしかった日々を再現してくれる。

「寛」

声をかけられ、振り返ると、赤沢安右衛門がこちらへ歩み寄ってくるところであった。新吾は、気を引きしめた。

会釈《えしやく》をする新吾の前を、安右衛門は一言、声をかけながら通りすぎてゆく。

「暮《くれ》六ツ。文庫へまいれ」

夏季は、通学の諸生の日課はまだ明るい七ツ半ですべて終了するが、その後の調べものの便宜をはかるため、文庫はさらに半時《はんとき》のあいだ開放され、暮六ツで施錠されるのが決まりであった。夜の四ツまで受講する寮生については、申し出て許可が下りれば、解錠してもらうことができる。

暮六ツにということは、通学生の下校したあと、人けのない文庫の中で会おうという意味であろうか、と新吾は想像した。

弁当をつかったあと、新吾は午後の日課に取り組んだ。

この日の最後の授業は直心影流剣術であったが、理合《りあい》の講義が半《なか》ばを占めたので、新吾は存分に汗を流せなかった。暮六ツまで間《ま》のあることでもあり、それまで剣術所に残って、竹刀《しない》の素振《すぶ》りで時を過ごすことにした。

ほかにも幾人か、組打《くみうち》や素振りをしていたが、四半時《しはんとき》もすると、かれらは皆、引き上げた。

広い剣術所内に、新吾の気合声だけが響き渡る。

実は、ちかごろの新吾は、高田道場においても武徳館剣術所においても、稽古《けいこ》対手から一本をとるのは造作もなかった。対手の次の動きを読み切れるのである。

しかし、新吾は、その事実を、さしたることとも思っていない。なぜなら、見慣れた者同士の行う稽古というのは、悪い言いかたをすれば、馴《な》れ合いだからである。殺意をもった見知らぬ人間と真剣で斬り合うときにも、対手の次の動きが冷静に読み切れなければ、稽古の意味はない。武士の本来の働き場所である合戦場で活躍し、生き残るのは、それを当たり前にできる剣士であろう。これは、実戦経験の少なくない新吾の実感《おく》であった。

そのため新吾は、稽古仕合《じあい》のとき、一本とることを故意に後らせる場合がある。仕合を長引かせれば、対手によっては、熱が入ってきて、無意識裡《むいしきり》に意外の技を繰り出すことがあるので、それに対応できるかどうか、自分を試すためであった。

ただ、師匠の高田浄円・清兵衛父子の見ている前では、さすがの新吾もそんなことはしない。必ず見抜かれてしまうに決まっているからである。

やがて新吾も、ひとり稽古を了《お》え、諸肌脱《もろはだ》ぎになって汗を拭《ぬぐ》いはじめた。

そこへ、五人、入ってきた。いずれも、面・籠手《こて》・胴をつけている。

（熱心な連中がいるものだ……）

そう思いかけて、新吾はすぐに、かれらのただならぬようすに気づいた。

たちまち囲まれる。五人の手にあるのは、竹刀ではない。木刀であった。

（蟠竜公の手の者か……）

新吾は、竹刀を左手に提《さ》げて、立ち上がる。裸の上半身から立ち昇る湯気が、まだおさまらないほどからだは熱いのに、膚《はだ》に粟粒《あわつぶ》が生じた。

「お強い高田道場のご門人に、揉《も》んでいただこうではないか」

正面に立つ者が、面の中から嘲《あざけ》るように言う。

何者であるか、新吾には分かった。分かった途端に、粟粒は消えている。この者らは、蟠竜公とは関わりあるまい。

「剣術所にお顔を出されるとはめずらしや、辰之進《たつのしん》どの」

七百石の上士《じょうし》、渡辺家の次男坊である。

城下に同じ直心影流の道場をかまえる追手町の興津七太夫《しちだゆう》と、御弓町の高田清兵衛は、七年前の藩校創設時、剣術所教授の座を争い、若き門人同士の御前仕合《ごぜんじあい》でこれを決した。そのさい、興津道場方の大将として出場したのが、渡辺辰之進であった。

この御前仕合は、新吾、太郎左、仙之助の活躍で、高田道場方が勝利をおさめ、剣術所教授には清兵衛が任じられた。そのため、興津道場の門人の多くは、藩校創立以来、武徳館剣術所に足を向けぬ。

「辰之進とは誰のことか」

と当人が、露骨にそらとぼけた。

すでに新吾には、辰之進のたくらみは見え見えである。太郎左も仙之助も不在のいま、よってたかって新吾を痛めつけようとの算段であろう。名乗りもあげず、顔も防具で隠していたとなれば、事後に新吾がなんと訴えようと、辰之進はしらをきることができる。

「助けをよぶか、寛」

べつの者が嗤《わら》った。七年前の御前仕合で、仙之助にうなぎ小手《こて》を決められた田島権四郎《たじまごんしろう》に違いない。

「もっとも、つむりの足らぬ熊とぐず仙は、いまごろお江戸で食あたりでも起こして、くそを垂れ流しているのではないか」

それで、五人は、どっと笑った。

「くそで思い出したぞ」

背後に立つ者が言った。御前仕合では新吾に敗れた中野仁左衛門《なかのにざえもん》の声である。

「こいつも金魚の糞《ふん》だ」

新吾の双眸《そうぼう》が、はじめて燃えた。

(こやつらだったのか……)

寛新吾は金魚の糞のように石原栄之進についてまわっている。その誹謗《ひぼう》をひろめた者らが、いまみずからそれを明かした、と新吾はうけとった。

「仕合のご所望《しょもう》をことわるは、直心影流の名折《なお》れ。お対手仕《つかまつ》る」

そう新吾が宣言したように、実際に直心影流では、同じ流派同士の稽古仕合は言うに及ばず、諸流派の多くが禁じる他流仕合も大いに推奨していた。直心影流が防具の改良を重ね、その着用を必須としたのも、それがためである。

「どなたから……」

言いかけた刹那《せつな》、背後の仁左衛門が動く気配を、新吾は感じ取った。

とっさに腰を落とし、左膝を床へつけた新吾は、同時に竹刀を後方へはね上げている。胴の草摺《くさずり》の下へ入った竹刀の切っ先が、踏み込んできた仁左衛門の急所を突いた。

「うっ」

木刀を取り落とした仁左衛門が、両手で股間を押さえながら、その場に両膝から頽《くずお》れる。

新吾は、振り返りもせず、立ち上がり、辰之進に向かって、竹刀を青眼《せいがん》につけた。

辰之進は後退し、新吾との間に、権四郎が身を入れる。

「直心影流法定《ほうじよう》の春。八相発破《はっそうはっぱ》」

と高らかに宣して、新吾は右側にいる対手へ向きを転じ、竹刀の剣尖《けんせん》を左方へ向けて水平にした。

「春季発陽《はつよう》の気勢にて発し、破ることを勤《つと》む」

対手も、直心影流の門弟である。あわてながらも、反射的に新吾と同じ構えをとった。

「但し、おれはいささか急いでいる。型は略儀といたす」

新吾は、疾風《はやて》のように踏み込んで、体当たりを仕掛けた。

稽古通り、横一文字の構えで防御体勢に入った対手は、おのれの武器が真剣でないことに気づかぬらしい。かまわず突進してきた新吾に吹っ飛ばされ、ひっくり返った。

「やえいいいっ」

急ぎ上体を起こした対手の左上腕へ、新吾は上段から思い切り打ち込んだ。

上腕に防具はない。対手は女のように甲高《かんだか》い悲鳴をあげた。

すかさず反転した新吾は、辰之進と権四郎をそのままに、残るひとりへ間合いを詰めてゆく。

「直心影流法定の秋。右転左転《うてんさてん》」

なぜか新吾は、夏をとばした。

「秋季粛殺《しゅくさつ》の気勢にて無窮の変化を勤む」

これは型名通り、迅速《じんそく》を旨とする連続攻撃で、新吾の得意とするところである。対手はなす術《すべ》もなく、新吾のおそろしいまでの迅《はや》さに翻弄《ほんろう》され、ひたすら後退して、壁へ背をつけたところで、右上腕に一撃を浴び、のたうちまわることになった。

「直心影流法定の冬。長短一味《ちょうたんいちみ》」

次に新吾は、辰之進を守ろうとする権四郎を、右転左転の餌食《えじき》にした者と同様、壁際まで追い詰める。

「冬季陰蔵《いんぞう》に象《かたど》り、精神の昇降自在を内習し、業は最も静かに勤む」

すでに、面の中の権四郎の眼は、怯《おび》えきっていた。新吾がこれほどまでに遣《つか》うとは、想像していなかったに違いない。

「やあっ」

新吾の竹刀が、権四郎の両股《もも》を連打する。たまらず、権四郎は、跳び上がって、尻から床へ落ちた。

最後のひとりへ、新吾は向き直る。そこには、茫然《ぼうぜん》として、棒のように突っ立ったままの辰之進がいた。

「寛。おぬし、その腕で、いまだ印可《いんか》を……」

「高田先生は、お人柄は温厚なれど、剣には厳しい御方《おかた》。未熟者には決して奥義をお授けにならぬ」

対する辰之進は、興津七太夫から直心影流の印可を許された身である。

「されば、免許皆伝の御身《おんみ》より、ぜひ一手、ご教授賜《たまわ》りたい」

新吾は、竹刀を下段につけて、無造作に間合いを詰めた。

「夏季炎天灼《や》くがごとき勇気を充実せしめ、間髪を容《い》れざる勢力をもって勤む」

応じて、相構《あいがま》えにとった辰之進だが、新吾のように炎天灼くがごとき勇気を盈《み》ちさせることはできなかった。

次の瞬間、相上段となるや、先《せん》をとった辰之進の木刀は新吾の鼻先一寸を掠《かす》めたにすぎぬ。

新吾の後《ご》の竹刀が、辰之進の防具のひたい部分ではなく、脳天へ強《したた》かに叩《たた》き込まれた。

辰之進は、気絶した。

「直心影流法定の夏。一刀両断」

ふたたび全身を濡《ぬ》らした汗が、いまの新吾には心地よい。戸外は、ようやく、夏の暮れ方の薄明に包まれ始めていた。

三

安右衛門が文庫の前で待っていた。

「たいそう励んだようだな」

新吾のまだ上気のおさまらぬ顔を眺めて、安右衛門は言った。

「剣術所に蠅《はえ》が五匹ばかり飛んでいたので、竹刀で払い落としてきました」

「ほう。たいした上達ぶりではないか」

「そう褒《ほ》められたことでもありません。暑さ疲れか、動きの鈍い蠅どもでしたから」

文庫は、火事が起こったとき、延焼を避けるため、校庭の西寄りに独立して建てられ、土蔵造りである。

安右衛門が、あたりを見回す。通学生の下校したあとなので、近くに人けはない。寮生たちも寄宿寮内へ収まっているようである。

「入れ」

命じられて、新吾は先に文庫内へ足を踏み入れた。

すると、背後で外扉が閉められ、施錠の音がした。安右衛門は入ってこない。

「介添《かいぞえ》」

外扉の壁を叩いたが、ことばも返ってこない。新吾は文庫に閉じ込められた。

（どういうことだ……）

内扉に手をかけると、開いた。

黴臭《かびくさ》いにおいが鼻をつく。

さすがに夏である。暮六ツになっても、棚に並ぶ蔵書は、高い位置の格子窓より射し込む外光でまだ見分けられた。

「筧。ここだ」

格子窓の真下の壁際から、影がひとつ浮き出た。

差料《さしりよう》の栗形《くりがた》に手をかけようとして、新吾は思いとどまる。誰であるか分かった。

「阿野謙三郎どの」

千早家の御用取次《ごようとりつぎ》である。

「知りたいことがあろう。こたえて遣《つか》わす」

不機嫌そうに、謙三郎は言った。

「どうした風の吹きまわしでしょうか」

「わがあるじは、なぜか、そのほうに甘いのだ」

「ははあ……」

新吾は疑いの眼差《まなざ》しを向ける。

「なんだ、その顔つきは」

「代わりに、わたしにどうせよと言われるのです」

「なんのことだ」

「すべて明かしてやるが、その代わり、事《こと》の一切から手を引けと、蔵人さまは仰せられたのでしょう」

「それで手を引くそのほうではあるまい」

「よくご存じですね」

「石原栄之進どのまで狙われては、そのほうが何をしでかすか見当もつかぬゆえ、もはや子《し》細《さい》を告げておくべきであろうと蔵人さまは仰せ出されたのだ。感謝いたせ」

「ありがとう存じます」

ぺこり、と新吾は頭を下げた。

「素直ではないか」

「わたしは、愛する人たちを守りたいだけです」

この一言に、謙三郎の心は揺さぶられた。

人として最も大切な気持ちを、さらりと口にできる新吾の純粋さ、一途さは、自分たちおとながいつしか失ってしまったものだ。だからこそ新吾の存在は蔵人の胸をうつ。いまさらながら思い知る謙三郎であった。

「されば、阿野どの、お訊ねいたします」

「うむ」

「蟠竜公が策謀をめぐらせていることは明白と存じますが、それがどのようなものなのか、お明かしください」

「明かす前にことわっておくが、われらもすべてを摑《つか》んでいるわけではない。いまだ推察の域を出ない事柄もある。そこのところをわきまえたうえで、聞いてくれ」

「承知いたしました」

「そのほうも、いまの篤之介《とくのすけ》さまのお立場がどのようなものか、おおよそ測ることはできような」

いきなり藩主の庶子《しょし》の名が出されたので、新吾は一挙に緊張した。

藩主河内守吉長が、正室を迎える前に、当時の国許《くにもと》の次席家老長嶺宇内《ながみねうない》のむすめ千瀬《ちせ》に産ませた子である。長嶺家御成《おなり》のさいに、吉長の手がついたものだ。妾腹《しょうふく》ゆえ、初名は、正《せい》嫡《ちゃく》に受け継がれてきた鶴松《つるまつ》ではなく、亀松《かめまつ》と名付けられた。

長嶺宇内というのは、先代藩主毒殺未遂事件のとき、鉢谷十太夫とともに蟠竜公へ隠居を迫った人物で、吉長にも信頼されていたが、千瀬が亀松の生母として城へ召されてほどなく、病死する。

千瀬は、青柳《あおやぎの》局《つぼね》とよばれるようになった。長嶺家の池辺の柳の風趣を、吉長が好んでいたからである。

吉長は、その後、美作国《みまさかのくに》勝山《かつやま》藩主三浦《みうら》家の息女江与《えよ》を正室に迎え、三女をもうけたが、嫡出の男子を得られなかった。国許には青柳局のほかにふたり、江戸にもひとり側室がいるが、あげたのは、やはり姫ばかりである。

家臣の中には、口にこそ出さねど、青柳局に疑いを抱く者すらいたらしい。すなわち、青柳局だけが男子を産んだのはおかしい、もしやして亀松君は殿の御子《おこ》にてはあらせられぬのではないか、と。

その真偽はさておき、嗣子《しし》なきは改易《かいえき》という幕法の前では、男子は多ければ多いほどよいと考えるのが、大名家というものである。それが、たったひとりでは、亀松君の身に万一のことあらば、と家臣は不安に駆られた。ご養子をお迎えあそばしてはいかが、と彼らは吉長にすすめたのである。

しかし、養子というのはなかなか難しい。これを迎えた途端に、当主の妻妾《さいしょう》が男子をあげるというのは、武家ではよくある話である。すると、一転して、養子は厄介者《やっかいもの》になってしまい、仲介した者や実家が、面目《めんぼく》を失う場合もある。処遇を過《あやま》てば、御家《おいえ》騒動を引き起こす原因にもなろう。それで実際に騒動を起こせば、幕府に罰せられる。

それに吉長自身は、江与にも側室たちにも、まだ子をなす力があると信じていたので、養子の件を却《しりぞ》けた。その代わり、亀松を鶴松と改名させて、世継ぎとなるべき男子であることを、家臣らに示した。

そのさい吉長は、鶴松を江戸へ移している。歴代の藩主の幼名を授けた唯一の男子を、いつまでも国許に住まわせていては、大名の妻子は江戸住まいという幕法に抵触《ていしょく》しかねないからであった。

ただ、それからなお数年、吉長は、鶴松を正式の世子《せいし》とすることを躊躇《ためら》いつづける。正室に迎えた当初から睦《むつ》まじく暮らしてきた江与の心中を思い遣《や》ったこともあるが、それよりも、江与の実家が難色を示したことが、吉長の躊躇いの大きな原因であった。

江与の父三浦備後守《びんごのかみ》は、吉長の藩が、三河以来の徳川譜代衆《ふだいしゅう》から、半譜代半外様《とざま》のような扱いをうける危うい立場にあることを知りながら、江与を嫁《とつ》がせた。三浦家もまた、譜代とはいっても、三代将軍家光《いえみつ》時代に列せられたということもあり、前々から吉長の藩に同情的であった。しかし、江与を嫁がせたいちばんの理由は、備後守が吉長その人に惚《ほ》れ込んだことにある。

そうはいっても、備後守も人の子。吉長のあとを、自分の血をひく孫が継ぐのと、そうでない者が継ぐのとでは、以後の肩入れの仕方が違う。できれば、いましばらくの間、江与の懐妊に期待してほしい、と吉長に申し入れたのである。

譜代の三浦家の息女を妻としてから、江戸参観《さんきん》の折にはいささか過ごしやすくなったという備後守への感謝の思いもあり、吉長は重臣らに諮《はか》ったうえ、その申し入れを容《い》れることにした。しかし、世子決定をあまり後《おく》らせては家臣を不安がらせることになるので、吉長も条件をつけた。鶴松を十四歳で元服させ、将軍家に目通《めどお》りを願うというものである。つまり、その時点で、鶴松は正式に世子と決定する。備後守もそれを諒承《りょうしょう》した。

増上寺《ぞうじょうじ》修築の手伝普請《てつだいぶしん》と半知御借上《はんちおかりあげ》にからんで、江戸詰《づめ》の重臣らが吉長失脚をもくろんだが、白十組と新吾らに阻《はば》まれて失敗に終わった事件は、鶴松十二歳の冬から翌年初頭にかけて起こった。

あの事件の黒幕が蟠竜公であり、吉長失脚後、鶴松を藩主の座につけ、みずからは後見人になろうとしたことや、白十組が動いたことなどを知る者は少ない。だが、鶴松の関わりについては誰もが疑い、その結果、生母の青柳局が国家老石原織部から訊問されたという事実は、藩中に知れ渡ってしまった。

鶴松の関わりが疑われたのは、事件の起こる半年ほど前から、備後守が若い側室に産ませた末子を、吉長は養子に迎えるという噂《うわさ》が、まことしやかに伝わっていたからである。それで動揺した青柳局が、吉長失脚の謀計に加担したのではないかというのであった。

青柳局の疑惑はいちおう晴れたものの、藩内に、世子決定に対する異論が持ち上がる。それと同時に、藩に騒動が起こり、青柳局と鶴松の名も出たということが、美作まで伝わってしまう。

大なり小なり、内紛の起こらぬ大名家などありえぬ。藩主同士として、吉長の苦衷《くちゆう》を察した備後守は、騒動についてまったく詮索《せんさく》しなかった。それどころか、江与の懐妊を待ってほしいと頼んだことが、吉長を苦しめることになったのに違いないと反省し、世子決定の儀には今後一切、口出ししないと書をもって吉長に伝えた。

こういう場合、何もかもまるくおさめることはできぬ。どこかに恨みを遺《のこ》そうとも、思い切った決断をすべきであることを、吉長は知っていた。

翌年、鶴松十四歳の夏、参覲で出府した吉長は、その元服式を行い、篤之介の名を授ける。これは、吉長が藩主に就《つ》く前の通称であった。

しかし、願い出ていた将軍家への目通りは、御不例《ごふれい》により、叶《かな》わなかった。将軍家がお床《とこ》払《ばら》いあそばしたのち、あらためて願い出よと通達される。

吉凶はあざなえる縄のごとし、という。正室の江与が懐妊したのは、まさしくこの時期のことであった。

江与本人はむろん、家臣の多くも、美作の備後守も歓《よろこ》んだことは言うまでもない。吉長ひとり、懊悩《おうのう》した。それでも、篤之介を世子とする考えを変えなかった吉長であったが、周囲の反対の声の中で、心労のあまり、病床に臥《ふ》す。

結局、その年は、将軍家への目通りはできず、翌年の春、ついに嫡出の男子を得てしまう。吉長は、この子を、幸鶴丸《こうつるまる》と名付けた。鶴の字を入れざるを得なかったところに、苦衷が窺《うかが》える。

そのまま、ついに目通りを実現できず、吉長は交代で帰国の途についた。

吉長が在国のあいだ、江戸から悪い報《しら》せが届く。篤之介に粗暴の振る舞いが多くなりはじめたというのである。

吉長は篤之介を不憫《ふびん》に思った。十五歳にもなれば、自分のおかれている状況を充分に理解できる。何事に対するにつけ、心が大きく揺れ動く年頃ゆえ、言動がいちど悪い方向へ傾けば、あとはとめどがなくなるのは、当然であろう。

吉長は、篤之介宛《あ》てに、それこそ半月おきに書状《ふみ》をしたため、情愛のこもった文言《もんごん》で諫《いさ》めた。

にもかかわらず、一年後に参府した吉長が対面したのは、十六歳の若者とは到底信じがたい、痩《や》せ細って、眼つきの悪い男であった。篤之介は、酒毒と荒淫《こういん》により、変わり果ててしまったのである。

吉長は、篤之介の傅人《めのと》や小姓《こしょう》や侍女《じじょ》らに蟄居《ちっきょ》、閉門、召し放ちなどの罰を科した。かれらとて、なす術《すべ》がなかったであろうことを察せられぬ吉長ではなかったが、篤之介の心中を思うと、怒りを抑えきれなかったのである。

ただ、吉長の書状のことは、かれらはまったく知らなかった。調べてみると、江与の輿入《こしい》れのさい随行してきた乳母《うば》が、これを隠匿《いんとく》し、篤之介には一通も渡さなかったと判明する。江与自身も初めて耳にすることであった。本来ならば極刑のところ、江与の嘆願により、吉長は乳母の罪を減じ、美作への退去で済ませた。

ここまで至っては、篤之介を世子として将軍家へ目通りさせるわけにはいかない。しかし、篤之介が荒れたのは、わが不徳のいたすところと慙愧《ざんき》の念にたえぬ吉長は、あきらめなかった。まずは篤之介に健康を恢復《かいふく》させるべく、その身柄を江戸柳島《やなぎしま》の下屋敷へ移し、医者《くすし》をつけて養生させた。吉長も、在府中、折にふれては柳島へようすを見に出かけた。

篤之介は、吉長の愛情に涙し、養生につとめた甲斐あって、翌春には、身も心も明るさを取り戻す。ところが、吉長が帰国してしまうと、ふたたび荒れはじめた。

「篤之介さまは悪い夢をご覧あそばすようになられた」

と阿野謙三郎は言う。

「ご心痛の河内守さまは、こたび、江戸ご参着早々に、下屋敷をお訪ねあそばした」

藩の参覲行列は、国許出立の日から数えて七日目に恙《つつが》なく江戸へ到着している。それを報せる飛脚便《ひきゃくびん》がすでに城へ届き、家臣一同にも告知された。だが、吉長が江戸へ着いた早々、篤之介を見舞ったことは、いまはじめて耳にする新吾であった。

「篤之介さまは、わけのわからぬことを口走られるか、暗いお顔で押し黙られるか、いずれかであったそうだ」

「それでは、殿はさぞかしご落胆あそばされたことでしょうね」

七年前の神明平における御前仕合で、新吾ら高田道場側の勝利を宣言してくれた藩主の神々《こうごう》しい表情を、いまも鮮明に思い出すことができる新吾である。吉長の悲しみを想像するだけで、胸がふさがれた。

「篤之介さまは狐《きつね》に憑《つ》かれたのですか」

当時としては、誰もが真っ先に思い浮かべることを、新吾も口にした。

謙三郎は、ゆっくりかぶりを振る。意味ありげではないか。

「蟠竜公が関与している。そういうことでしょうか」

「まず間違いない」

「あの御方《おかた》は、こんどは何をたくらんでいるのですか」

「文殊《もんじゅ》事件以後も、藩主の座をあきらめてはおらなんだらしい」

「文殊事件……」

「そのほうも関わったあの一件を、われら白十組はそうよんでいる」

蟠竜公は、江戸詰の重臣らを陰で操り、吉長失脚を狙ったとき、みずからは文殊さまと名乗って、さいごまで正体をあらわさなかった。

「いまだから明かすが、蟠竜公はそれとなく青柳局を唆《そそのか》そうとして、はねつけられてしまったのだ。もともと、局のご亡父長嶺宇内どのは蟠竜公を隠居へ追いやったお人、相容《あいい》れるはずはなかった。だが、あのとき、もし河内守さまが失脚せしめられておれば、局も蟠竜公の意に服《したが》うほかなかったであろうな。その後も、われらは怠りなく蟠竜公の動きに眼配りしてまいった。別して、三年前の幸鶴丸さまご誕生のみぎりは、白十組の総力を挙げて臨戦態勢を布《し》いたものだ。ところが、蟠竜公は鳴りをひそめて動かなんだ。文殊事件の敗北がこたえ、再起を断念したのではないか。われらはそう見た。それでも、さらに一年の間は、蟠竜公の身辺から眼を離さなかった。だが、やはり何事も起こらぬ。われらは、ようやく安堵《あんど》した。蟠竜公はそのときを待っていて、勇躍、動きだしたのだ。白十組の不覚としかいいようがない」

「つまり、蟠竜公は白十組に見張られていることを知っていたというのですか」

「知ってはおるまい。気配だ」

「気配……」

「寛。命のやりとりをする者らが、何よりも大事といたすは気配だ。攻めるも守るも、気配を察せられれば生き残り、察せられねば殺される。それが武人の本来の姿だ。六年前、九念寺において、蟠竜公がわれらの手に落ちなかったのも、蟠竜公が土壇場で、蔵人さまのかすかな不安の気配を察したからだ。それで、こちらは確証のないことを見抜かれてしまった。その意味で、蟠竜公は、戦国の武将のごとき鋭敏さを持ち合わせているというべきであろうな」

「気配が失《う》せたので動きだしたと……」

「そういうことだ」

「では、白十組は、蟠竜公が新しい策謀をめぐらせはじめたことを、いかにして知り得たのですか」

謙三郎が、ふっと笑ったではないか。めずらしいこといわねばならぬ。

「気配と申したばかりではないか、寛」

江戸にも白十組の人間がいる、と謙三郎は明かした。

「安右衛門と同じくらい腕の立つ男だ。その男が、去年の夏あたりから篤之介さまが悪夢をご覧にあそばすようになったことに、疑念を抱いた。そして、連夜、下屋敷に忍んで、不穏の気配を察した。かくて、われらは、蟠竜公の身辺探索を再開したのだ」

「蟠竜公は篤之介さまをどうしようというのですか」

「それをいま探っておるところだ」

「殿や幸鶴丸さまにまで災いが及ぶのでしょうか」

「われらが、断じてそのようなことにはさせぬ。こたびはな、筧……」

謙三郎が、ひと呼吸おいた。次に重大なことばが出てくるのは、明らかであった。

「蔵人さまは九念寺の二の舞を踏まぬお覚悟だ」

最後の最後、蔵人は蟠竜公と刺し違えるという意味であろう。新吾の心はふるえた。

「さて、そのほうがいちばん知りたいのは、蟠竜公がなぜ鉢谷さまのお命を狙ったのかということだな」

「はい」

「おそらく、と申すほかないが、それでもよいか」

「白十組の探索に、間違いがあるとは思われません」

「おそらく蟠竜公は、鉢谷さまこそ白十組頭領とみなしたのだ」

新吾は、息を呑んだ。

（そうだったのか……）

どうして、これほど単純明快なことに気づかなかったのか。鉢谷十太夫の過去の言動や、なにものにも縛られない隠居という立場を思えば、白十組頭領ではないかと疑われても無理はない。

「蟠竜公はわれら白十組に煮え湯を呑まされている。こたび、策謀をめぐらせるにあたり、最大の敵となる者を先んじて滅ぼさんとした。さように考えれば、腑《ふ》に落ちるのではないか」

　わざわざ神尾芳太郎を捜し出してきて、敵討《かたきう》ちとして十太夫を襲わせたことも、それで合点がゆく。十太夫が白十組頭領だとして、事後、襲撃の背景を詮索されないようにするためであったろう。十太夫殺害に失敗した芳太郎の口を封じたのも、同じ理由によったと考えてよい。

　白十組の件を除けば、蟠竜公は真の意図を知られず十太夫を亡き者にしたかったという石原栄之進の推理は、まことに鋭いものであったというべきである。

「なれど、蟠竜公も、鉢谷さま襲撃にしくじったあと、眼に見えて動きだしたのが、栄之進どのとそのほうだけであったゆえ、鉢谷さまは白十組と関わりないのではと迷いはじめたに相違ない。と申して、いまさら取り返しがつかぬ。それで、真明寺の全円の口も封じた」

「お待ちください」

「なんだ」

「先日、野入湖でお会いしたさい、神尾芳太郎の鉢谷さま襲撃の裏に、蟠竜公のそういう思い違いがあったであろうことを、蔵人さまも阿野どのもすでにお分かりだったのですか」

「分かっていた」

「なぜ明かしてくださらなかったのです」

「まことの白十組に、蟠竜公の眼が届かぬのは、われらにとって都合がよい」

　いけしゃあしゃあと、謙三郎は言ってのける。

「では、栄之進さまも、なかば白十組の者とみられて、刺客を差し向けられたということではないですか」

「なればこそ、安右衛門に見張らせた」

「そうではないでしょう。栄之進さまをおとりにして、蟠竜公の手の者を捕らえようとした。白十組のやりそうなことだ」

新吾は、謙三郎を睨みつけた。

「放っておいてもよかったのだぞ」

「どういうことです」

「国家老の子息を暗殺した者を捕らえ、命令者の名を吐かせれば、蟠竜公を葬り去ることができたのだ」

「薄汚いことを……」

「寛。白十組を何だと思うておる。薄汚いことを平然としてのけるからこそ、隠密《おんみつ》なのだ。そのほうのように正義感だけで突き進もうとすれば、物事はかえって紛糾《ふんきゅう》し、より多くの死人を出しかねぬ」

「正義の負ける世の中なら、どのみち生きていても仕方ありません」

新吾は退《ひ》かなかった。

「ならば、そのほうも放っておけばよかったな」

「どういう意味です」

「昨日、合同水錬の帰途、そのほうを尾《つ》けていた者がいる。だが、そのほうをひそかに警固《けいご》する影に気づいたか、そのうち失せた」

ひそかに警固した影とは、むろん白十組の者であろう。しかし、尾行者にも警固者にも、新吾は気づかなかった。

「恩に着よと言われるのですか」

「そう申せば、着るのか」

「今後は放っておいていただきましょう。暗がりでは、わたしも、間違って白十組のお人を斬り捨てかねない」

このとき、文庫の外扉が、軋《きし》み音をたてて開かれた。

「そろそろ書物を借りにまいる寮生がおり申す。お引き上げなされよ」

安右衛門の声である。謙三郎に対して言ったものだ。

「よいか、寛。はじめにも申したが、手を引けとは言うまい。なれど、もしわれらの障《さわ》りとなるようなら、蔵人さまが何と仰せられようと、容赦《ようしゃ》はせぬぞ」

文庫の中は、いつのまにか、薄闇に被われている。だが、徐々に慣らされた新吾の眼は、謙三郎の表情を窺うことができた。本気の顔つきであった。

新吾は、何もこたえず、謙三郎を睨み返したが、対手が文庫から出るべく動きだそうとしたとき、先に踵《きびす》を返して、扉のほうへ向かった。謙三郎の後塵《こうじん》を拝するのは、癪《しゃく》にさわると思ったのである。

その後ろ姿に、謙三郎が苦笑を洩《も》らしたことを、新吾は気づかぬ。

四

翌々日の朝、新吾は、武徳館へ登校するなり、高田道場の師匠で、武徳館剣術所教授でもある高田清兵衛によばれた。

「これより登城いたす。ついてまいれ」

「わたしがお城へ……」

「織部さまからのおよびだしである」

「えっ……」

たちまち気分の悪くなる新吾であった。

新吾は、藩校創設時に、十太夫とともに創設反対派と八幡村で斬り合って以来、分《ぶん》をわきまえぬ者とみられて、国家老石原織部には幾度か叱《しか》りをうけている。

十日前の真明寺の一件では、栄之進のおかげで、新吾にも何のお咎《とが》めもなかった。だが、次期執政と目される俊才の嫡男に、軽輩の厄介ごときがくっついていることを、織部が不快に思っていることは明らかである。そのことで、またしても、分をわきまえよと怒鳴りつけられるに決まっていた。

それとも、一昨日、剣術所で渡辺辰之進らを竹刀で打ちすえたことが露顕したのであろうか。しかし、あれは、売られた喧嘩《けんか》であるし、敗れた辰之進らがみずから訴えでて恥をさらしたとも思われぬ。それに、わざわざ国家老が登場するほどのことでもあるまい。やはり栄之進とのことであろう。

「先生。どうも腹の具合が……」

新吾は、うずくまってみせる。

「これ、新吾。助次郎でもあるまいに、みえすいた手を使うでない」

もはや観念するほかなく、新吾は清兵衛に同道して、重い足取りで登城した。

城に参上してみると、なぜか織部は、新吾を庭先や廊下ではなく用部屋へ通してくれた。

が、案の定、まことに不機嫌そうである。

「筧新吾。江戸往《ゆ》きを命ずる」

と織部は宣した。が、新吾は、一瞬、何を言われたのか理解できなかった。

「へっ……」

「へっ、ではない。江戸へ往けと申したのだ」

「あの……わたしが、でしょうか」

「ほかに誰がいる」

「なにゆえに、わたしが……」

「そのほうのたわけの友のせいじゃ」

大きな舌打ちをする織部であった。

「清兵衛」

促されて、清兵衛が新吾にわけを話す。

「太郎左がな、江戸で謹慎《きんしん》を命ぜられたのだ」

「あいつ、何か仕出《しで》かしたのですか」

「江戸からの書状だけでは子細は分からぬが、どうも吉原で御旗本と喧嘩をいたしたらしい」

「ははあ……」

新吾はおどろきはしない。太郎左ならばやるであろう。

「よって、将軍家台覧《たいらん》の武術大会に出場させるわけにはまいらぬゆえ、そなたが代わりに出るのだ」

「まさか……」

新吾は絶句する。そんな大役が、自分につとまるわけはない。

「い……いったい、どなたがわたしなぞを推薦されたのでしょうか」

「清兵衛だ」

と織部が言った。

「先生、どうして……」

「辞退はならぬぞ、新吾。すでに決まったことなのだ」

「わしは渡辺辰之進がよいと思うたのだが、辰之進は頭にひどい瘤《こぶ》ができて熱を発し、とても起き上がれぬというではないか。それで剣術所の教授陣に諮ったところ、清兵衛ほどの者がそのほうを推したので、満場一致となった。それでもわしは気に入らぬが、事は剣術に関することだ。剣術所の決めたことを尊重いたす。以上である」

織部は、立ち上がって、新吾を見下ろす。

「筧新吾。そのほうは、花山太郎左衛門より、ずっとたちの悪い無法者じゃ」

無法者はひどいと思ったが、新吾は黙って平伏して聞いている。

「江戸で揉め事を起こすのは、絶対にゆるさん。礼儀正しく、まじめに武術大会に出場いたし、潔い負け方をして、早々に国へ帰ってまいれ」

早くも負けると決めつけている織部だが、新吾はべつだん腹も立たぬ。日本中の猛者《もさ》が集まる大会で、まだ印可を授かってもいない者が勝てるわけはあるまい。

「万一、揉め事を起こしたときは、謹慎なんぞで済むと思うでない。打ち首じゃ。相分《あいわ》かったな」

言い捨てて、織部は出ていった。

「はは」

床にひたいをすりつけながら、冗談ではないと思う新吾であった。打ち首とは、むちゃくちゃではないか。

おもてをあげた新吾は、うらめしげに清兵衛を見やった。肩ごしに庭を眺められる。その向こうに浮かぶ真っ白い雲が、眼に眩《まぶ》しかった。

雲があがっている。暑い季節はこれからが盛りである。忘れえぬ夏になることを、いまの新吾はまだ知らなかった。

第六章　道中異変

一

梅雨時《つゆどき》の雨量が少なかったせいで、夏の盛りの天竜川《てんりゅうがわ》は涸《か》れ気味である。あばれ天竜の異名をもつ大河も、流れに勢いがなかった。

しかし、そのおかげで、渡し舟の旅客たちの顔からは笑みがこぼれている。舳先《へさき》が高く底の平らな川舟は、天竜の急流では揺れが激しいので、ふつうなら恐る恐る腰を下ろして、できるだけ動かぬように凝《じ》っとしていなければならぬ。それが緩和されれば、景色を楽しむ余裕も湧《わ》いてこようというものであろう。

「これで涸れているのですか。野入湖より広いですよ、きっと」

新吾のその感嘆の声に、同舟の二人が笑う。石原家の家士《かし》の井出庄助と小者《こもの》の三次郎であった。

「幅は、合して百間《ひゃっけん》もございましょう」

三次郎が合してと言ったのは、天竜川の舟渡しの川の瀬は中洲で二つに分かれており、一方を大天竜、他方を小天竜とよぶからである。もっとも、この瀬は頻繁に変化し、中洲が水面下に沈むこともあった。流れの幅も百間どころではない滔々《とうとう》たる景観もめずらしくない。左右の堤と堤の間を川幅とみるなら、十丁《ちょう》という広さである。

生まれて初めて藩領の外へ出た新吾が、長さ二十七間の泰平橋の架《か》かる駒込川より広い川を見たのは、この天竜川が初めてであった。いきなり日本有数の大河を目《ま》の当たりにして、これを渡っているのだから、藩領内の川ではなく、湖と比較したのも無理はあるまい。

「ここで泳いだら、さぞ気持ちがよいでしょうね」

新吾は、舷《ふなべり》から手を伸ばして、川水につけてみる。にわかの江戸往《ゆ》きで、御前踏水《ごぜんとうすい》に出場できなくなったのは、どうということもないが、場所が駒込川ではなく、この天竜川であったら、ちょっと残念だったかもしれないと思った。

「お武家さま」

と声をかけたのは、船頭である。

「いつもより涸れて穏やかそうに見えても、水に入ってみると、天竜は流れがはやいでのう」

「あはは。飛び込みはしないから、安心してくれ」

「それがええ」

大天竜、小天竜の二瀬《ふたせ》を越えた新吾ら三名は、そのまま東海道を足早に下ってゆく。藩領から江戸まで六十五里の道程《みちのり》は、まだ始まったばかりであった。
寛家《かけい》の奉公人でもない井出庄助と三次郎が、新吾に同行しているのには、むろん理由がある。

武士の旅では、荷物持ちと雑用をこなす家来を伴うのが当然だが、寛家には無理な話といえよう。新吾の幼かったころは、長く仕えた夫婦者がいるにはいたが、このふたりは家族同然で、給金をほとんど受け取らなかった。その例外的な夫婦者が死んだあと、寛家に奉公人はいない。雇い入れるだけの経済的ゆとりがないのである。

俸禄《ほうろく》の数字は、分かりやすくいうと、収穫のことだから、藩の標準物成渡免《ものなりわたしめん》の四ツ免(四割渡)で計算すれば、俸禄三十石の寛家の手取りは、諸経費を差し引いて十二石に満たぬし、これがそのまま渡されることもありえなかった。藩は、幕府に準《なら》って、豊凶に関《かか》わりなく一定の税率を課す、いわゆる定免法《じょうめんほう》を用いているが、それでは凶作がつづいたとき農村は荒廃してしまうので、収穫高に応じて税率を決める検見取法《けんみどりほう》も併用せざるをえない。そうした苦境時には、藩士も我慢せねばならぬのである。また、藩財政逼迫《ひっぱく》の折は、御借上《おかりあげ》が当たり前だから、藩士の俸禄はさらに減らされる。

いちばんの問題は、武士というものが、純然たる消費生活者であるために、俸禄だけで暮らせぬ場合は、借金しなければ生きていけないことにあろう。借金するさいは、たいてい翌年以降の俸禄を抵当に入れるので、俸禄の支給時には、そのすべてを貸主にもっていかれるという武士もめずらしくなかった。寛家も、借金が嵩《かさ》んでいる。

そういうわけで、冠婚葬祭など、どうしても体裁を取り繕わねばならぬときの臨時雇いを別として、奉公人をおく余裕のない寛家であった。これは、太郎左の花山家も同様である。

そのため、江戸まで、供《とも》をつれず、ひとり旅をするつもりの新吾であったのだが、それと知った石原栄之進が、国家老の父織部へただちにかけあって、井出庄助と三次郎を供衆《ともしゅう》として差し出してくれたのである。

織部とて、将軍家台覧《たいらん》の武術大会に藩代表として出場する者が、ひとり旅などして、道中、万一のことがあってはならぬと思うから、同行者をつけることに異論はないものの、それが自家の家士と小者というのが、気に入らなかった。新吾が何かやらかしたとき、石原家にも災いが及ぶ。なにしろ、寛新吾は問題児なのだから。しかし、新吾に早々の出立《しゅったつ》を命じたのは織部自身であり、同行者を選んでいる暇もなかったので、渋々ながら諒承《りょうしょう》した次第であった。

新吾には、ありがたいことといわねばなるまい。井出庄助は沈着で剣の腕も立つし、三次郎は疲れ知らずのうえ機転が利く。

「京より下る人、此処《ここ》にて初めて富士山を見る」ので、その地名がついたと『道中細見記』に記された見附《みつけ》の茶屋で、新吾らはひと息つくことにした。実際には、見附から四里余り西方の藩領からでも、快晴の日には富士を望めるので、このあたりより眺める霊峰には、まだ感激を催《もよお》さぬ。

ただ、見附は、藩にとっては重要な宿《しゅく》というべきであった。藩主河内守吉長と、その正室江与の父で美作国勝山藩主の三浦備後守は、参覲《さんきん》の年が重なることから、例年、この見附で合流し、舅《しゅうと》と女婿《じょせい》が仲良く東海道を下ることにしているのである。しかしながら、今年は、備後守の体調が春から思わしくなく、発駕《はつが》延期の願いも幕府に受理されたので、美作国を出立するのは例年よりいささか遅くなるだろうという知らせが届いた。そのため、吉長だけ予定通りに出府している。

新吾と三次郎は、茶屋で饅頭《まんじゅう》を頬張《ほおば》った。

本来なら、旅立ちに際して、親戚や友人らからもらう餞別《せんべつ》を路用《ろよう》とするのだが、江戸往きを命ぜられた翌々日には出立というあわただしさであったため、新吾はその恩恵に浴することができなかった。だが、路用についても、栄之進が織部をなかば威《おど》しつけて、せしめてくれた。

「藩の期待を一身に担う者が、まさか道中、情けない思いを味わうことはございませぬでしょうな」

だから、旅費の持ち合わせは、十二分ではないが、そこそこあった。茶屋で饅頭を食べるくらいなら、懐は痛まぬ。

ただ、井出庄助がお茶を呑《の》むだけにとどめているので、新吾も控えめにした。

並んで腰を下ろす庄助の、茶を呑む右手へ、しぜんと新吾の視線は向く。建部神妙斎につけられた刀痕は手甲《てっこう》で隠されている。幸いにも浅手《あさで》だったので、すでに傷口はふさがり、ときに痒《かゆ》みを感じるていどらしい。

ふいに新吾は、ひとり、何か意を決したようにうなずいた。

(介添《かいぞえ》。この寛新吾を甘くみてもらっては困ります……)

一昨日の朝、城で石原織部より江戸往きを命ぜられた新吾が、武徳館へ戻って、そのことを赤沢安右衛門に報告すると、

「あとのことは、われら白十組にまかせて、将軍家の御前で存分に剣の腕をふるうてまいれ」

露骨にうれしそうな顔をして、安右衛門はそう言ったのである。

白十組と蟠竜公の暗闘に首を突っ込もうとしていた新吾が、国許《くにもと》を離れる。安右衛門にすれば、厄介《やっかい》払いができたと思ったに違いなかった。千早蔵人や阿野謙三郎も同様の安堵《あんど》感を湧かせるであろう。

この瞬間、新吾は、もたげてくる反骨心を抑えきれなかった。乗りかかった船から下りるものか。

だいいち、鉢谷十太夫と石原栄之進のことが気がかりである。もし蟠竜公が両人の命を執《しつ》拗《よう》に狙いつづけたら、これをそれとなく警固《けいご》する白十組の眼を掠《かす》めることも可能なのではないか。そんな不吉な思いを拭《ぬぐ》えぬ。水茶屋〈中洲〉で栄之進の酒に睡《ねむ》り薬を混ぜたのは、陋巷会の誰であったのか、それが判明していないことも不安であった。蟠竜公一派は決して少数ではあるまい。

藩命による出府のため、たしかに国許では何もできなくなった新吾である。だが、江戸が

あるではないかと気持ちを切り替えた。

江戸には、吉長も篤之介も幸鶴丸もいる。蟠竜公の陰謀から藩主家を守るなら、むしろ在府のほうが好都合であろう。江戸でそれができれば、おのずから、国許の十太夫や栄之進を守ることにもなるはずである。

ただ、そのためには、江戸の白十組の動きを追わねばなるまい。新吾は、在府の藩士の誰が白十組に属するのか知らぬが、それを安右衛門に問いただすような愚かな真似はしなかった。安右衛門が明かしてくれるはずはないし、そんな不用意な質問をすれば、新吾は江戸で何かやるつもりだと見抜かれてしまうからである。

「鉢谷さまと栄之進さまを必ずお守りください」

殊勝《しゅしょう》げに頭を下げて、安右衛門の前を辞したが、内心では、江戸の白十組を必ず見つけだしてやると、みずからに誓った新吾だったのである。

「まいろうか」

饅頭を食べおわるとすぐ、新吾は庄助に促されて、縁台を立った。一日も早く出府するよう命ぜられているので、休息は短く済ませねばならぬ。

三次郎も、饅頭のさいごのひとつをあわてて口に放り込んで、挟箱《はさみばこ》を担いだ。

庄助と三次郎は、これが初めての江戸往きではない。文殊事件解決後、国許と江戸の重臣らが互いに意思疎通を欠いていたことを憂えた織部は、みずから出府して、江戸家老の梅原《うめはら》監物《けんもつ》と直《じか》に申し合わせを行ったのだが、そのさい両名とも供をしたのである。

したがって、新吾は、旅程を庄助にまかせてあった。路用も庄助の懐中におさまっている。今日中に大井川《おおいがわ》を越え、藤枝《ふじえだ》泊まりを、庄助は予定しているらしい。この見附からでも十里半余りあるが、新吾たちの脚力をもってすれば、夏の日が沈みきる前に踏破できよう。

「藤枝の瀬戸《せと》の染飯《そめいい》は、おいしゅうございますぞ」

と三次郎が新吾に教えた。

「なんだい、それは」

「山梔子《くちなし》で染めた強飯《こわめし》を擂《す》り潰《つぶ》し、小判形に薄くして干し乾かしたものにございます」

「なんだか旨《うま》そうだ」

急ぎ旅とはいっても、三人という少人数で、怖い上司がいるわけでもなく、気分的にはすこぶる楽である。堅苦しい参観行列の供で出府した太郎左や仙之助には、旅を愉《たの》しむ余裕などなかったに違いない。

そう思うと、ちょっと幸せな気分になる新吾であった。

二

疲れているのに、眠れぬ夜であった。新吾は、ひとり、庭へ出た。

降るような星空である。星は、秋が美しいが、鮮やかさでは夏だと新吾は思う。かすかな涼気でも、日中の暑さとの落差で、膚《はだ》にとても心地よい。その感覚も、夏の星を印象的に思わせるのかもしれない。

別宴《べつえん》では、父忽右衛門と長兄湯浅才兵衛は、武術大会出場を名誉としながらも、藩の名を汚すなと散々に訓戒を垂れた。もし仕合《しあい》に敗れても、これを恥じて切腹したときは、父も兄も褒《ほ》めてとらすぞ、とふたりして真面目な顔で言った。

次兄助次郎の妻なおは、甥《おい》に自慢されるような立派な成績を収めない限り、ご帰国はなりませぬ、と脅迫した。甥とは、自分の腹の中の子である。この筧家の嫁は、生まれてくる子を、男子と決めつけていた。

助次郎はといえば、いいなあお前は、と羨《うらや》ましげな眼をするばかりであった。新吾が江戸へ遊びに往くとでも思っているらしい。

こんな家族では、新吾もたまったものではない。新吾の道中と江戸での無事を祈ってくれたのは、母の貞江だけであった。

「新吾さま」

暗がりから声をかけられ、新吾はどきりとした。

低い垣根で仕切られた隣家の恩田家の庭に、佇《たたず》む影がひとつ。その影を志保と見定めて、新吾は、ああと言った。

「どうしたのだ、こんな夜更《よふ》けに」

訊《き》きながら、新吾は鼓動が速まるのを感じていた。

「新吾さまこそ。明朝のご出立は、お早いのでしょう」

「それはそうだが……」

「お気持ちが昂《たかぶ》っておいでなのですね」

「そうかもしれない」

「ご道中、恙《つつが》ないことをお祈り申し上げております」

「ありがとう」

そこで、会話は途切れてしまう。

新吾は、言うことを探した。

「そうだ」

「はい」

「宴《うたげ》に招《よ》べなくて、すまなんだ」

「事情はよく分かっております。どうぞお気になさらないで」

「うん……」

新吾は、別宴には恩田家の人々にも列《つら》なってもらいたかったのだが、徒組《かちぐみ》の中で恩田だけを招いて、他に声をかけないのは礼を失する。といって、あまりに急なことだったので、筧家の親類、知人、同僚すべてに知らせて招くだけの時間的猶予もなければ、むろん経済的余裕もなかった。

そこでやむをえず、筧家だけで、つつましやかな別宴を張ったのである。湯浅才兵衛は、実兄であり、筧家直属の組頭《くみがしら》でもあるので、同席するのはむしろ当然であった。

新吾の本音を明かせば、志保とだけは別辞を交わしたかったのである。それがいま、思いもよらず、ふたりきりでことばを交わしている。しかも、筧家も恩田家も寝静まった夜の庭の垣根越しという、何やら秘密めかした様相であるだけに、新吾は次第に息苦しくなってきた。

「もし、おれが……」

新吾は、志保に正対して、言った。臆《おく》することなく瞶《みつ》めることができるのは、暗がりゆえである。

志保も瞬《まばた》きひとつせず瞶め返してくるのが分かった。新吾は、躊躇《ためら》った。

「もし、新吾さまが……」

志保が先を促す。

「もし、おれが……」

「はい」

新吾は言いたい。もし、おれが剣の腕を認められ、養子の口がかかるようなことになったら、妻になってほしい、と。

実際、藩代表として将軍家台覧の武術大会で好成績を収め、剣名を挙げたなら、新吾を養《よう》嗣子《しし》に望む家は引きも切らないであろう。そうして一家を立てることができれば、晴れて嫁取りもできる。

新吾は、わずかに身を乗り出し、さらに志保に近づきかけた。ところが、稍《やや》あって、息を吐き出すと同時に、視線を逸《そ》らしてしまう。

「何が、いい、かな」

喉《のど》に何か支《つか》えたような言いかたであった。

「何がいい、とは」

「みやげだ。そう、みやげ」

「みやげ、にございますか」

「江戸みやげだ……。欲しいものがあれば、言うてみてくれ」

新吾は、志保の吐息の音を聞いたような気がした。だが、志保の返辞はない。

「そうだな。江戸みやげというても、すぐには思いつくまいな。おれも、何ひとつ知らないのだから。あはは……」

笑ってみせた新吾だが、笑顔はひきつっているのが分かる。夜でよかったと思った。

「関屋《せきや》の帯《おび》を」

と志保が言った。不意をつかれたようなかっこうになった新吾は、えっと訊き返す。

「関屋の帯にございます」

「帯か」

「はい」

「分かった。なれど、関屋というのは、江戸のどのあたりにある見世《みせ》なのだ」

「浅草《あさくさ》あたりと聞いております」

「江戸へ往けば分かるだろう。必ずもとめてこよう」

「必ず、にございますね」

志保に念押しされたので、

「二言はない」

きっぱりと新吾は言い放った。

志保の口許《くちもと》のあたりに、仄白《ほのじろ》いものが浮かんだ。微笑《ほほえ》んだようだ。

(帯とは、志保もやはり女なのだな……)

その要望には、ちょっとがっかりしたような、それでいてほっとしたような、妙な気分の新吾であった。

「ご武運を」

それを別辞とした志保は、軽く会釈《えしやく》をしてから、背を向けた。

その瞬間、新吾の思いは、七年前のこの場所へ戻った。神明平における藩主上覧の御前仕合へ向かう朝、志保から秋葉神社の火除札《ひよけふだ》を贈られたのも、まさにこうして垣根越しのことではなかったか。志保はあのときも、ご武運を、と祈ってくれた。

志保への愛《いと》しさが、身内から急激にこみあげてきた。

(もし、おれが……)

そのあとのことばを、やはり口に出しておくべきではないのか。いま告白しなかったら、生涯の悔いとなろう。

見れば、志保の後ろ姿は、おかしなほどゆっくりと遠ざかってゆくではないか。最後の最後まで告白を待っているからに違いない。

「志保」

ついに新吾はよびとめた。志保がびくりと立ちどまる。

新吾は垣根を飛び越えた。志保を愛しいと想いはじめてから何年もの間、飛び越えることのできなかった垣根である。

女が振り向いた瞬間、男は抱きしめた。

「新吾さま」

志保の声はふるえる。頬を涙が伝った。

その温かい雫《しずく》は、志保の頤《おとがい》から落ちて、新吾の衿許《えりもと》にのぞく胸を濡《ぬ》らす。

新吾は、目覚めた。

寝床に半身を起こして、闇の中で、衿のはだけた胸をさわってみる。ひどく汗をかいていた。

軽い寝息と、大きな鼾《いびき》が聞こえる。前者は庄助、後者は三次郎のものであろう。

新吾は、おのれを嗤《わら》った。

（肝心のところだけ、夢か……）

志保と垣根越しに会ったのは、国許出立の前夜のことである。ご武運を、と言って立ち去りかけた志保を、よびとめたところまでは事実であった。

だが、そのあと、垣根を飛び越えもしなければ、むろんのこと、志保を抱きしめもしなかった。新吾は、よびとめられて振り返った志保に、おやすみと声をかけたにすぎぬ。

「もし、おれが……」

新吾がそれ以上を口にできなかったのは、実は太郎左を思いやったからである。

太郎左は、余人の何倍もの修錬《しゅうれん》を積んで、藩中きっての遣《つか》い手と目されるまでに至り、ほとんど当然の結果として、将軍家台覧の武術大会出場という、至上の栄誉を狙うことになった。その成績が華々しいものであれば、貧乏徒組から一躍出世できる。太郎左には剣術師範への道が開かれるであろう、と武徳館剣術所の教授陣が洩《も》らしたという噂《うわさ》を、新吾は聞き及んでいた。それは、太郎左自身も望むところであるはず。また、太郎左の出世は、子だくさんの花山家の暮らし向きにも、少なからずよい影響を与えるに違いない。

それが、いきなり、武術大会出場停止であった。成果をようやくみせられるという直前になって、その絶好機を奪われたのである。剣の道以外を知らぬ男だけに、絶望感たるや筆舌に尽くしがたいものがあろう。出世の道は完全に絶たれたといわねばなるまい。

だが、そこまでは、太郎左も冷静になって思い返せば、諦《あきら》めもつこう。いや、諦めきれないであろうが、大事を控えていながら、吉原で旗本と喧嘩《けんか》沙汰《ざた》を起こしたことは、身から出た錆《さび》と思うほかないのである。

太郎左のいちばんの衝撃は、自分の代役に無二の親友が選ばれたことではあるまいか。そう慮《おもんぱか》らずにはいられぬ新吾であった。

新吾も、国家老から江戸往きを命ぜられた直後は、驚きばかりが先行し、太郎左のことも仕様のないやつだと苦笑したものだが、帰宅後ひとりでよくよく考えてみて、友の悔恨と絶望感に思い至ったのである。鉢谷十太夫と神尾伊右衛門が心ならずも斬り合わねばならなかった五十有余年前の出来事すら、重ね合わせてしまった。

思い悩んだ新吾は、その夜のうちに御弓町の高田道場を訪ね、武術大会出場の辞退を、清兵衛に申し入れた。だが、清兵衛は、新吾の考えとは逆のことを言った。

「新吾。代わりに出場いたすのが、そなたなればこそ、太郎左は救われるのだ。そなたのほかに、太郎左の苦しみを分かち合える者はおらぬ。誠《まこと》を尽くし合う友とは、そういうものではないのか」

だからこそ新吾を推薦したのだ、と清兵衛は明かしてくれた。

師にそこまで言われては、もはや辞退はできまい。新吾は、なお太郎左の心中を気遣いながらも、あらためて出場を承諾したのである。

そうした経緯があったので、翌日の夜、志保に告白しようとしたとき、太郎左の顔を脳裡《のうり》に過《よぎ》らせてしまったのも、やむをえないことであった。友の出世を横奪《よこど》りすることで恋しい女を手に入れようとは、なんという卑劣漢なのだ。新吾はみずからを罵《ののし》った。武術大会出場を絡《から》めて志保に想いを告げるなど、まっとうなやりかたではない。

告白できなかったことを悔やまなかったといえば嘘《うそ》になるが、次の日の早朝には、志保への想いはひとまず国許に置いていこうと思い決めて、出立した新吾なのであった。

（置いてきたはずなのに……）

出立一日目の夜に、早くも志保の夢を見るとは、だらしがない。新吾は、ふうっと溜め息《いき》をついてから、枕許《まくらもと》に畳んである羽織をとって肩へひっかけ、立ち上がった。厠《かわや》へ往きたくなったのである。

庄助と三次郎を気遣って、衣擦《きぬず》れの音や足音をたてぬよう、ゆっくりと動き、廊下との仕切りの障子戸へ手をかけた。刹那《せつな》、新吾は戸外に気配を感じて、総身を強張《こわば》らせる。

ここは、本陣でも脇本陣でもなく、一般用の旅籠《はたご》だから、宿泊客は様々である。朝まで呑みつづけるような手合いもいるから、廊下に人けがあっても何ら不思議ではない。あるいは、新吾同様、厠へ立った者かもしれない。

しかし、新吾が感じたのは、そういう気配ではない。殺気であった。

（蟠竜公の手の者だな……）

鉢谷十太夫と石原栄之進を白十組ではないかと疑ったのなら、当然、新吾にも魔手を及ぼそうとするであろう。実際、〈中洲〉で栄之進が刺客《しかく》に襲われかけた翌日、新吾も合同水錬の帰途を何者かに尾行されている。

新吾は、障子戸から退《さ》がると、後ろざまに刀架《とうか》のあるところまで達した。脇差《わきざし》を手にして、元の場所へ戻る。

（逃げたか……）

殺気が失《う》せてしまった。刺客は新吾を襲撃すべく戸口まで寄ったところ、たまたま中で人の起き出す気配がしたので、襲撃をあきらめて去ったということであろうか。それとも、いったんは退《ひ》いて、しばらくしてふたたびやってくるつもりか。宿泊客をよそおっているとすれば、これはありうる。

（もし、まだそのあたりにいるなら……）

新吾が姿をさらして厠へ立てば、好機とみて襲ってくることは間違いない。この旅籠の厠は、家屋とは別に、裏庭に二疋立《にひきだて》で建てられている。そこへ入って無防備になったところを襲えば、かんたんに殺せると刺客は考えるはず。

新吾は、意を決すると、脇差を帯の後ろに斜めに差して、羽織の裾《すそ》で見えないようにした。それから、刀架より大刀《だいとう》もとり、抱きかかえるように真っ直ぐ立て、羽織の両衿をいっぱいに前へ寄せて、これも隠す。

庄助を起こしている暇はない。遠ざかりつつあるだろう刺客に発見してもらうためには、早々に部屋を出て姿をさらす必要がある。

あるいは、刺客はすでに旅籠の外へ逃れ出てしまったやもしれぬ。そのときは、それで仕方がない。新吾は、しかし、刺客は宿泊客であるような気がした。

新吾は、廊下へ出て、戸を閉めた。

夏月の光に、庭が仄白く見える。

わざと身をぶるっとふるわせ、股間をおさえる仕種《しぐさ》をしてみせた新吾は、

「呑みすぎたらしい。近くてかなわん」

その声が、どこかに潜むであろう刺客に届くことを祈った。

沓脱石《くつぬぎいし》の上に置かれた下駄《げた》をつっかけ、庭を歩きだす。就寝前に、いちど立ったので、厠のある場所は分かっている。

かすかに人声が洩れ聞こえてくるが、この旅籠からではないらしい。藤枝宿には、四十軒近い旅籠があり、民家は千軒をこえる。夜半を過ぎても眠らない者も少なくないであろう。

二疋立、つまり二戸並んだ厠は、いずれも空いていた。その一方の半戸を開けて、新吾は中へ入った。半戸というのは、扉の上半分が吹き抜けになっているものをいう。

厠の構造は、簡易なものである。四囲を壁にして、小窓をひとつ設け、板張りの床の中央を穿《うが》ってあるだけのものだ。

新吾は、しゃがみこむと、羽織を脱ぎ、大刀を抜いた。鞘《さや》を壁に立てかける。

庭木の枝の揺れる音がし、直後、足音が迫った。案の定というべきであろう。

いきなり、外から半戸が開かれた。このときを待っていた新吾は、低い姿勢からの突きを繰り出した。

その猫のようにしなやかで迅《はや》い新吾の突きに対して、刺客はとっさに身をひねる。だが、逆に不意打ちされた驚愕《きょうがく》が、一瞬の後《おく》れを招いた。完全には避けきれなかった刺客は、左肩の肉を削りとられて、苦鳴《くめい》をあげ、地へ転がった。

刺客は、行商人ふうの身なりで、右手にもっているのは道中差《どうちゅうざし》とおぼしい一刀である。やはり旅客をよそおい、新吾と同じ旅籠に草鞋《わらじ》を脱いだのに相違なかった。

厠から庭へ出た新吾は、剣を青眼《せいがん》につけ、じりっと刺客へ間合いを詰める。尻退《しりさ》がりに後退した刺客は、背中がつかえたので、びくっとする。松の木の幹を背負ったのである。

「刀を捨てろ。命まではとらない」

それで観念したのか、刺客は刀を捨てた。

新吾も、息を吐く。が、こんどは、刺客のほうが、このときを待っていた。

刺客の右腕が素早く振られる。

「うっ……」

顔めがけて投げつけられた土に、新吾はひるんだ。

眼を開けられぬまま、風を感じた新吾は、無意識のうちに剣をはねあげた。

火花が飛び、鋼《はがね》が鳴った。

新吾は、刺客が回り込んだと察せられるほうへ、切っ先をむける。舌打ちが聞こえた。

足音が遠ざかる。

ようやく眼を開けたときには、刺客の姿はどこにも見あたらなかった。

「またか……」

椿坂で、真明寺で、〈中洲〉で、刺客を捕らえることも、討つこともできなかった新吾なのである。四度、同じ結果ではないか。口惜《くちお》しくて仕方がない。

しかし、落胆はしなかった。なぜなら、ある推理を閃《ひらめ》かせたからである。

国許を離れゆく新吾の命まで狙うとは、尋常のことではない。おそらく蟠竜公は、国許と江戸にまたがる自分の陰謀を暴《あば》くため、白十組がその尖兵《せんぺい》として新吾を放ったとみたのであろう。それ以外に、刺客を差し向ける理由は考えられぬ。

とすれば、刺客は幾度《いくど》でもやってくる。

(望むところだ)

新吾は、松の木の前で、上段から剣を振り下ろした。夜気を斬り裂く短く鋭い音が鳴る。いましがたまでそこにいた刺客は、新吾の想像の中で一刀の下に倒れ伏した。

三

東下《あずまくだ》りの二日目。

庄助は、一日も早く新吾を江戸へ到着せしめるよう、織部の命令をうけているので、できればこの日、きつい旅程でも、沼津《ぬまづ》まで往くつもりであった。あわよくば三島《みしま》まで、とも考えていた。次の日には箱根《はこね》を越えてしまいたいからである。

しかし、江戸往きを命じられた日から、何かとあわただしかったせいで、寝不足の新吾は、馴《な》れない長旅に、にわかに足取りが重くなった。

新吾だけではない。庄助自身も三次郎も、夏真っ盛りの暑さに閉口し、息があがってしまったのである。

結局、蒲原《かんばら》泊まりとなった。それでも藤枝から十二里半を稼《かせ》いだ。

ここで新吾は、富士の夕景に心を洗われるような気がした。これほど神々《こうごう》しい山が、世界のどこにあるだろうかと溜め息をついた。

翌朝、明るい蒼天《そうてん》の下の富士も、格別の壮麗さであり、いつか必ず志保に見せてやりたいと思った。

新吾の体力がひと晩で恢復《かいふく》したので、庄助も三次郎も驚いた。それで、三日目は、吉原、原宿《はらしゆく》、沼津、三島と進み、いささかの無理を承知で、箱根の坂を登りきった。

四日目の明《あけ》六ツ、関所の門が開かれると同時に、新吾らは本御番所に姓名と往き先を告げて、関所をあとにした。天下に名だたる箱根関所の通行が、あまりに容易だったので、拍子抜けした新吾だったが、庄助の説明によれば、下りは手形がなくても通れるとのことであった。箱根で詮議《せんぎ》が厳しいのは、女、囚人、乱心者、手負、首、死骸ぐらいなもので、それも上りに限ったことだという。

こういうことは、実際に旅をしてみなければ分からない。そう思うと、拍子抜けも、かえって新鮮ではあった。

箱根の坂を下りきり、小田原《おだわら》の茶屋で休息中に、庄助が新吾に言う。

「山祝《やまいわ》いをいたすが、よろしいか」

「なんですか、山祝いって」

「無事に箱根越えを済ませたら、主人は供衆に祝儀を配るのが、ならわしにござる」

「へえ……」

これもまた新鮮な驚きである。

庄助は、路用の中から三百文を出して、三次郎に贈った。路用は、織部から出ているとはいえ、いまは新吾のものであり、それを庄助が預かるという形をとっている。だから、新吾の諒解《りようかい》をとったのであった。

たしかに新吾も、箱根越えを了《お》えたいま、あれだけの難所を無事に切り抜けられてよかったと思うし、この悦《よろこ》びを分かち合いたい気分になっていたところである。

「ここまで来れば、もはや江戸は遠《とお》うはございませぬ」

「では、急ぎましょう」

新吾の足は軽くなった。

祝儀を懐にした三次郎も、一歩一歩が力強くなる。

この日は、どこまででも歩けるような気がして、日暮れに戸塚《とつか》へ着いた。箱根から十四里余りの道のりが、新吾には心地よかった。江戸が近くなりつつあるのを、実感したからであろう。

「あの定紋《じようもん》は、美作の三浦侯の三引両《みつひきりよう》だ」

瓦葺《かわらぶき》の屋根付き冠木門《かぶきもん》をもつ大旅籠の表に、その定紋入りの幕が張られているのを、新吾は見つけた。

〈三浦備後守　宿〉と大書された関札《せきふだ》も掲げられている。

（そうか……）

体調を崩して参覲旅の発駕を遅らせていた備後守が、いまその途次《とじ》にあるということに違いない。とすれば、新吾と同様、明日江戸入りするのであろう。

だからといって、新吾がどうするということもない。貧乏徒組の厄介にすぎぬ身では、備後守の参覲の供衆まで挨拶に罷《まか》り出ることすら憚《はばか》られる。

新吾は、藤枝、蒲原、箱根のときと同じく、ここでも、平旅籠《ひらはたご》に泊まりましょうと庄助に言った。戸塚には脇本陣に指定されている旅籠が三軒あるが、もし勝山藩の者らと同宿になって、名乗ることにでもなったら、ちょっと煩《わずら》わしいと思ったのである。

ちなみに、参覲交代の大名の休泊所を本陣といい、その補助的旅舎を脇本陣と称す。家臣の大半は、脇本陣に泊まる。

新吾は、種々雑多な旅客の交錯する一般の旅籠の喧騒《けんそう》を、少し気に入っていた。脂っぽい夜具にも、汚い風呂《ふろ》にも、まずい食い物にも無頓着で、旅を存分に愉《たの》しんでいる人々を見るのは気持ちがよい。藤枝では庄助と三次郎と三人きりであったが、蒲原と箱根では、遊山《ゆさん》旅の隠居や、田舎医者や、渡り職人や、巡礼などと相部屋《あいべや》になり、かれらの話を聞くのが愉しかった。両宿の旅籠では刺客が襲ってこなかったのも、たぶん相部屋で雑魚寝《ざこね》をしていたからではないか、と新吾は信じている。

ところが、いったいに江戸人の手頃な遊山旅といえば、鎌倉《かまくら》、江《え》の島《しま》、大山《おおやま》など相模国《さがみのくに》がその代表であるせいか、この国の東海道筋の宿は、恒常的に混んでいる。別して戸塚は、江戸から東海道を上る旅人のほとんどが、第一夜を過ごす宿であった。新吾らは、平旅籠を十数軒まわったが、いずれも相部屋どころか、満室だといい、ことわられてしまう。日没ぎりぎりに到着すると、こういうことになるのである。

気味悪いほど白粉《おしろい》を塗りたくった招婦《でおんな》に、新吾の袖《そで》をつかませ、引きずり込もうとする飯《めし》盛《もり》旅籠には、空き部屋があるという。だが、こういうところは、田舎武士とみれば法外な宿代をとるから、と庄助が招婦を追い払った。

「勝山藩の脇本陣に、部屋がございました」

どこかへ消えたと思っていた三次郎が、戻ってきて、うれしそうに告げた。気を利かせたに違いない。

「脇本陣のご亭主より勝山藩の道中奉行《どうちゅうぶぎょう》さまに伝えてもらったところ、是非にと仰せになられた由《よし》にございます」

そこまで話が通じたのでは、いまさら固辞もできぬではないか。

「それは、ご苦労なことでした。では、あちらさまのおことばに甘えましょう」

新吾は、得意げなようすの三次郎にうなずき返した。

脇本陣の旅籠は、本陣のそれには及ばないものの、これまで新吾らの泊まった平旅籠に比せば、立派な構えであった。二階建てである。

新吾のみ、奥座敷へ案内され、道中奉行の美甘内膳《みかもないぜん》とことばを交わした。病のすっかり癒《い》えた備後守は、河内守吉長と同道できなかったことを、さかんに残念がっていると内膳は語

った。

新吾にとっては、対手《あいて》は主君の正室の実家のお偉方である。失礼があってはならぬと最初は緊張した。が、次第に、それは解けてゆく。将軍家台覧の武術大会出場者である新吾に、内膳が充分の敬意を払いつつ接してくれたからである。

「御本陣へも知らせたゆえ、ほどなくわが殿よりお招きを賜《たまわ》ろう。そのときは、罷り出ていただけようか」

「それは、あまりに恐れ多いことです」

新吾は、あわてて、平伏した。

「いかなる理由があれ、わたしごとき軽輩が備後守さまに拝謁《はいえつ》を賜ったと、のちに国家老に知れたら、身分をわきまえぬ痴《し》れ者《もの》と首を刎《は》ねられかねません」

「ははは。まさか、さようなことはあるまい」

内膳はおかしそうに笑ったが、新吾は本気で言ったのである。石原織部なら、やりかねない。

「貴藩とわが藩とは、ご姻戚《いんせき》。何の遠慮がござろうや。なれど、念のため、お国家老には、この内膳より書状《ふみ》をもって、本日の子細《しさい》を知らせておくことにいたそう。それならばよろしいかな」

「行き届いたお心遣い、恐悦《きょうえつ》に存じます」

「そうじゃ。殿のお招《よ》びがある前に、源八《げんぱち》にお引き合わせいたそう」

内膳は、近侍《きんじ》の者に、源八をこれへと命じた。

源八という名は、会話の当初、内膳が武術大会の話題をもちだしたさいに出ている。勝山藩を代表して、新吾と同じく武術大会に出場する膝付《ひざつき》源八という者らしい。弓矢刀槍の仕合に臨むのではなく、荻野流《おぎのりゅう》砲術を披露するそうだ。

ほどなく、近侍の者が戻ってきた。困惑げな表情である。

「いかがした」

「膝付どのの姿が見えませぬ」

「見えぬとは、どういうことか」

「半時《はんとき》ほど前に出てゆかれたそうで……」

「いずれへまいった」

「それが……」

「分からぬのか」

「申し訳ございませぬ」

「あやつ、碁《ご》だな……」

内膳の顔は、苦虫を噛《か》み潰したようではないか。

（これは、どうも……）

おれみたいな問題児なのかもしれない、と新吾は察した。

「どこぞに碁の上手《じょうず》がおるはずじゃ。源八は必ずその者のところにおる。見つけ次第、首に縄をかけてでも連れてまいれ」

「はは」

近侍の者は、こんどは走り去った。

「お恥ずかしい話だが、筧どの……」

と内膳は、溜め息まじりに明かす。

膝付源八は、無類の囲碁好きで、名人上手の噂を聞きつけると、いずこであろうと出かけていって勝負を挑むのだという。それで、たびたび領外へ出てしまうため、困《こう》じ果てた重臣たちは、ついに蟄居《ちっきょ》を命じた。蟄居は無期限が原則だから、重罰である。だが、そういう型破りな源八を愛する備後守は、毎年参覲交代の旅に随行させ、その途次の泊まりとなる宿に限って碁打ちをゆるすことで、源八を蟄居から解くよう、重臣らに諮《はか》った。かれらとて、荻野流砲術の名人として近隣にも聞こえる逸材を朽《く》ち果てさせたくはなかったので、合議の末、これを容《い》れたそうな。

「膝付どのは、碁がよほどお強いのでしょうね」

「これが、すこぶる弱い」

内膳は苦笑した。

「ははあ……」

なるほど、弱いから幾度でも挑むということもあろう。新吾は、早く膝付源八に会いたいと思いはじめた。

「そう申せば、源八ごときと比ぶるは非礼ながら、河内守さまも囲碁をお好みあそばすと聞き及んでおるが……」

「はい。ご在府中には、上屋敷の囲碁之間《いごのま》が空き間となる日がないそうです」

吉長の囲碁といえば、文殊事件を思い出す新吾であった。土屋白楽《つちやびやくらく》という妖術《ようじゆつ》使いの棋《き》士《し》のために、吉長は一時、暗君に堕《だ》す危機に見舞われたのである。蟠竜公に通じていた白楽は、おのれの身に危険の迫ったのを察知して、事件の終盤に行方を晦《くら》ました。

「申し上げます」

取次《とりつぎ》の者が、本陣からのことばを伝えにきた。

「殿さまが寛新吾どのをご引見《いんけん》あそばしたいとの御事《おんこと》。早々に御前へ罷り出られたし」

「承った」

内膳が返辞をしてから、新吾にうなずいてみせる。

「では、着替えてまいります」

三次郎の担いできた挟箱の中に、裃《かみしも》を畳んである。

内膳は、玄関で待っていると言った。

新吾が、庄助と三次郎にあてがわれた部屋へ足早に往くと、すでに裃は挟箱から出されて衣桁《いこう》にかけられていた。成り行きからして、備後守への拝謁があるだろうと見越した庄助が、三次郎に命じたのである。

新吾は、三次郎に手伝ってもらって裃に着替え、玄関へ出た。

本陣までわずかな道のりだというのに、内膳は新吾のために警固の侍衆を揃《そろ》えて待っていた。大事な身と思ってくれている証《あかし》であろう。新吾は感激してしまう。

内膳の同道で、新吾は通りへ出た。

東西十五丁の通りの両側に、合して六百余りが軒を列《つら》ねる戸塚宿である。見世屋をひやかしながらそぞろ歩く人も多い夏の宵《よい》では、家々より洩れる灯火が、足もとを照らす提灯《ちようちん》代わりであった。むろん、それでも、警固の侍衆は実際に提灯を掲げているが。

客引きの招婦たちは、夜になってもまだ飯盛旅籠の前をうろつき、猥《みだ》りがわしい色香を振りまいている。灯火の下と、暗がりとを頻繁に出入りする招婦たちの顔は、何やら化け物じみて見えた。

東から吉田《よしだ》、矢部《やべ》、戸塚の三町をもって戸塚宿という。内膳らの宿所の脇本陣は、吉田町、吉田町と矢部町の境には柏尾川《かしおがわ》が流れ、吉田橋とよばれる橋が架けられていた。橋の袂《たもと》に、備後守の本陣は矢部町にある。

〈左かまくら道〉という道標が見える。

新吾らが橋板を鳴らしはじめたとき、怒声が湧いた。

「待てい、盗人《ぬすつと》」

ひたひたという足音が急速に迫る。

足音の主《ぬし》は、矢部町側から吉田橋へ走り込んで、ぎくりと立ちどまった。新吾ら武家の一行と出くわしたからであろう。

立ちどまった男が裸足《はだし》であるのを、新吾は見てとった。

「そやつは盗人じゃあ。捕まえてくれい」

わめきながら、駈け向かってくるもうひとりを、内膳が見定める。

「あれは源八ではないか……」

盗人よばわりされた男は、追ってくる膝付源八をいちど振り返ったあと、新吾らの横を抜けていこうとする動きをみせた。

すかさず新吾は、列から外れて、男の前をふさぐ。膝付源八がこの男から何か盗まれた。そう判断したからである。

「美甘さま。明かりを」

と新吾は、内膳に言った。

応じて、内膳が、警固の侍衆に、男を取り囲ませる。男は、橋の一方の欄干《らんかん》を背にするかっこうになった。

幾張《いくはり》もの提灯の火明かりが浮かびあがらせたのは、一瞬、女と見紛《みまが》ったほどの総髪の美男である。黒っぽい十徳《じっとく》を着ており、無腰《むごし》のようであった。

膝付源八も吉田橋へ駈け込んでくる。

「いかがした、源八」

「これは、お奉行。いずれへまいられるので」

「御本陣じゃ。それより、何があったかと訊いておるのだ」

「こやつに紙入《かみいれ》を掠めとられ申した」

あはは、と源八は笑う。

「碁にばかりうつつを抜かしておるからだ」

「それがしの道中碁打ちは、殿さまのお墨付《すみつ》きにござる」

こんどは、ややむっとして、胸を張ってみせる源八であった。

新吾は、笑いたいのを怺《こら》えた。膝付源八は随分とすっとぼけた男であるようだ。ひげ面《づら》の風貌《ふうぼう》にも、親近感を湧かせた。藩校武徳館の創立時、短い期間だったが、軍学教授をつとめた大山魁偉《おおやまかいい》に、どこか似ていると思ったからである。

源八は、警固衆の間を割って、男の前に立った。

「これ、井上鈴鹿《いのうえすずか》。紙入を返して、おとなしゅう縛《ばく》につけ」

「源八。おぬし、盗人の名を知っておるのか」

と内膳が驚く。

「それがしが対局いたしたのは、こやつにござる」

刹那、井上鈴鹿が動いた。素早く十徳を脱ぐなり、これを源八に投げつけざま、体当たりを食らわせ、そのまま警固衆の包囲を抜け出て、矢部町のほうへ走り出したのである。

鈴鹿を無腰とみたことが、皆の油断であったろう。

だが、新吾の反応は迅《はや》かった。

「御免」

ただちに警固衆を押し退《の》け、得意の脚力をもって、たちまち鈴鹿に追いつき、前へ回り込んだ。

「なお逃げようとするならば、膝を斬り割るが、よいか」

腰溜《こしだ》めに抜き討ちのかまえをとった新吾の前に、鈴鹿は立ちすくむ。そのおもては、しかし、不敵の笑みを刷《は》いている。

新吾は、膚に粟粒《あわつぶ》が生じるのをおぼえた。

（こやつ、意外の技を隠しもっているのか……）

そうと感じるや、機先を制すべく、鯉口《こいぐち》を切った。出方《でかた》を待たず、膝を斬り割ってしまったほうがよい。

瞬間、横合いから、風が吹きつけた。

新吾は、跳び退きざまに差料《さしりょう》を抜いて、自分と鈴鹿の間を吹き抜けた影に向かって青眼につける。

「おぬし……」

新吾の驚愕はひとかたではない。藤枝宿の旅籠の厠で新吾を襲撃してきた刺客ではないか。

「こっちだ」

刺客は、鈴鹿を促して、吉田橋のほうへ走りだした。

（どういうことだ）

新吾の頭は混乱する。刺客とこの碁打ちとが仲間だというのか。

このときには、吉田橋を渡りきった警固衆も、抜刀している。その多勢めがけて、刺客は斬り込んだ。

「橋を渡って、かまくら道を往け」

刺客が叫んだ。

勝山藩の侍たちは、真剣の斬り合いの経験がないのであろう。たったひとりを対手に、腰が引けている。

怯《ひる》む侍たちの間を駈け抜けた鈴鹿は、橋板を踏み鳴らして吉田町側へ出るや、橋の袂から柏尾川の左岸沿いにのびる道へ入った。かまくら道である。

それを一瞥《いちべつ》してから、刺客もやわな剣陣を破って吉田橋を渡り、鈴鹿につづく。

「おのれ」

内膳が、真っ先に追った。

「あ、お奉行。おやめなされ」

源八は腕をのばしてとめようとしたが、間に合わぬ。

道標のところから、かまくら道へ一歩踏み込んだなり、内膳は、悲鳴をあげて、ひっくり返った。草履を突き抜けた撒き菱《まびし》の鋭い突起に、足裏を傷つけられたのである。

「言わぬことではない」

他人事《ひとごと》のようにかぶりを振る源八であった。

新吾は、ひとり、夜の街道上に、茫然《ぼうぜん》と立ち尽くしている。

「あの碁打ち……土屋白楽」

土屋白楽の素生《すじょう》は、囲碁四家元のひとつ井上家の当主が、京入りの途次、鈴鹿峠で拾った孤児であったそうな。そのことを、いまになって思い出したのである。

なんということか。妖術使いの土屋白楽が、またしても蟠竜公とつながっているとは。

おれだけではどうにもならん、と新吾は強く思った。

（ふたりに何もかも打ち明けようか……）

仰ぎ見た夜空の月の中に、太郎左と仙之助の顔を映す新吾であった。

第七章　三友、再会

一

白帆《しらほ》をあげた荷船が、夏空にくっきりと壮大な佇《たたず》まいを誇示する霊峰富士を背負い、眩《まぶ》しい光の躍る六郷川をゆっくり下っている。

その舳先《へさき》の川面《かわも》を、右へ左へと、幾艘《いくそう》もの渡し舟が横切ってゆく。

川崎宿をあとにした一艘の中に、商人《あきんど》、飛脚《ひきゃく》、按摩《あんま》、虚無僧《こむそう》、牢人《ろうにん》など種々雑多な旅人にまじって、新吾、庄助、三次郎の姿が見える。

新吾は、衿《えり》をくつろげ、川風を膚《はだ》にあてている。きょうも暑い。

帆船の起こした波に、渡し舟の揺れがちょっと大きくなった。

「これは不調法《ぶちょうほう》を」

庄助の膝《ひざ》へ、横合いから倒れかかってきた者が、あやまりながら、起き上がろうとするが、じたばたするばかりでうまくゆかぬ。

見れば、盲人。按摩であった。

「お気をつけなさいよ」

三次郎が、按摩をやさしく起こしてやる。

庄助もよいよいと穏やかに接したが、按摩のほうは恐縮し、幾度も頭をさげて、詫《わ》びと礼を交互に陳《の》べた。

新吾は、離れゆく川崎宿のほうを、ちらりと眺めやる。

（半時《はんとき》もすれば、三浦侯のお行列も川崎に着くだろう……）

昨夜、戸塚宿で、美作国勝山藩主三浦備後守に拝謁《はいえつ》し、親しく声をかけてもらった新吾は、座持ちのうまい膝付源八のおかげで、緊張することもなく、愉《たの》しい時を過ごせた。しかし、源八にすすめられた江戸への同道については、一刻でも早い藩上屋敷への到着を厳命されているから、と辞退している。むろん急ぎ旅は理由のひとつであったが、新吾の本音を言えば、参覲《さんきん》行列などに加わっては、煩瑣《はんさ》なしきたりで疲れてしまうと思ったのである。だから今朝《けさ》は、勝山藩の行列より少し早めに戸塚宿を立った。

井上鈴鹿という碁打《ごう》ちが源八の紙入《かみいれ》を盗んだことから、戸塚宿の宿内の往還で斬り合いになった一件については、源八みずから一部始終を宿役人に報告している。宿役人は、井上鈴鹿もこれを助けた男も、おそらく道中でけちな盗みや詐欺などを働く護摩《ごま》の灰であろうと決めつけ、ご災難でしたなと、むしろ同情的であったらしい。

新吾だけは、逃げたふたりが護摩の灰などではないことを知っていたが、むろん誰にも明かしはしない。

（美甘《みかも》さまは駕籠《かご》だろうな……）

勝山藩参観行列の道中奉行《どうちゅうぶぎょう》・美甘内膳は、井上鈴鹿を助けた男の投げた撒き菱《まびし》で、足裏を怪我《けが》した。馬に乗っても、鐙《あぶみ》に足を置くこともできまい。内膳の好人物ぶりを思うと、ちょっと気の毒になる新吾であった。

舟が舟着場《ふなつきば》へと達し、新吾らは下舟《げしゅう》した。川崎宿と同様、六郷の立場《たてば》も乗舟・下舟の旅人で賑《にぎ》わっている。

「なんだかおなかが空いたなあ」

と新吾は、ばつが悪そうに洩《も》らした。

戸塚の脇本陣の旅籠《はたご》でつくってもらったにぎり飯を、神奈川と川崎の間《あいのしゅく》宿である生麦村《なまむぎむら》で食べたばかりなのだが、新吾の若いからだには物足りぬ。江戸を目前にした安心感も、空腹をもよおさせたのであろう。

「では、どこぞで最後の腹ごしらえをいたそうか」

これまで謹厳そのものであった庄助が、気持ちよく応じてくれる。

「ここは混んでおりますゆえ、いっそのこと鮫洲《さめず》までまいりましょう」

立場を眺め渡してから、三次郎が言った。鮫洲は品川《しながわ》の手前で、六郷からは二里足らずだが、空腹の身にはいささか遠いようにも思える。

「何かあるのですか、そこにも」

気のすすまぬ口調で、新吾は訊《き》いた。

「あなご茶漬《ちゃづけ》が有名でございます」

「あなごですか」

新吾は、そそられた。国許《くにもと》では、よく仙之助と鰻《うなぎ》を獲《と》って焼いて食べたものだが、あなごを口にしたことはない。江戸前のあなごは鰻より旨《うま》いそうです、と仙之助から聞かされているばかりであった。

「早くゆきましょう、鮫洲へ」

きょうは目的地へ着けると思うと、口も足取りも軽くなる。

三人で冗談など言い交わし合っているうちに、新吾が思ったよりずっと早く、海沿いの片側町に入った。鮫洲である。

「やあ、これはよい眺めですね」

〈あなご御茶漬〉という看板の掛かる茶屋の縁台に腰を下ろすなり、新吾は感嘆の声をあげた。

左方に品川湊《みなと》の見える穏やかな海に、海苔《のり》を着生させる粗朶《そだ》が林立し、その周辺にべか舟の点在するさまは、まことに絵のようではないか。

「不覚」

突然、庄助が叫んで、立ち上がった。あわてたようすで、懐中をまさぐっている。

「どうしたのですか」

「すまぬ、新吾どの」

「すまぬって……」

「路用《ろよう》を掏《す》られた」

肩を落とす庄助であった。

「六郷の渡しの按摩にございますな」

三次郎も唇を噛《か》む。

（なるほど……）

新吾ひとり、落胆もせず、腹も立たず、感心してしまう。

東下りの旅人は、六郷川を渡ると、はや江戸へ着いたも同然と感じて、つい気がゆるむに違いない。自分たちもそうであった。それを、渡し舟の按摩はちゃんと心得ていたのであろう。

（やっぱりお江戸は怖い……）

近くで何かを啜《すす》るような音がする。見れば、行商とおぼしい旅人が茶漬を掻《か》っ込んでいた。

実にうまそうではないか。

空腹の虫が鳴く。ようやく新吾も、あの按摩に腹が立ってきた。

二

夏の日は長い。

新吾たちが市ヶ谷《いちがや》御門外の藩上屋敷に到着したとき、まだ西空は明るかった。

長屋門の前を行ったり来たりする人影を、新吾の眼は捉《とら》える。向こうも気づいた。

「新吾」

女のような嬌声《きょうせい》をあげ、内股気味の足運びで駆け寄ってくる姿が、何やら愛《いと》おしい。

新吾の眼前に立った曽根仙之助は、友の両手をとった。その双眸《そうぼう》を、みるみる潤《うる》ませてゆく。

太郎左の代役として武術大会に出場する者が新吾に決まったことも、その国許出立《しゅったつ》の日がいつであるかも、先に飛脚によって上屋敷へ伝わっているはずである。きっと仙之助は、昨日あたりから幾度も門前へ出ては、友の到着をいまかいまかと待ちわびていたに違いない。

(仙之助らしい……)

新吾も、ちょっと胸を熱くした。

「お懐かしや」

ふるえ声で、仙之助が言う。

「よせよ、仙之助。おまえが国許を立ってから二十日ぐらいしか経ってないぞ」

「いいえ、十八日です」

「なんだ、おぼえてるじゃないか」

「でも、十二の年齢《とし》に、新吾に初めて出遇《であ》ってから、こんなに長く会わなかったことはありません。少し痩《や》せたのではないですか」

仙之助は、心配げに、新吾の全身を、くまなく検《あらた》めはじめた。

こちらを眺めている門番の怪訝《けげん》そうな視線に気づいた新吾は、あわてて仙之助を押しやる。

「腹がすいてるだけだ」

すると、仙之助はにっこりした。

「着到を報《しら》せれば、お長屋で着替えてからご家老のもとへ罷《まか》り出るよう申し渡されるでしょう。着替えたら、わたしの部屋へ寄ってください。湯漬《ゆづけ》を支度しておきますから」

お供《とも》の皆さんも、と仙之助は庄助と三次郎も気遣《きづか》う。

（やっぱり仙之助だなあ……）

しみじみと新吾は思った。旅の疲れが一挙に癒《いや》されていくような気がする。

「ところで、仙之助。太郎左は……」

「上屋敷にはおりません」

にべもない言いかたではないか。

「どこにいるんだ」

「ばかっつらは放っておけばいいんです」

新吾はおどろいた。ばかっつらは、太郎左がよく使うお国ことばのひとつである。こんな仙之助はめずらしい。

（たぶん……）

仙之助のことだから、太郎左には、武術大会が終わるまでは身を慎むよう、口をすっぱくして言い聞かせたのに違いない。にもかかわらず、太郎左は、あろうことか吉原で旗本と喧《けん》嘩《か》した。いくら心やさしい仙之助でも腹を立てて当然であろう。

「ごめん、新吾。太郎左のことは、あとで話します」

新吾に八つ当たりしたような態度をみせた自分を恥じたのか、仙之助はあやまった。

「それより、武術大会の日取りが決まりました。今朝、ご公儀《こうぎ》よりお達しがあったのです」

「いつだ」

武術大会は、将軍家の行事の日程調整のため、すぐには日取りが決まらず、これまで諸藩には秋口とだけ伝えられていた。

「七月二十六日から三日間」

「一ヵ月《ひとつき》後か……」

この当時の七月下旬といえば、現今の太陽暦では九月初旬にあたる。まさしく秋口であった。

「一ヵ月は、ほどよいですね。存分に稽古《けいこ》はできますし、江戸にも慣れたころでしょうから」

「そうだな」

具体性を帯びたからであろう、さすがの新吾も、にわかに身のひきしまる思いがする。

仙之助に導かれて上屋敷内へ入った新吾は、取次《とりつぎ》の者に着到を報告すると、早々に着替えて伺候之間《しこうのま》へ参上するよう命ぜられた。藩主河内守吉長の謁見《えっけん》を賜《たまわ》るというのである。

長屋のあてがわれた部屋の前まで往《ゆ》くと、顔なじみが待っていた。

「やあ、廉平《れんぺい》さん」

仙之助の参観御供の旅に随行した曽根家の若党《わかとう》木嶋《きじま》廉平である。

「恙《つつが》ないご着到、祝着に存ずる」

軽く会釈《えしゃく》した廉平の足許に、水を張った大きな盥《たらい》が置かれてあるではないか。仙之助が支度させたことは、想像するまでもあるまい。

早速、肌脱ぎになった新吾は、澄んだ水で旅の汚れを拭《ぬぐ》った。

（お江戸の水で行水《ぎょうずい》か……）

それだけでもう、自分は田舎武士ではないように思えてくるから、ふしぎである。

だが、品川からこの市ヶ谷まで、江戸市中を歩いていたときのわが身を振り返ると、ちょっと恥ずかしい。どこまでもつづく繁華な町々と、信じられないほどの人間の数にびっくりするあまり、道往《みちゆ》く人に、何のお祭りですかと訊《たず》ねて、笑われてしまったのである。田舎武士の眼に祭りと映るのが、江戸の日常なのであった。

からだの汚れを落とした新吾は、自室で裃《かみしも》に着替えると、廉平に案内され、足早に上士《じょうし》の長屋へ向かう。親友同士といっても、仙之助と新吾とでは身分が違う。それぞれの長屋は別棟である。

新吾は、仙之助の部屋の土間に立ったままで、湯漬を掻っ込んだ。はぜの甘露煮《かんろに》が旨くて、二杯食べた。菜《さい》に甘露煮というのが、仙之助らしい。疲れているときは、甘味を欲するものである。

腹に米が入ると、気分が落ちついた。

「ありがとう、仙之助。では、往《い》ってくる」

「わたしも、お玄関まで同道しましょう」

ふたりは、廉平と庄助と三次郎をそこにのこして、御殿《ごてん》の玄関先のほうへまわる。

「新吾。ご下問《かもん》には、はきはきとこたえるのですよ」

「わかってる」

「それから、くれぐれも、よけいなことを言わないように」

「よけいなことって」

「本音です。太郎左の代わりに武術大会に出場するのは、ほんとうは気がすすまないとか、仕合《しあい》に勝てるような気がしないとか」

「あはは……」

笑ってごまかす新吾であったが、さすがに仙之助だ、と内心で唸《うな》ってしまう。

（おれのことをよく知ってるなあ……）

御殿の塀沿いを歩く新吾と仙之助は、前方の塀際《へいぎわ》で口論するふたりの武士を、眼にとめた。

「宮部《みやべ》。おぬしは細かすぎる」

「質素倹約は殿おんみずからのお達し」

「それはそうだが、残り半寸もなかったのだ。どうということもあるまい」

「どうということもないとは、聞き捨てならぬ。御蠟燭《おんろうそく》にござるぞ」

仙之助が、新吾の袖《そで》を引っ張り、口論するふたりの横を、足早に通過してゆく。

「とめたほうがよくないか。お屋敷内で喧嘩はよくない」

振り返りながら言う新吾に、仙之助はかぶりを振ってみせる。

「喧嘩ではありません」

「喧嘩にみえるけどなあ」

「苦虫を嚙み潰《つぶ》したような顔のほう、分かりますか」

「ああ、分かる分かる」

「あまり見ないようにしてください。あのひとは、御提灯番《おちょうちんばん》の宮部太仲《たちゅう》といいます」

提灯番とは、藩主家の用いる灯火具を管理する役職である。士分ではあるが、身分は低い。

「たとえ対手《あいて》がご重臣方であっても、灯芯《とうしん》ひとつ、あるいは蠟のわずかな燃えかすですら粗略に扱おうものなら、ああして追及し、詫びるまでゆるしてくれないそうなのです」

「意地の悪いやつだな」

「そうでしょうか。いささか杓子定規《しゃくしじょうぎ》に過ぎますが、質素倹約は小さなことの積み重ねであることに、わたしも異論はありません」

新吾と仙之助は、御殿の玄関前に達した。

取次の者に、姓名と用向きを告げた新吾は、ひとり御殿にあがる。

案内された伺候之間へ入ると、すでに三名の身分ありげな武士が端座《たんざ》していた。河内守吉長の姿はない。

「筧新吾であるな」

いちばん年嵩《としかさ》と見える者が訊いた。穏やかな風貌《ふうぼう》である。

「はい。御徒組《おかちぐみ》湯浅才兵衛どのの組下、筧助次郎の弟新吾です」

仙之助の忠言にしたがい、はきはきとこたえる新吾であった。

「梅原監物《うめはらけんもつ》じゃ」

江戸家老は、新吾の元気のよさに、微笑《ほほえ》んだ。

監物は、文殊事件後の処理を見事に了《お》えたあと、江戸屋敷におけるみずからの監督不行届《ふゆきとどき》を恥じて、隠居を申し出たが、吉長に強く慰留され、そのまま江戸家老職にとどまったのである。だが、この監物を除けば、江戸屋敷の重臣は、そのとき一新された。

のこるふたりも、小仕置役《こしおきやく》の村垣嘉門《むらがきかもん》、留守居役《るすいやく》の能勢喜八郎《のせきはちろう》であると、それぞれ名乗った。

（お歴々じゃないか……）

新吾は、将軍家台覧《たいらん》の武術大会出場が、よほどの大事であることを、いまはじめて実感したといってよい。

「寛。そのほう、いまだ免許を得ておらぬそうだな」

冷やかな視線を浴びせてきたのは、村垣嘉門である。直心影流の免許のことであろう。

「はい。得ておりません」

新吾は、ことさら明るく返辞をした。内心では、免許がないのがどうしたと反発している。

「それで将軍家台覧の仕合に勝てると申すか」

「わたしは勝たなくてもいいそうです」

破顔してみせる新吾であった。

「なに」

嘉門が気色《けしき》ばんだのは言うまでもない。

「潔い負け方をして早々に帰国いたせ、と織部さまが仰せられました」

「いつわりを申すな。お国家老がさようなたわけを仰せられるものか」

「村垣嘉門さまは、たわけと仰せられた。国へ戻りしだい、織部さまへ、さように伝えます」

よけいなことを口走ってしまったそばから、新吾は心中で仙之助に、すまん、とあやまっている。しかし、嘉門のような人間に諛《へつら》うなど、まっぴらであった。

「寛。おのれは……」

腰を浮かせかけた嘉門だったが、能勢喜八郎になだめられる。

「まあまあ、村垣どの。これなる筧新吾は、武徳館剣術所教授方の推挙によって出府いたせし者。剣は並々でないと信じようではございぬか」

嘉門がそれで落ちつきを取り戻すと、喜八郎は新吾もたしなめた。

「筧。そのほう、口のききかたに気をつけよ」

「申し訳ありません」

新吾が素直に詫びたとき、藩主吉長が小姓《こしょう》をしたがえて入ってきた。皆、居住まいを正して、平伏する。

上段に着座し、皆のおもてをあげさせると、吉長は新吾へ笑顔を向けた。

「久しやな、新吾」

と吉長が言ったので、嘉門も喜八郎もおどろいて、顔を見合わせる。身分軽き徒組の、それも厄介《やっかい》の身が、藩主に拝謁したことなどあろうはずはない。

監物だけが穏やかな表情を崩さぬ。

「ご尊顔を拝し、恐悦至極《きょうえつしごく》に存じ奉《たてまつ》ります」

新吾はおもてを上気させる。心より尊敬する吉長から親しげに声をかけられたことは、このうえない悦《よろこ》びであった。

「殿。この者を……」

おそるおそる嘉門が訊ねる。

「なんじゃ、嘉門。そちは筧新吾を知らぬのか」

「それがし、江戸暮らしが長《なご》うございますゆえ……」

嘉門のひたいに汗がにじんだ。

「されば、この監物から」

江戸家老が吉長に一礼してから、嘉門と喜八郎に明かす。

「七年前、武徳館創設のみぎり、剣術所教授方を決めるに、ご城下追手町の興津道場と、御弓町の高田道場の若手剣士が御前仕合を行《おこの》うたことは、おぬしらも存じておろう。筧新吾は、そのとき高田道場の副将をつとめた」

「あの面《めん》は見事であったの」

吉長がうれしそうに新吾へ言う。

「恐れ入り奉ります」

「また……」

と監物はつづける。

「この筧新吾は、武徳館創設を邪魔立てせんとした一派を、鉢谷十太夫どのの手足となって退治した武勇伝ももっておる」

「あのときは、新吾。花山太郎左衛門もよう働いたのであったな」

意外にも吉長が太郎左の名を出したので、新吾は戸惑った。武術大会出場の藩代表に選ばれながら、不始末を犯した太郎左を、吉長は怒っていないのであろうか。

「はい。当時から、花山の剣は抜きん出たものにございました」

「さもあろう」

吉長が大きくうなずく。

「こたびのことは、花山太郎左衛門には気の毒であった」

どういうことかと訝《いぶか》った新吾だが、質問はしない。太郎左の不始末については、あとで仙之助から詳しく聞くつもりでいる。しかし、吉長のようすからして、吉原における旗本との喧嘩沙汰は、どうやら太郎左に越度《おちど》があったのではないらしいと察した。

「なれど、新吾が出場いたすのだから、われらも安心じゃ。のう、監物」

「御意《ぎょい》」

これには、喜八郎は如才ない愛想《あいそ》笑いを浮かべ、嘉門はといえば引きつった笑みをみせる。

それからなおしばらく、新吾は吉長の下問にこたえた。

吉長が真っ先に訊ねたのは、参観発駕《はつが》の数日前から風邪《かぜ》で臥《ふ》せってしまい、見送りにこなかった十太夫の安否である。

新吾は、国許出立の前日、旅支度のために眼のまわるような忙しさの中、鳴江村まで走って、十太夫にあわただしく別辞を告げている。そのさい十太夫から、自分が牢人者の襲撃をうけて怪我したことは、江戸へは報せぬよう手をまわしてあるので、そのつもりでおれよと釘を刺された。

実際、吉長のことばも十太夫の病状だけを気遣っているように思われたので、すっかりお元気になられましたと新吾は告げた。

「お元気どころか、以前にも増して、お口がよくおまわりになり、閉口いたします」

そう新吾が付け加えると、吉長は腹を抱えて笑った。

「どうやら十太夫は、百歳まで長生きしそうだの」

吉長の笑いからは、心よりの安堵《あんど》感と、無二の忠臣へのいたわりが滲《にじ》み出ていて、新吾は自分の心身まで温かくなるような気がしてくる。

さいごに、道中のようすに対する下問にこたえて、新吾は、戸塚宿で偶然にも勝山藩の行列に出遇い、畏《おそ》れ多くも三浦備後守の拝謁を賜り、備後守が吉長と参覲旅を共にできなかったのを残念がっていたことを伝えた。

吉長は、備後守が本日中に江戸入りすることを、すでに知っていた。舅《しゅうと》が勝山藩上屋敷に到着次第、連絡がくるはずなので、そうしたらすぐに酒樽《さかだる》など祝いの品々を届けるのだ、と新吾に話してくれた。何のことはない事柄でも、藩主吉長から直々《じきじき》に告げられると、新吾は誇らしい気持ちになる。

「寛」

監物が言った。

「殿からは、新吾のためにも祝いの宴《うたげ》を開いてやれよとの仰せがあったが、それはできぬ。そのほうも存じておるとおり、藩の台所は決して豊かではない。また、武術大会にて見事な働きをみせたあとならばともかく、出場前からそのほうを特別に扱《あつこ》うては、何かと波風も立とう。そこのところを察せよ」

「ゆるせ、新吾」

吉長の口から、真情のこもった一言が洩れた。

「もったいない仰せ……」

新吾は、しぜんと平伏する。

「わたしは、武術大会では力の限りを尽くし、正々堂々の剣をふるいます」

とたんに嘉門が渋面をつくる。殿のため、あるいは、藩のためということばを吐かない新吾を、気に入らぬのであろう。

だが、吉長は満足げであった。

「それこそ何よりじゃ、新吾。ほかには何も思わずともよいぞ」

これが、藩代表たる身に重圧をかけないための吉長のやさしさであることを、新吾は即座に感じた。

「はは」

畳を瞶《みつ》めながら、新吾は溢《あふ》れそうになる熱いものを怺《こら》える。その思いが、吉長のために必ず蟠竜公の陰謀を打ち砕いてみせると、あらためて新吾に決意させたのであった。

三

新吾が長屋へ戻ると、食欲を刺激する匂いが漂ってきた。自分の部屋からではないか。

戸をあけて中へ入ると、狭く薄暗い一室に、火を灯《とも》して、四人の男たちが待っていた。仙之助、廉平、庄助、三次郎である。

「新吾の無事な江戸入りを祝って、ささやかですが、酒宴を催します」

七厘《しちりん》の前にすわって、金網の上で何やら炙《あぶ》りながら、仙之助が言った。よい匂いのもとは、これである。

「何を炙ってるんだ、仙之助」

「あなごです」

にこっと笑って、仙之助は、庄助と三次郎を見やった。竈《かまど》や流しをつかって食事の支度をするふたりも、笑顔を返す。

新吾の胸に、じわっとくるものがあった。

庄助と三次郎は、新吾が楽しみにしていたあなご茶漬を鮫洲で食べそこねたことを、仙之助に打ち明けたに違いない。

「新吾が御殿へあがっているあいだに、廉平を走らせ、棒手振《ぼてふり》からもとめてきました」

「ありがとう、廉平さん」

「礼には及びませぬ。旦那《だんな》さまが、ご自分も江戸前のあなごを召されたいと思うておられたのです」

廉平が旦那さまと敬称するのは、仙之助である。

「廉平。そんなことを明かしたら、ありがたみがなくなるじゃないか」

「これは相済《あいす》みませぬ」

一同、声をあげて、笑った。

「御免」

と戸外から声を懸けられたので、新吾が返辞をする。

「どなたでしょうか」

「御小姓組頭《おこしょうぐみがしら》、渋谷弥吾作《しぶたにやごさく》」

皆、かすかに緊張する。藩主の側《そば》近くに仕える者が、何用であろうか。しかも組頭みずからとは。

「渋谷どのなら、わたしが」

仙之助が、土間におりて、戸を開けた。仙之助とて、江戸屋敷に来て十日余りにすぎず、渋谷弥吾作とはほとんどことばを交わしたことはないが、いちおう見知り合いにはなっている。

「おぬしは、馬廻組《うままわりぐみ》の曽根仙之助どのであったな」

「はい」

「寛新吾はおるか」

よばれた新吾も、弥吾作の前に立つ。

「殿からの祝いである」

弥吾作が徳利《とっくり》を差し出す。

（このお人が……）

新吾は、ひきしまった体軀《たいく》と精悍《せいかん》な顔の持ち主を、まじまじと瞶めた。

前《さき》の江戸小仕置役滝田甲斐《たきたかい》は、文殊事件の直後、にわかに病死と発表され、藩の人間の大半もそれと信じたが、新吾は真実を知っている。実は蟠竜公の陰謀に加担した滝田甲斐は、それが露顕《ろけん》して逃げ出そうとしたところを、藩士に斬られてしまったのである。その藩士こそ、渋谷弥吾作であった。

真実を明かしてくれたのは、白十組頭領の千早蔵人《ちはやくらんど》である。そのさい新吾は、渋谷弥吾作どのは江戸の白十組なのですかと蔵人に訊いたが、これについてはこたえてもらえなかった。

新吾が礼を陳べると、弥吾作はにこやかにうなずき返しただけで、早々に歩き去ってしまう。

新吾は、吉長へ大いなる感謝の気持ちを湧《わ》かせると同時に、弥吾作の態度にも感じ入った。藩主からの祝いというからには、徳利の中身は銘酒であろう。ふつうなら、どれほど高価であるか説いて、ありがたく頂戴《ちょうだい》いたせ、ぐらいは言うはずである。ところが、弥吾作は笑顔だけをのこして去った。

「江戸屋敷には涼《すず》やかなお人がいるものだなあ……」

やはり渋谷弥吾作こそ江戸屋敷の白十組では、とあらためて想像する新吾であった。

「渋谷どのは、殿のご信頼が厚く、剣の腕も江戸屋敷中、随一と聞いています」

と仙之助が言った。

「そうだろうな」

合点した新吾は、それにひきかえ村垣さまは、と思わずつぶやいていた。それを仙之助に聞きとがめられる。

「新吾。まさか小仕置役と何かあったのではないでしょうね」

「ないない。あるわけないだろう」

「村垣さまに対しては慎んでください」

戸を閉《た》て、声を落とす仙之助であった。

「どうして」

「渡辺辰之進の叔父御《おじご》だからです」

「そうだったのか……」

村垣嘉門は渡辺家から村垣家へ養嗣子《ようしし》として入り、小仕置役に抜擢《ばってき》されたのだ、と仙之助は明かす。

それで新吾は、嘉門がさいしょから自分に対して冷たかったことを、理解できた。思うに、嘉門は太郎左の代役には辰之進が選ばれると信じていたのやもしれぬ。

また、さしたる人物とも思われぬ嘉門が江戸小仕置役に任じられたのも、渡辺家など力ある親戚筋の支援をうけたからに相違あるまい。

ふたたび、ほとほとと戸が叩《たた》かれた。

土間に立ったままだった新吾は、返辞をせず、すぐに戸を開けた。

「新さん」

もぐらに似た顔の中の、尖《とが》り気味の唇から歓喜の声が出た。

「千代丸、いや、いまは花山淵二郎《えんじろう》か。立派になったな」

兄の太郎左とは似ても似つかぬこの学問の秀才は、二年前から藩費により江戸遊学中の身である。むろん、もはや前髪立ちではない。

淵二郎はいま、高名な儒者片脇澳園《かたわきおうえん》の弟子となって、神田松下町《かんだまつしたちょう》にあるその私塾懐誠堂《かいせいどう》に起居している。国許の藩儒夏目玄鶴《なつめげんかく》の畏友《いゆう》澳園は、吉長の在府中、月にいちど、講義のため藩上屋敷を訪れるが、そのさい淵二郎が助手として随行する。

本日は、しかし、澳園の講義の日ではない。きょうあたり新吾が江戸入りするだろうと仙之助から聞いていたので、早く会いたくてとんできたのだという。

「しかし……」

淵二郎は深々と溜《た》め息《いき》をつく。

「しかし……なんだ」

と新吾が先を促す。

「なんでまた、よりによって新さんとは……」

「おれで悪いか」

「謹慎は、兄上ひとりでたくさんなのに」

得意の毒舌を久々に聞いた新吾は、ちょっと噴き出してしまった。

「おまえ、名をあらためたのに、性根は変わってないな」

「新さんはどうです」

「さあな。太郎左と仙之助には、おれはいつまでも変わらないと言われる」

「やっぱり謹慎だ」

「このやろう」

長屋の新吾の部屋は、ふたたび笑いに包まれる。

こうして、新吾の江戸入り一日目の夜は更けていった。

四

翌朝、新吾は、飯倉《いいくら》の八幡社前に道場をかまえる長沼四郎左衛門を訪ねるべく、藩上屋敷を出た。太郎左の場合と同様、一ヵ月後の武術大会に備えて、直心影流宗家の四郎左衛門から、手ほどきをうけるためである。

むろん、江戸では右も左も分からぬ新吾が、ひとりで長沼道場へ辿《たど》りつけるわけはなく、仙之助が道案内に立った。

仙之助は、長沼道場をすでに二度訪れているので、飯倉までの道をおぼえている。さいしょは、参観御供で江戸入りした次の日、太郎左に付き添った。このときは、淵二郎に道案内をつとめてもらった。二度めは、そのわずか二日後、太郎左が道場へ稽古にこられなくなった理由を説明するためであり、これはひとりで出向いた。

仙之助には廉平が随行しているが、新吾に供はいない。庄助と三次郎は昨日でお役御免になった。両人とも、新吾を江戸へ送り届け次第、ただちに帰国するよう、石原織部から厳命されている。

万一、新吾が何か問題を起こしたとき、石原家の家士《かし》と小者《こもの》が一緒では、自分にも後難《こうなん》が及ぶやもしれぬ。それを織部が危惧《きぐ》したであろうことは、想像に難くない。

だから庄助と三次郎は、きょう一日だけ上屋敷で休養をとり、明日には帰国の途につくのである。

「昨夜も申しましたが、四郎左衛門先生にはご挨拶だけになります」

道すがら、仙之助が新吾に言った。

「それから、愛宕下《あたごした》の正兵衛《しょうべえ》先生を訪ねるのだな」

「そうです」

直心影流の道統は、流祖山田平左衛門光徳の子の長沼四郎左衛門国郷《くにさと》より始まる四郎左衛門系と、国郷の養子分であった長沼正兵衛綱郷《つなさと》の正兵衛系とに二分される。両系は、いがみ合うことなく、よく協力し合い、江戸期を通じて直心影流を隆盛せしめた。

ただ、国郷の没後は、どちらかというと、正兵衛系に名人上手が輩出し、愛宕下の道場のほうが、門人も多く華やかであった。当代の四郎左衛門も、ちかごろ病気がちで、道場に立つことがほとんどないため、太郎左の稽古も正兵衛にまかせたのである。

三人は、御濠端《おほりばた》を市ヶ谷から赤坂溜池《あかさかためいけ》まで回り込む。その間、新吾は、左方ばかりを眺めていた。視線の先は、江戸城である。

昨日は空腹の身をおそろしいばかりの人込みの中に歩ませ、また一刻も早く上屋敷に着こうとするあまり、江戸城をじっくり眺める余裕もなかった新吾だが、こうして落ちついて望見してみると、外濠《そとぼり》の御門内の広大な武家屋敷地の家並《やなみ》越しであっても、よほど巨大な城だと思われた。

（一ヵ月後、おれはあの中で仕合をするのか……）

至上と言い切ってもよいほどの晴れがましい舞台に相違あるまいが、そのときを想い描いても、さしたる昂奮《こうふん》も湧かぬ自分を、新吾は訝った。太郎左ならば、間違いなく、いまから鼻息を荒くしていることであろう。

（おれには向かない。やっぱり、あいつが出るべきだな……）

しかし、謹慎の身の太郎左にいまさら出場が許されるはずもなく、また新吾自身、昨日、吉長より親しくことばを賜ってしまった。結局、自分が出場するしかないのである。

御濠端をあとにした三人は、麻布汐見坂《あざぶしおみざか》より西久保通《にしくぼどおり》へ抜けた。

蟬《せみ》の鳴き声がうるさくなる。通りの左側に寺社の杜《もり》がつづくせいであった。さらに、その向こう側には、こんもりと盛り上がる小山が見える。

「愛宕山です」

仙之助に言われて、新吾は拍子抜けした。

「あんなに小さいのか……」

徳川家康が江戸城南方の鎮護として山上に神社を建立したという愛宕山は、新吾の想像の中では雄大な山だったのである。あれでは、お国の導師《どうし》ケ岡《がおか》と変わらぬではないか。

「でも、山上からの眺望は絶景です。お江戸の海も町も一望ですから」

仙之助は、二度めに長沼道場を訪ねた帰り、愛宕山に登ったのだという。

「どのみち愛宕下へゆくのですから、あとで登ってみましょう」

「いや。きょうは、いい」

意外にもあっさりとことわった新吾に、仙之助は心配そうな眼を向ける。

「まだ旅の疲れがとれませんか」

「そんなことはないさ。とにかく、急ごうか。この道を真っ直ぐなんだろう」

突然、新吾が足を速めたので、仙之助はあわててつづく。

ほどなく、八幡社前の長沼道場へ着いた。高田浄円にしたためてもらった紹介状を門人に渡して、四郎左衛門への面会をもとめると、待つほどもなく奥へ通された。当代の四郎左衛門は、少年のころ、当時江戸に滞在していた浄円から手ほどきをうけており、その弟子ともなれば大歓迎してくれるのである。

「花山どのの病はいかがか」

四郎左衛門は、自身もから咳《せき》などをしながら、まず太郎左を気遣った。

「はい。なにぶん図体《ずうたい》がでかいので、毒もよくまわるのか、腫《は》れ物《もの》があちこちにできまして……」

　こたえたのは、仙之助である。

　太郎左は、いまの新吾と同じく、江戸入りの翌日には、四郎左衛門と正兵衛を訪ねて挨拶を済ませた。そして、仙之助の制止を振り切って、眼を血走らせながら吉原へ走った。吉原をよほど愉しみにしていたのであろう。挙げ句が、旗本と喧嘩して、謹慎処分である。

　そんな恥ずかしい事実を四郎左衛門に打ち明けることはできないから、藩では仙之助になんとか取り繕《つくろ》うよう命じた。本来ならば、これは仙之助の役目ではないが、直心影流の同門で、友人でもあるという理由から、押しつけられたかっこうであった。

　窮した仙之助は、太郎左は突然に腫れ物ができて病床についた、と四郎左衛門と正兵衛に嘘《うそ》をついたのである。

「それは、ご心配であろう」

　痛ましげな表情で、四郎左衛門は言った。

「花山は頑健な男ですから、必ず快気いたすと、われらは信じております」

　仙之助がまじめな顔つきでそうこたえたものだから、新吾は笑いを必死で怺えるあまり、腹が痛くなってしまう。

　四郎左衛門のもとを辞して、愛宕下の正兵衛のところへ往っても、ひとしきり同様の会話が交わされてから、本題に入った。

「されば、寛どの。きょうからでも稽古を始めるがよろしかろう」

正兵衛のその勧めに、しかし、新吾は応じなかった。

「申し訳ありません。きのう江戸に着いたばかりで、きょうはまだ何かとやっておかねばならぬこともあるので、稽古は明日からお願いします」

愛宕下の道場を辞して、大名小路《だいみょうこうじ》とよばれる往来へ出ると、仙之助が新吾を咎《とが》めるような眼で見た。

「どうして正兵衛先生のお勧めに従わなかったのです。稽古は一日でも早く始めなければいけません。だいたい、新吾のやっておかねばならないことって、なんですか」

「剣術狂いの太郎左でさえ初日は稽古しなかったんだろう」

「あの日の太郎左は吉原のことで頭がいっぱいだった……」

あっ、と仙之助は眼を剝《む》く。

「まさか、新吾も吉原へ……」

若い田舎武士が江戸へ出てくれば、まずは吉原へ往ってみたいと思うことは、ある意味で健康的といえなくもなかった。

「それは往ってみたいが、いまじゃない」

「では、どうして稽古をことわったのです」

「仙之助。柳島へつれていってくれ」

「えっ……」

柳島には藩の下屋敷がある。そこで太郎左が謹慎中であった。

「だめです、新吾。下屋敷へ往くなんて」

「なぜだ。訪問は自由だって、昨夜、おまえ言ったじゃないか」

「言ってません、そんなこと」

仙之助は、ぱたぱたと手を振る。ひどくあわてたようすであった。

「じゃあ、廉平さんだったかな」

「いえ、それがしは申しておりませぬ」

廉平も少し眼を泳がせる。

「まあ、どっちでもいい。昨夜はみんな酔ってたからな。だから、今朝、井戸端で顔を洗ったとき、居合わせたお人にたしかめたんだ。武具方《ぶぐかた》のなんという人だったかな……」

太郎左自身は下屋敷から一歩も出てはならぬが、太郎左を訪ねて面会することは藩からゆるしが出ている。そう新吾は聞いたのである。

「ご処分が解かれるまで、たったひとりで深く自省するのが、謹慎中の身の処し方というものです。甘やかしてはいけません」

「おまえらしくないぞ、仙之助。こんなとき、曽根仙之助だけは、繁《しげ》く会いに往って、友を慰めてやる男じゃなかったのか」

「謹慎ご処分の理由が理由です」

「対手がまずかっただけだろう。喧嘩は太郎左の専売特許だ」

「だめと言ったら、だめです。だいいち、新吾に会ったら、太郎左は里心がついて、下屋敷を脱《ぬ》け出しかねませんから」

「そんなにやわなものか、あれが」

　新吾は笑った。

「さあ、往こう。おれたちの顔を見れば、少しは気晴らしにもなるだろう」

「新吾……」

　ふいに、仙之助は表情を暗く沈ませた。

「どうした、仙之助」

「太郎左に会えば、ほんとうのことを告げねばなりません」

「ほんとうのこと……」

「武術大会に代わりに出場するのが、新吾だって」

「…………」

　さすがに押し黙る新吾であった。このことは、とうに太郎左には通告されているものとばかり思い込んでいたのである。

「ごめん、新吾……」

　稍《やや》あって、仙之助は白状に及んだ。

　実は、太郎左への通告は、上屋敷から使いの者が出て、下屋敷奉行を通じてなされるはずだったのだが、仙之助が江戸家老梅原監物まで、自分に伝えさせてほしいと願い出て、これを許された。その役を仙之助が志願したのは、余人の口から新吾の名を出されては、あまりに太郎左が可哀相《かわいそう》だと思い遣ったからである。気持ちをぶつける対手がいないではないか、と。

ところが、仙之助は、いざ柳島へ向かおうとすると、そのたびに足が重くなり、結局、道の途中で戻ってきてしまうのであった。大川《おおかわ》（隅田川《すみだがわ》）を渡ったことすらない。

自業自得とはいえ、剣におのれのすべてを懸けて生きてきた太郎左が、その道で出世する絶好機を絶たれたのである。代わりにその機会を得たのが無二の親友の新吾であると、どうして平然と通告することができよう。

「それで、どうしても会いにゆけなくて……」

仙之助の肩がふるえる。

「仙之助、あやまる。おまえらしくないなんて言ったこと」

新吾は、ふるえる肩に手をおいた。

昨日、仙之助が、太郎左をばかっつらよばわりしたのも、友の気持ちをわが事同然に思えばこそであったろう。苦しくてどうしようもないから、怒ったのである。

（あのばか。仙之助にこんな思いをさせやがって……）

新吾は、仙之助に微笑みかけた。

「太郎左には、おれから伝える」

「新吾……」

「親友同士だからといって、いつも和気藹々《わきあいあい》というわけにはいかないさ。それくらい、あいつだって分別《ふんべつ》できるだろう」

仙之助も、唇を引き結んでうなずいた。

「柳島は遠いのか」

「川向こうですから、いささか。ここからでは、道も分かりません」

すかさず廉平が、懐から〈懐寶御江戸絵図《かいほうおえどえず》〉を取り出して、ひろげた。廉平は、藩の江戸屋敷や、両長沼道場などの所在地に印をつけてある。

新吾ものぞいてみると、下屋敷のある柳島はたしかに近いとはいえぬ。

「大江戸だ。舟でゆこう」

と新吾は提案する。

「そのへんに船宿があるだろう」

「この近くでは汐留橋《しおどめばし》にあるようですが、ふいの客に舟を出してくれるものかどうか……」

とうぜんの不安を、仙之助は口にした。

「往ってみるさ」

しかし、新吾らは、汐留橋の手前の屋形河岸《やかたがし》で、よびとめられた。

「寛新吾どのではないか」

大勢の人々が忙しく立ち働く荷揚場《にあげば》のはずれに、一昨夜さんざん眺めた強面《こわもて》を、新吾も発見する。

「これは膝付源八どの」

今回の武術大会で荻野流砲術を披露する予定の勝山藩士であった。新吾とは、戸塚宿の本陣で、三浦備後守の御前にて、ともに酒を酌《く》み交わした仲である。

「いずれへまいられる」

「柳島まで」

「それは遠い。それがし、これから舟で両国《りょうごく》へ遊山《ゆさん》にまいる。同舟なさらぬか。それがしは新大橋《しんおおはし》あたりで下りるが、そのあとも当家の水夫《かこ》に柳島まで送らせるほどに」

「よろしいのですか」

新吾らには願ってもないことであった。

「よろしいに決まっておる。殿様同士が舅と婿なら、両家の家臣は皆、友である」

源八の誘いに甘えて、新吾らは勝山藩所有の屋根舟にのせてもらった。

屋形河岸に勝山藩の舟が繋留《けいりゅう》されていることは、おどろくにあたらぬ。眼と鼻の先に、虎御門《とらのごもん》内の上屋敷があるのである。新吾がおどろかされたのは、江戸入りの翌日には早くも優雅に屋根舟で遊山に出かけるという、源八の野放図さであった。

「寛どの。武術大会の日取りが決まりましたな」

「ええ」

「仕合の対手も決まりましたかな」

「いえ、それはまだ」

「寛どのならば、対手が柳生《やぎゅう》でも負けますまい」

「それは、いささか……」

「いや。大丈夫、大丈夫」

源八の高笑いが三十間堀に響き渡る。源八自身の口も、さながら大砲の筒のようではないか。

「新吾。膝付どのは誰かに似ておられると思うのですが……」

仙之助が囁《ささや》きかけてきたので、

「軍学教授」

と新吾はうなずいてみせる。

「そうそう、大山魁偉先生」

仙之助は、手をうって、噴き出した。

それを自分の笑いにつられたと勘違いしたのか、源八はさらに大口をあけて笑う。

そういうふたりのようすが、もっとおかしくて、新吾も腹を抱えた。

五

源八の下舟後、勝山藩の水夫の平井呂助《ひらいろすけ》という者が漕ぐ屋根舟で、新吾らは柳島まで送ってもらった。

柳島には、町もあるが、ほとんどが農村である。柳島村、亀戸《かめいど》村、押上《おしあげ》村、小梅《こうめ》村の四村が混在する広大な田園地帯は、いま五、六寸ばかりに成長した早苗《さなえ》の緑が、燦々《さんさん》たる光を浴びて一面にひろがり、まことに瑞々《みずみず》しく美しい。その田園地帯の中に、ぽつりぽつりと大名家の下屋敷や抱屋敷《かかえやしき》が点在する。

初めてこの地へやってきた新吾と仙之助は、いずれがめざす屋敷か見当もつかないので、さいしょに出遇った農夫に訊ねて教えてもらった。

大名の下屋敷の多くは、国許より回漕《かいそう》される物資の荷揚地や蔵地《くらち》の機能をもたせるため、江戸湾の湾口や河岸地に建てられる。新吾たちの藩の下屋敷も、十間川《じっけんがわ》沿いの土地に塀をめぐらせてあった。

農夫に教えてもらったとき、新吾たちはちょうどその横手と裏手の角に立っていたのだが、表門のほうへ向かおうとした足を、ふたたびとめた。裏手の塀際に、武士の後ろ姿を発見したからである。一丁ばかり離れたところであった。

その武士は、頭上へ何やらぽんぽん投げあげている。それらは、塀を越えて、屋敷内へ落ちていくではないか。

「藩の者でしょうか……」

「さあな……。しかし、何をしているんだ」

仙之助は訝り、新吾も不審を抱く。

あっ、と廉平が声をあげた。

「あれは瓜盗人《うりぬすっと》に相違ございません」

「えっ。藩士がそんなこと……」

絶句する仙之助であった。このあたりの畑から瓜を盗んだということか。

「とっ捕《つか》まえよう」

言ったときには、新吾は走りだしている。

瓜は甜瓜《まくわうり》であろう。冷やして食べる甜瓜は、甘くて水分がたっぷりで、格別の味なのである。夏のいちばんの水菓子といってよい。

せっせと甜瓜を放り投げている武士は、背後から急速に接近する新吾に、しばし気づかぬ。

武士がようやく気づいて振り返った瞬間、新吾は地を蹴《け》った。

「あっ……」

「ぐほっ……」

同時に眼を剝いた親友同士は、重なり合って地へ転がった。

「太郎左。おまえ、謹慎中じゃないのか」

だが、太郎左は、もごもご言うばかりだ。甜瓜をひとつ、くわえたままであった。

新吾は、それを、口からはずしてやる。

「下屋敷じゃ、ろくなものを食わせんのだ」

「だからって、瓜なんぞ盗むな。がきでもあるまいに」

「旨いぞ。おまえも食うか、新吾」

落ちている甜瓜をひとつ、ひょいと手にとってみせる太郎左であった。新吾は、あきれながらも、太郎左を立たせる。

「おれの代わりに出るそうだな」

と太郎左が言ったので、新吾はおどろく。駈けつけてきた仙之助も、そのことばを聞いた。

「淵二郎から聞いた。仙之助がおれに言いだしかねて、懊悩《おうのう》し、可哀相だからってな」

「そうか。だったら太郎左、分かるな」

突然、新吾が、右拳《こぶし》を太郎左の頬桁《ほおげた》へ叩き込んだ。太郎左は、しかし、二、三歩よろめいたばかりで倒れぬ。

「仙之助を苦しめた罰だ」

「すまんな、仙之助」

素直に太郎左はあやまった。

「わたしこそ、ごめんなさい。いちばん辛《つら》いのは太郎左なのに……」

「太郎左、おまえの番だ。おれを殴れ」

「どうしておれが、新吾を殴るんだ」

「いいから殴れ。殴ってから考えろ」

この瞬間、太郎左も、友の代わりに武術大会に出場せねばならぬことで、新吾がどれほど苦しんだかを悟った。

「ばかっつら」

叫ぶなり、太郎左は新吾を思い切り殴った。だが、吹っ飛んだ新吾へすぐに駈け寄って抱き起こし、おいおい泣きだしてしまう。
怺えきれずに、仙之助も泣いた。
新吾ひとり、唇から血を流しながら、微笑んでいる。
(あのころに戻った……)
夏雲はいよいよ高い。

第八章　吉原往来

一

「おおそのことは仙之助から聞いた。吉原で旗本をぶん殴ったそうだな」

藩下屋敷の太郎左の部屋に落ちつくと、新吾はそう切り出した。

太郎左は、外出を禁じられているだけで、屋敷内では自由の身であり、こうして長屋に部屋もあてがわれている。

「新吾。その話は、もう……」

台所に立つ仙之助が、振り返った。

仙之助は、廉平に手伝わせて、甜瓜《まくわうり》の皮をむいている。盗んだものを食べるなど、気のひける仙之助だったが、いまさら太郎左が畑へ戻しにゆくはずもないので、致し方ない。それで、どうせなら、井戸水で冷やしてから食べるよう提案したところ、太郎左はその間も待てぬと駄々をこねたため、結局、すぐに皮むきをはじめた次第であった。

「いいんだ、仙之助。おれは後悔してない。それに、新吾には、おれ自身の口から伝えたかった」

「旗本の名は天野某《なにがし》と聞いた」

「天野重蔵《じゅうぞう》。くだらんやつだ」

これに新吾は、ひとり小さくうなずいた。

さいしょに仙之助から、太郎左の喧嘩《けんか》の対手《あいて》が旗本天野某と聞かされたとき、因縁めいたものを感じた新吾だったのである。五十年以上前、鉢谷十太夫が親友神尾伊右衛門を斬らねばならなくなった原因をつくったのも、旗本天野であった。

「旗本どものほかにも、ひとり殴ってやったやつがいるが、そこから話すか」

太郎左はさらりと言ったが、台所の仙之助は飛び上がる。

「お旗本のほかに誰を殴ったの。わたしは初耳です」

「一発だけだ」

「回数の問題じゃありません。まさか……」

あとのことばを、口に出すのが怖くて、仙之助は呑《の》み込んだ。

「殺したのか」

代わりに新吾が訊《き》く。

「よせよ、ふたりとも。おれは誰も殺してない」

あわてて手を振る太郎左だったが、仙之助だけは疑いの眼差《まなざ》しを向けつづけている。

「話す。ちゃんと話すから、聞け」

「もちろん聞きます」

「おれは、あの日……」

と太郎左は語り起こす。


江戸入りの翌朝、太郎左は、長沼道場への挨拶を済ませたその足で、仙之助の制止を振り切り、往来の人々に幾度《いくど》も道を訊《たず》ねながら、ひとりいそいそと吉原へ向かった。

愛宕下から吉原まで、かなりの道のりがある。しかも、不馴《ふな》れの大都会で、たびたび道を間違えた。あとで思い返せば、太郎左を田舎武士と侮って、わざととんでもない方向を指し示した者もいたであろう。

それでも、太郎左は苦にしなかった。夢にまで見た男の極楽へ向かっていると思うだけで、一里が千里でも踏破できる自信がとめどなく湧《わ》いてきたからである。

汗だくで吉原の大門《おおもん》の前に立ったときには、うれしくて涙が出そうになった。夏の日も、すっかり西へ傾いた頃合いである。

太郎左は、清掻《すががき》の音に誘われ、大勢の嫖客《ひようかく》にまじって、いよいよ極楽へ踏み入った。

北端の大門から水道尻《みとじり》とよばれる南端まで、廓《くるわ》内を南北に貫く大通りを、仲ノ町《なかのちよう》という。

この両側には、引手茶屋《ひきてぢやや》が建ち並ぶ。嫖客は、茶屋の者に案内されて、妓楼《ぎろう》へと向かうのである。

太郎左は、そんなしきたりを知らぬ。知っているのは、浮世絵の吉原だけである。格子の向こうに美女が居並び、それを嫖客たちがのぞき見ている図は、あこがれであった。

（夏だからな。きっと薄衣《うすぎぬ》一枚だ。そうしたら乳《ちち》なんか……）

五間《けん》幅の堀に囲まれ、東西百八十間、南北百三十五間というこの公許の遊里《ゆうり》は、開業当初は五つ、このころは八つの町に分かれて遊女屋が櫛比《しっぴ》し、遊女の数は二千人とも三千人ともいわれた。

引手茶屋に寄らず、妓楼を探した太郎左は、さいしょに踏み入った江戸町一丁目で、運良く浮世絵と同じ風景を発見し、その前で立ちどまった。格子が天井まで届く見世《みせ》である。掛行灯《かけあんどん》に〈万字屋《まんじや》〉と記されていた。

「ううう……」

格子の向こうの遊女たちが眼に入ると、太郎左は、袴《はかま》の前をおさえて、妙な声を洩《も》らした。薄衣一枚ではなかったが、漂い出る脂粉《しふん》の香に頭はくらくらし、いますぐ格子をぶち破って飛び込みたい衝動に駆られた。

見世と入口の落間《おちま》との間の格子を籬《まがき》というが、吉原ではその高さや太さをみれば、見世の格式が分かる。万字屋のように天井まで達するのは総籬といって、いちばん格式の高い大見世であり、ここの遊女はお大尽《だいじん》でなければ手が出ない。むろん、太郎左の知識にないことである。

「じゃまだぜ、勤番侍《きんばんざむれ》え」

剣呑《けんのん》な声に、太郎左が我に返ると、大見世の前の妓夫台《ぎゆうだい》に坐《すわ》っていた若い者が、立ち上がったではないか。あごに疵《きず》がある。

こうした妓楼の下働きをする男たちを、総称して喜助《きすけ》とよんだ。

「そんなでかい図体《ずうたい》がいつまでも突っ立ってたんじゃ、客が寄りつかねえ。浅黄裏《あさぎうら》は、河岸《かし》へでも往《い》きな」

大名の参覲《さんきん》御供《おとも》で地方から出てきて、江戸屋敷に勤める勤番侍は、たいてい浅黄木綿の裏のついた着物を着ている。江戸の町方の人々からみると、これは野暮《やぼ》の代名詞みたいなものであった。しかし太郎左は、蔑称《べっしょう》とは気づかぬ。

「おれも客だ」

むっとして、太郎左は言い返す。

「だから、河岸へ往きなってんだよ」

「舟遊びができるのか」

「けっ。おめえ、掛け値なしの田舎侍えだな」

喜助は、小馬鹿にしたように嗤《わら》った。

吉原の堀は、遊女が捨てる鉄漿《おはぐろ》の水で黒く汚れて悪臭芬々《ふんぷん》だったことから、鉄漿溝《どぶ》と俗称されたが、東西の鉄漿溝沿いは河岸とよばれて、売笑《ばいしょう》代の安価な最下級の見世が軒を列《つら》ねていた。しかし、これもまた太郎左が知るはずもない。

「江戸では、町方の者は武士にそういう物言いをいたすのか」

太郎左は喜助を睨《にら》みつけた。

裸の美女たちで頭の中を一杯にしながら、悦《よろこ》び勇んでやってきた吉原である。こんな仕打ちは、太郎左の予定にはなかった。

「だんびら振り回そうってえなら、対手になるぜ。侍えを怖がるやつなんざ、吉原にゃひとりもいやしねえんだ」

いったいに吉原では、勤番に限らず、武士は心情的に歓迎されなかった。身分を措《お》いて色恋を遊びとして愉《たの》しむという粋《いき》の世界を解さぬ手合《てあ》いだからである。

「いけませんね、捨吉《すてきち》」

髪が半白で、穏やかな風貌《ふうぼう》の男が、往来から喜助に声をかけた。どうやら、この喜助は捨吉という名らしい。

「これは、江州屋《ごうしゅうや》の旦那《だんな》」

途端に捨吉は、愛想《あいそ》笑いを浮かべて、腰を折り、揉《も》み手をしながら近づいてゆく。

「きっと遠国《おんごく》からご出府なされたお侍さまだ。剣呑なことはやめて、丁寧に廓のしきたりを話しておやんなさい」

懐から小さな紙包みを出した江州屋は、それを捨吉の手に握らせた。

「こりゃどうも。いつもいつも……」

ぺこぺこと頭を下げる捨吉であった。

江州屋は、太郎左に向かって軽く会釈《えしゃく》をすると、お付きの者らを従えて、悠然と歩き去る。

その後ろ姿を眺めれば、夏というのに羽織も着物も黒尽《くろづ》くしで、袖口から紅絹《もみ》の裏がのぞく。よほど上等な生地で誂《あつら》えていると、無粋《ぶすい》な太郎左にも察せられた。

（大店《おおだな》のあるじだな……）

こういうやりかたをする江州屋のような男を、新吾ならば鼻持ちならぬと思うところだ。が、太郎左の反応は異なる。生来素直なので、ほとんど感服してしまった。

「粋なものだ」

粋の何たるかも分からず、太郎左は訳知り顔に、ひとりうなずく。

「ほかならねえ江州屋さんのお口利きだ。勘弁してやるから、とっとと消えな」

江州屋が去ってしまうと、捨吉はまた掌《てのひら》を返した。

「あの御仁《ごじん》は、おれに廓のしきたりを話してやれと申したではないか」

「じゃあ、ひとつ教えてやらあ」

捨吉は、太郎左の懐のあたりをぽんぽんと叩《たた》いた。

「貧乏侍えは、岡場所《おかばしょ》へ往けってことよ。分かったか」

江戸では、公許の色里《いろざと》は吉原のみであり、他の私娼窟《ししょうくつ》を岡場所とよぶ。

太郎左は、いきなり左手で、捨吉の首根っこをつかんで引き寄せた。

「何しやが……」

太郎左の分厚い胸へ無理やり顔を押しつけられた捨吉は、それなり口がきけぬ。

「おれのほうこそ、きょうは勘弁してやる。だが、次はぶった斬る」

おそろしい威《おど》し文句を吐くと、太郎左は右拳《こぶし》を、捨吉の左こめかみへ叩き込んだ。巨軀《きょく》で被《おお》い隠して、一瞬のうちになしたことなので、気づいた者はいない。

太郎左は、気絶した捨吉が頽《くずお》れる前に、そのからだを妓夫台に坐らせてから、総籬の前を離れた。

あたかもそのとき、万字屋から出てきた遊女に、太郎左は眼を奪われてしまう。

髷《まげ》には、大形の櫛《くし》を二枚に、前後に八本ずつの簪《かんざし》をさしている。着物は何枚重ねか見当もつかぬが、途方もなく膨れあがった裾《すそ》を上げたさまは、さながら釣鐘《つりがね》のようではないか。その裾の下には、緋縮緬《ひぢりめん》の腰巻《こしまき》がのぞく。下駄《げた》は見たこともない高下駄である。

その出《い》で立ちで、足で八の字を描くように、おそろしくゆっくりと歩く。

随行は、提灯持《ちょうちんもち》を先頭に立て、新造《しんぞう》ふたりと禿《かむろ》ひとりだけで、警固《けいご》をつとめる喜助がいないのが訝《いぶか》しい。提灯持も老爺《ろうや》ではないか。戸外にはまだ明るさが残るが、提灯に火が入っていた。

張見世《はりみせ》をせずに、こうして道中へねり出す遊女を、呼出《よびだし》という。江戸も中期頃までは、太夫《たゆう》や格子《こうし》といった、ありとあらゆる芸能に通じた別格の遊女がいたが、それらの消滅したあとは、呼出が最高格となった。花魁《おいらん》とは、この階級をさす。

（天女のようだ……）

花魁の美しさは、言語に絶する。これこそ夢に見た吉原であった。

（有《あ》りがねぜんぶはたけば……）

と吉原に無知な太郎左は思う。

太郎左は、自分にとっては大金というべき二分《にぶ》を、懐中におさめている。一両の半分である。国許《くにもと》のまぐそ小路の女郎や、杉縄手の夜鷹《よたか》を敵娼《あいかた》とするなら、豪儀《ごうぎ》すぎる持ち合わせであった。

吉原の花魁と遊ぶには、たった二分ではふたり分の台《だい》の物《もの》ていどの代価にしかならぬと知れば、太郎左は卒倒するであろう。廓内の仕出し屋が茶屋や妓楼に運ぶ料理を、台の物という。

「ちくしょう。関屋《せきや》に迎えにゆかせるたあ、一体《いって》え、どこの幸せ者《もん》だ」

「あやかりてえ」

近くでやっかみの声があがったので、それまで茫然《ぼうぜん》としていた太郎左は、はじめて周囲を眺め渡した。この花魁道中を見物しようというのであろう、いつのまにか、往来の両側は嫖客で埋まりはじめていた。

太郎左は、やっかんだ男たちのところまで身を移した。職人ふうのふたり伴《つ》れで、どちらも懐は寒そうである。

「おい。あの花魁は、関屋というのか」

自分たちの間に、いきなり竈《へっつい》のような顔が突き出されたので、ふたり伴れは、恐れて逃げ腰になる。が、太郎左は、両人の肩をつかんで放さぬ。

「こたえろ」

「お、仰《おつしや》ったとおり、関屋でございやすよ」

ひとりが、おどおどとこたえる。

「どこへゆく」

「茶屋でござんしょう」

「何しに」

「そりゃあ、客を迎えに」

「ふうん。茶屋で待ってれば、花魁が迎えにきてくれるのか」

「いや、そいつは……」

そこまで言ったとき、もうひとりが早口に遮《さえぎ》った。

「ええ、迎えにきてくれますよ。お侍えさんみてえな男前なら、花魁は何人でも、へい」

「ほんとうか」

「そりゃもう」

「なるほど、それが吉原のしきたりか。礼を申すぞ」

太郎左は、両人の肩を大きな掌《て》で叩いてから、かれらを解放してやると、みずからは仲ノ町のほうへ足早に戻った。もとより、ふたり伴れは、見知らぬ巨漢の武士の手から早く逃れたいばかりにでまかせを吹き込んだのだが、素直な太郎左はいささかも疑わぬ。

「関屋に迎えにきてもらいたい」

仲ノ町へ戻るなり、太郎左は、さいしょに眼に入った引手茶屋へ走り込んで、そう要求したのだが、対手にしてもらえず、追い出されてしまう。

それでもなおつづけて、三、四軒へ飛び込んだ。しかし、どこでも同じであった。

「話が違うぞ」

太郎左が不平を洩《も》らしながら、うろうろしているうち、関屋の一行も仲ノ町の大通りへ現れ、やがて馴染《なじ》みであるらしい引手茶屋の前でとまった。

その茶屋の前に置かれた縁台に坐っていた武士が、立ち上がる。若く、身分ありげで、着物も垢抜《あかぬ》けている。

（旗本か……）

と太郎左は見当をつけた。

武士は、関屋の眼前に立ち、その随行者らをゆっくり眺めやる。ねっとりと絡《から》みつくような、いやな視線であった。少し酔ってもいるらしい。

「禿は芳《よし》だけではないか。梅《うめ》はどうした」

武士が関屋に訊いた。声音《こわね》に怒りが含まれている。

「風邪《かぜ》をひいて臥《ふ》せっていんす」

いわゆる廓ことばが、太郎左の耳にも届いた。

（いい。これはいい）

人によってはばかばかしく聞こえる廓ことばだが、太郎左は感激し、関屋の顔がよく見えるところまで動いて、眼を皿のようにし、耳を欹《そばだ》てた。

「ならば、見舞《みも》うてやろう」

「ご無用になさりんせ」

「関屋。この天野重蔵を、蛇蝎《だかつ》か何ぞのように見下《みくだ》しておるな」

「見下してありいせば、このように迎えにはまいりんしん」

にっこり、と関屋は重蔵へ笑いかける。見物の太郎左が蕩《とろ》けそうになった。

「もうよいわ」

ついに重蔵は怒号を発した。

成り行きを見戍《みまも》っていた往来の人々は、一様に身を竦《すく》ませた。怒鳴りつけられた当の関屋だけが、微笑を消さぬ。

それにしても、なぜ遊女と客が、はじめから喧嘩腰なのか。その理由を太郎左は知りたい。

また野次馬の誰かに訊こうと思いついた太郎左のあごの下に、誂《あつら》えたように、ふたつの町人髷《まげ》があった。太郎左は、後ろから、それぞれの肩に手をおき、両人の間にぬっと顔を突き出した。

「ひえっ」

「あ、ご勘弁」

江戸町一丁目の往来で、引手茶屋で待っていれば花魁が迎えにくると教えてくれた職人ふうのふたりではないか。命ばかりはお助けと哀願する両人だったが、そんなことは太郎左にはどうでもよかった。

「それより、あの天野という武士はなぜ関屋に腹を立てているのだ」

「さあ……」

「分かりやせん」

すると、傍《かたわ》らに立つ墨衣《すみごろも》が、おのれの口に手をあて、太郎左の耳へ告げたではないか。

「あの旗本は、関屋の禿の梅を身請《みう》けしたがっておる」

太郎左は、吉原に堂々と墨衣で遊びにきている破戒僧《はかいそう》に、いささか驚きながら、そのひそひそ話に耳をかたむける。

年端《としは》もゆかぬころに年季奉公を始める、いわば遊女の卵を禿といった。禿は、十二、三歳ぐらいまで、ひとりの姉女郎に仕え、その小間使《こまづか》いをしながら、一切合財、面倒をみてもらう。関屋と梅は、そういう関係である。やがて成長した禿は、見習い女郎ともいうべき新造となり、才色優れた者は花魁の地位まで昇りつめる。

「子どもを身請けしてどうするのだ。養女にでもするのか」

太郎左の素直なつむりでは、そう思うしかない。

「お手前、うぶじゃなあ」

破戒僧は笑った。

「人間の中には、犬畜生に劣るやつが掃いて捨てるほどおる。天野重蔵は、女になる前の稚《おさな》いからだをいたぶることで、悦楽をおぼえるのだ」

「まことか」

事実とすれば、破戒僧が吐き捨てたとおり、人間の所業ではあるまい。太郎左の中で怒りが沸騰した。

「引き出せ」

重蔵が後ろへ声をかけると、茶屋の中から五人の武士が出てくる。重蔵の取り巻きであろう。

かれらは、尻端折《しりっぱしょ》り姿のか細い男を、重蔵と関屋の間に転がした。幾度も殴られたのであろう、顔がひどく腫《は》れあがっている。

「弱い者いじめですか」

関屋は廓ことばをやめた。

「松六《まつろく》は粗相《そそう》をいたした。武士の面体《めんてい》に屁《へ》をひりかけおったのだ」

あとで太郎左は知るが、松六という男は、太鼓持《たいこもち》であった。言うまでもなく、遊興の座によばれ、様々な芸を披露して客を楽しませる職業である。幇間《ほうかん》、男芸者などともよばれた。

松六は、関屋に向かって振り仰がせた顔を、左右に振ってみせた。それをみて、重蔵の取り巻きが、踏みつけにする。

「おやめなさいまし」

関屋は取り巻きを睨みつける。きつい眼差しのために、美貌が一層冴《さ》えた。

むかし両国を賑わした屁ひり男を真似てみよと重蔵に命じられた松六は、懸命に相《あい》つとめたにすぎず、越度《おちど》はなかったのである。

「無礼討《ぶれいうち》にいたす」

重蔵は、差料《さしりょう》の栗形《くりがた》に左手を添えたが、

「なれど、関屋。そのほうの料簡《りょうけん》次第では、松六をゆるしてやらぬでもない」

と遠回しに交換条件をにおわせた。

「梅には会わせやしません」

間髪を容《い》れず、関屋は却《しりぞ》ける。

「こやつが死んでもよいのだな」

「松六も殺させない」

「それでは虫がよすぎるのではないか」

「代わりに、わたくしをお断りなさいませ」

「ほう……」

にやりと笑った重蔵のその顔は、酷薄そのものであった。

「おい。吉原に番所はないのか」

たまりかねた太郎左は、破戒僧に質《ただ》した。

「ある」

大門内の左袖に、町奉行所の同心《どうしん》が交代で詰める面《おもて》番所がある。手下の岡っ引きも常駐する。胡乱《うろん》な者を取り押さえるのが役目で、自分たちの手に余れば、奉行所へ捕方《とりかた》派遣を要請することもあった。

「ならば、知らせにいってくれ」

「知らせても、同心は腰をあげまいな」

「なぜだ」

「天野重蔵は、五千石の大旗本の倅《せがれ》でな、親戚筋には幕府のお役人が多い。いま面番所に詰めている同心のひとりも、そうらしい」

「私情でお役目を蔑《ないがし》ろにしてよいのか」

「拙僧《せっそう》に怒っても仕方あるまい」

たそがれ時の仲ノ町には、点々と光が散っている。いつのまにか火を入れた引手茶屋の掛行灯や、往来の人々の手にする提灯の明かりであった。

重蔵の右手の先が、その明かりをはじいた。ついに差料を抜いたのである。野次馬たちは息を吞《の》む。

太郎左は凝《じ》っとしていられなくなった。このままでは、絶世の美女が悪漢に斬られてしまうではないか。

「坊主のくせに、殺生《せっしょう》を見過ごすというのだな」

「触《さわ》らぬ神に祟《たた》りなしと申す」

「もう頼まん」

太郎左は、前のふたりを左右へはじきとばして、巨軀を突出させるや、ひと息に重蔵のもとへ達した。

制止する者が現れるなど思いもよらなかったのであろう、重蔵は一瞬、怪訝《けげん》な表情をみせる。

重蔵の右腕に手刀を見舞って、大刀《だいとう》を取り落とさせてから、太郎左はその頬桁《ほおげた》へ思い切り拳を食らわせた。後ろざまに吹っ飛んだ重蔵は、取り巻きに体当たりするかっこうとなり、皆と一緒に倒れる。骨の折れたような音がした。

重蔵はそのまま気死《きし》し、取り巻きのうちふたりも呻《うめ》いて動けなくなったが、残りは立ち上がって、抜刀し、太郎左へ襲いかかってきた。

太郎左は抜き合わせせぬ。頭突きや腰車や足払いなどで、ことごとく片づけてしまう。野次馬たちからしぜんに拍手喝采が湧いた。それほど鮮やかな、太郎左の勝ちっぷりであった。

「ありがとう存じます」

関屋に礼を言われて、太郎左は、決しておおげさでなく、天にも昇るような心地になった。

「あ……いや……それがしは、その……」

太郎左がしどろもどろになっているとき、花魁付きの喜助たちが、どやどやと馳《は》せつけてくる。驚いたことに、これを率いてきたのは、十歳ぐらいとおぼしい、おかっぱ頭の女の子であった。

(なんという……)

太郎左は眼を剝《む》く。こんな可憐《かれん》な美少女を、生まれて初めて見たからである。かしこきところの姫君ではないかとさえ疑った。

「梅」

と関屋はよんで、その美少女を抱きしめた。

「花魁。大事ありやせんか」

わが身を案じてくれる喜助たちを、関屋は微笑をもって安心させる。

吉原の男衆は、腕っぷしに自信がなければやっていけなかった。嫖客の中には乱暴者もいるからだが、ほかの理由もある。かれらは、奉行所の要請に応じて、私娼狩りに協力せねばならず、そのさい、私娼の抱え主たちとの喧嘩を避けられぬのである。

実は、関屋が花魁道中に喜助を随行させなかったのも、天野重蔵らと衝突して血をみることを避けたかったからなのである。だが、かれらのほうで居ても立ってもいられず、梅と一緒に飛び出してきたという次第であった。これもまた太郎左の知るところではない。

「お武家さま。早《はよ》うお逃げになって」

太郎左が関屋に急き立《せ》てられたときには、おそかった。事が終わった途端に、面番所の同心と岡っ引きも駈けつけてきたのである。

太郎左は、同心から、面番所への同行をもとめられ、自若《じじやく》として従った。疚《やま》しいことはしていないのだから、当然であったろう。

その結果、早くも事件の翌日、太郎左の主君河内守吉長が幕府大目付《おおめつけ》によびだされ、叱《しか》りをうけた。大目付は、花山太郎左衛門が遊女の命を救わんとしたことや刀を抜かなかったことは褒《ほ》められるが、いかなる理由であれ、将軍家台覧《たいらん》の武術大会出場予定者が、大会を間近に控えた時期に色里で喧嘩沙汰を起こすなど不届千万《ふとどきせんばん》ときめつけた。吉長に随行していた江戸家老梅原監物は、その場で太郎左の武術大会出場停止と藩屋敷における謹慎五十日を申し出る。そうして藩が早々の処罰を決めれば、殊勝《しゅしょう》ととられることを計算の上であった。案の定、大目付はこれを諒《りょう》とし、藩が太郎左の代替出場者を選ぶことも許可してくれた。

二

「太郎左。おまえにしては、よく分別《ふんべつ》したものだな」

仙之助のむいた甜瓜に手を伸ばしながら、新吾が言った。

「ん……」

太郎左は、甜瓜を口いっぱいに頬張《ほおば》っている。

「刀を抜かなかったことさ。抜いていれば、もっと重い罰だったろう」

「うんこしたばけにゃにゃい」

「うんこがどうしたって。ちゃんと呑み込んでから話せ」

「だから、分別したわけじゃない。旗本どもは、さいしょから腰がふらついていたから、刀を抜くまでもないと思っただけだ」

しかるに、と太郎左は憤慨する。

「花魁を斬り殺そうとして刀を抜いた天野重蔵も、おれと同じく謹慎五十日とは、納得がいかん。あんなやつは死罪だ」

重蔵の処罰について、太郎左は下屋敷に入ってから伝え聞いた。

「天野重蔵は、父御《ちちご》の前で、刀を抜いても斬るつもりはなかった、酒のうえの過《あやま》ちだったと泣いたそうです」

と仙之助が言う。

「天野の父親というのは、御書院番頭《ごしょいんばんがしら》なのだろう」

新吾に訊かれて、仙之助はうなずく。

「天野能登守《のとのかみ》。実力者だとか」

書院番は、小姓組と並んで両御番《りょうごばん》とよばれる将軍の親衛隊で、その番頭ともなれば、旗本中でもよほどの高位である。

「それほどの名家の倅《せがれ》が、下手をすれば改易《かいえき》にもなりかねない無礼討などするはずはない。能登守は若年寄《わかどしより》に、そんなふうに弁明したと聞いています」

「大うそだ」

わめいて、太郎左は甜瓜をやけ食いする。

「おなかをこわしますよ」

「もっとむいてくれ」

重蔵が謹慎程度で済んだのは、明らかに情実《じようじつ》によるものであったろう、と新吾は思う。

（ほんとうに因縁だな……）

吉長の曾祖父《そうそふ》吉陽の行列へ突っ込んだ天野掃部助も、書院番の番衆であった。処分は閉門五十日だったが、危険きわまる馬による供割《ともわり》という狼藉《ろうぜき》には、軽すぎた処罰といわねばなるまい。このときも、天野一門出身の大奥年寄松山が、裏から手を回したのである。

ただ、供割事件では、藩主の駕籠《かご》を守った勇者であるはずの神尾伊右衛門と長畑五平が死を命じられた。それを思えば、太郎左は幸運であったというべきかもしれない。

「でも、たいした遊女がいるものですね。奉公人のためにおのれの命を投げ出すなんて」

仙之助が感じ入ったように言う。

「当たり前だ。関屋は吉原随一の花魁だぞ。ということは、天下一だ」

まるで関屋の馴染みであるかのような太郎左の口ぶりではないか。鼻をうごめかしている。

仙之助は、笑いを怺《こら》えた。

「なあ、仙之助。関屋で思い出したのだが、浅草にそういう屋号の見世はあるか。呉服屋か太物店《ふとものだな》か、あるいは帯地所《おびじどころ》かもしれん」

ふいに新吾が話題をかえた。

「なんだ、だしぬけに、呉服だの帯だのって」

訝ったのは太郎左である。

「うん。母上と嫂上《あねうえ》に、土産をな……」

とっさに新吾は嘘《うそ》をついた。

関屋の帯。それは、志保にたのまれた江戸土産である。見世の名が、太郎左の助けた花魁の源氏名《げんじな》と同じとは、これもまた奇縁というものであろう。

「さあ。わたしは知りません」

「そうだな」

かぶりを振った仙之助に、新吾もあっさり納得する。ここにいる者らは、廉平も含めていずれも初めての出府ではないか。浅草の商家など知るわけはなかった。

「安富《やすとみ》さまに訊いてやろうか」

「いいよ。江戸にいるあいだに、浅草をぶらついてみるさ」

太郎左が下屋敷奉行の名を出したので、内心はあわてながらも、表情をさりげないものにしてことわる新吾であった。奉行にまで嘘をつくのは気がひけるし、といって、許嫁《いいなずけ》でもない女に土産を買っていくという事実を明かせば、奉行が眉をひそめないわけはないからである。

「それより、太郎左。お奉行に対して、随分と心安そうじゃないか」

新吾は、これ以上、土産のことを追及されないよう、話を逸《そ》らした。ただ、安富さまに、と言った太郎左の口調の軽さが、気になったことも事実である。

「おう、そのことだ」

太郎左は得たりとばかりに膝《ひざ》を叩く。

「新吾。おまえ、知ってたか、安富左右兵衛《そうべえ》さまが精一郎どの、いや湯浅才兵衛どのと同じ無外流《むがいりゅう》の免許皆伝であることを」

「へえ、そうなのか……」

国許の藩士の大半は直心影流を学ぶが、新吾の長兄湯浅才兵衛ばかりが無外流を修めたのには、理由がある。

実は才兵衛も、五歳で直心影流高田道場に入門したのだが、二年後の夏、才兵衛にとってある事件が起こった。野入湖畔で遊んでいたところ、行き倒れの老人を発見したのである。そのあまりに恐ろしげな風貌に、共に遊んでいた子らは泣いて逃げ帰ったが、才兵衛ひとり、中食《ちゅうじき》のために持参した自分の握りめしを、この老人にあたえた。そのころから高田道場では才兵衛の腕がめきめき上達しはじめたので、不審に思った高田浄円は、才兵衛のあとをつけてみて、驚いた。湖畔に粗末な庵《いおり》が結ばれ、その前で、老人が才兵衛と木剣を合わせていたのである。一目で浄円は、無外流であると看破《かんぱ》した。それも、見ている者の膚《はだ》を粟立《あわだ》たせるほどの佇《たたず》まいではないか。廻国三十三ケ国、参禅二十年に及び、大名・直参《じきさん》・陪臣《ばいしん》らに指南はしたものの、みずからは無欲で、決して仕官を望まず、生涯を一剣に捧げたのが、無外流の流祖辻月丹《つじげったん》である。風采もいささかも気にしなかったので、知らぬ人が見れば、ものらいと思って、道を避《よ》けたという。眼前の老人は、たぶん、流祖月丹と同じ道を歩まんとする、世に隠れた達人に違いない、と浄円はみた。翌日、浄円は才兵衛に、今後は高田道場に来る必要はない、湖畔の老人を師といたせと命じる。言いつけに従い、才兵衛は雨の日も風の日も、青天井《あおてんじょう》の道場に通《かよ》った。そして、八年後のある日、老人は突然庵から消え、あとには才兵衛に宛《あ》てた免状が残されていた。署名は無法居士《むほうこじ》とあった。月丹の号のひとつ一法居士に準《なぞら》えたそれであることは、明らかであった。

むろん安富左右兵衛は、才兵衛と違って、たぶん江戸の歴《れっき》とした無外流道場で学んだのであろうが、ともあれ、藩では無外流剣士はめずらしい。

「昨日、安富さまに居合《いあい》をみせていただいた」

太郎左は話だけで昂奮《こうふん》している。

「坐業《すわりわざ》で、巻藁《まきわら》を真横に両断されたのだ。藁屑《くず》すら飛ばなかった。凄《すご》いものだったぞ」

正座、あるいは、左膝を折り敷き右膝を立てた姿勢から、立ち上がりざまに一挙動で、抜刀して斬るのが坐業である。

坐業で、斬り上げならまだしも、真横に斬り割ることは難しい。それを成したうえ、藁屑も飛ばさなかったとなれば、おそろしく精確無比で鋭い斬撃《ざんげき》といわねばなるまい。

これで新吾は、太郎左が下屋敷奉行安富左右兵衛に対して親近感を抱く理由が分かった。身分も年齢もこえた剣士同士の語らいができるからであろう。

「きっと太郎左の無聊《ぶりょう》をなぐさめてくださったのでしょう。よい御方《おかた》ですね」

仙之助が、わが事のように、悦んだ。やさしい仙之助らしい解釈の仕方である。

「おお、まことにそのとおり。このつぎは、胸をかしていただく約束だ」

太郎左も屈託がない。

新吾ひとり、まったくべつの思いを抱いた。

藩には、兄の才兵衛はもちろん、東軍流の遣《つか》い手の石原栄之進もいれば、この下屋敷奉行の安富左右兵衛もいるというのに、武術大会に出場するのは、かれらより腕の劣ることは疑いない自分なのである。直心影流が事実上の藩御留流《おとめりゅう》なので、無外流や東軍流の剣士を出場者に選べないのは致し方ないとしても、左右兵衛のそれのような冴えた剣技の話を聞かされると、新吾でもちょっと気持ちが萎《な》える。

(明日から、長沼道場で、みっちり稽古《けいこ》しなきゃならんだろうなあ……)

しかし、武術大会は言うまでもない大事だが、新吾にはそれに対する以上に死力を尽くさねばならぬことがある。蟠竜公の陰謀を暴《あば》くことだ。

下屋敷を訪ねたのも、太郎左に会うことのほかに、その陰謀の尻尾《しっぽ》をつかみたいと考えたからである。

この下屋敷内には、藩主吉長の庶子《しょし》篤之介が押し込められている。乱心とも狐憑《きつねつ》きともいわれるが、事実は違う。蟠竜公がそう仕向けたのだ、と新吾は戸塚宿で確信した。なぜなら、土屋白楽が蟠竜公の手の者に助けられたからである。白楽はかつて、文殊事件で、妖術《ようじゅつ》をもって吉長を惑《まど》わした。

おそらく白楽は、数日前まで江戸にいたのであろう。篤之介を妖術で狂乱せしめるという役目を終えたか、あるいは、終えてはいないが、江戸の白十組の手が迫ったので逃げるように命じられたか、いずれかではあるまいか。

もし白楽がその役目であったとしたら、下屋敷へ幾度も侵入したことがあるはず。しかし、白楽ひとりで、そう易々《やすやす》と侵入できるものであろうか。そのつど手引きした者が、必ず下屋敷に存在するに相違ない。そのあたりを突破口にしたいと新吾は考えている。

太郎左が下屋敷で謹慎中であることは、その意味で、新吾にとって好都合といえた。

また、仙之助は、平時は様々な職務に就《つ》く馬廻組《うままわりぐみ》だから、藩主一家の日常や重役の行動など、新吾では手の届かない情報を得られる立場にあろう。

このふたりの協力があれば、蟠竜公の陰謀を暴くことができる、と新吾は信じる。

（けれど……）

国許で起こった一連の血腥《ちなまぐさ》い事件と、それらが蟠竜公の陰謀につながっていることを明かして、太郎左と仙之助が協力してくれるか、正直言うと新吾には自信がない。

文殊事件のころの三人は、まだ責任を負う男たちではなかった。仙之助は出仕への長い準備期間を許されており、太郎左は剣の修行のみに明け暮れていれば済んだ。そして、新吾はといえば、厄介《やっかい》の身でも焦《あせ》るほどの境遇ではなかった。だから、太郎左と新吾はもちろん、仙之助でさえ、気づいたときには血気にまかせて行動していた。周囲も大目にみてくれた。

いまは違う。仙之助は曽根家当主として出仕している。太郎左は藩より罰せられて謹慎中である。新吾とて藩の期待を担って武術大会に出場せねばならぬ身ではないか。過ちを犯したが最後、取り返しのつかぬ事態を招くことは必至といわねばなるまい。

現実に、白十組の阿野謙三郎から、面と向かって、釘を刺されている。

「われらの障《さわ》りとなるようなら、容赦はせぬ」

新吾ひとりの熱血のために、太郎左と仙之助まで命を張るいわれがどこにあるのか。

それでも、新吾が命懸けの重大事をいったん口にすれば、ふたりは協力できないとしても、懊悩《おうのう》するであろう。一方の新吾も、おのれの身勝手にもかかわらず、友情の翳《かげ》りを意識してしまうに違いない。

それやこれやを思いめぐらせると、ふたりにすべてを明かすことが躊躇《ためら》われる新吾なのである。

「ふたりとも、きょうは泊まってゆけるのだろう。朝まで語り明かそうじゃないか」

太郎左が期待に眼を輝かせる。

「おれはかまわん」

すぐに新吾はこたえた。重大事を明かす決心がすぐにはつかない以上、自分で下屋敷のようすを探ってみたいと思ったのである。

「いけません、新吾。明日から稽古ではないですか」

「いいよ。明日はここから長沼道場へゆく」

仙之助が怖い顔をする。

「新吾は藩の代表なのですよ。身勝手はゆるされません。武術大会までは、みずからを厳しく律し、毎日、上屋敷と長沼道場を往復する。それのみに専念すべきです」

「いいじゃないか、一日ぐらい」

「そんな自堕落《じだらく》な人は、将軍家の御前で恥をかくに決まっています」

「かたいこと言うな、仙之助」

新吾に助け舟を出した太郎左だったが、ぴしりと切り返されてしまう。

「太郎左はそんな無分別だから、謹慎の身になったのですよ。すこしも反省していないではないですか」

「そんな、きついこと……」

さしもの太郎左もしゅんとなる。

「新吾は殿の思し召しを何と心得ているのです」

「えっ……」

「新吾が出場いたすのだから、われらも安心じゃ。さよう仰せあそばしたと、昨夜、上屋敷のお長屋で、新吾はうれしそうに話してくれたのではなかったのですか」

「それは、そのとおり……」

太郎左に倣《なら》って、うつむいてしまう新吾であった。

「殿は太郎左のことも仰せあそばしたのでしょう。いまこの場で、言ってごらんなさい」

「こたびのことは……」

「もっと大きな声で」

「こたびのことは、花山太郎左衛門には気の毒であった」

とたんに太郎左はおもてをあげる。

「新吾。殿はまことそのように……」

「ああ」

太郎左の大きな双眸《そうぼう》が、みるみる潤《うる》んでゆく。

「わたしとて、武術大会の日まで、殿のご他行時《たぎょうじ》に御供する以外は、必ず新吾に付き添うてやれよと、まことにありがたいおことばを賜《たまわ》ったのです。かくまで家臣思いの殿様が、どこにおわしますか」

最後の文句は、仙之助も涙声になっている。

ついに太郎左が声を放って泣いた。屋敷が揺れそうである。

（あーあ、また……）

ひとり溜《た》め息《いき》をつく新吾であった。太郎左も仙之助も、つい今し方、屋敷裏手の塀際《へいぎわ》で号泣したばかりではないか。

しかし、仙之助の説教は、新吾の胸にもこたえている。蟠竜公の陰謀の阻止に命を懸けようというのも、吉長がそういう慈愛深い主君なればこそであった。

「帰れ、新吾。上屋敷へ。帰れ、帰れ、走って帰れ。二度と来るな」

竈そっくりの大きな顔を涙と洟《はな》でぐしょぐしょにしながら、太郎左はまくしたてる。

二度と来るなはないだろうとあきれつつ、それでも新吾は腰をあげた。

「往《ゆ》くか、仙之助」

三

新吾と仙之助が、廉平を従えて、下屋敷の長屋門へ向かっていると、屋敷内でひと声、奇声があがった。

「あいつ、まだ泣いてるのか」

苦笑する新吾に、しかし、仙之助はかぶりを振ってみせる。

「いえ。あのお声は、おそらく……」

しぜん、声を落とす仙之助であったが、その先を口にしない。お声、という一言で、新吾にも察せられた。

（篤之介さまだな）

篤之介がちかごろ意味不明なことを口走ったり、奇声をあげたりするようになったことは、国許出立前に阿野謙三郎から聞いている。

新吾は、顔を見たこともない篤之介に、憐《あわ》れをもよおした。

いったん家督に決まりかけながら、周囲の思惑に利用されて文殊事件ではあらぬ疑いをかけられ、次いで幸鶴丸の誕生により立場を脅《おびや》かされて心の安定を欠き、そこをまた、自分では気づかぬうちに蟠竜公の魔手に冒された。大名の子に生まれながら、何という不自由さ、何という不幸であろう。あるいは、大名の子に生まれたがために、というべきか。

（やはり、この下屋敷のようすを探らねばならないな）

次はひとりで来ようと新吾は思った。仙之助が吉長の御供で出かける前日に、長沼道場で泊まりがけの稽古をすると嘘をつくことにしよう。それなら、仙之助も疑うまいし、また翌日の役目を思って、道場へ同行もしないであろう。

だが、いまは、疑われそうだから、仙之助に何も訊くまい。吉長の他行日なら、上屋敷へ戻れば、誰に訊いてもよいのである。

「おうい」

長屋門を出ようとしたところで、後ろからよびとめられた。太郎左が風呂敷包《ふろしきづつ》みを抱えて走ってくるではないか。あんなに泣いていたのに、いまは何やらうれしそうである。

「帰りしなに、これを花魁に届けてくれ」

太郎左は、風呂敷包みを仙之助に渡す。

「花魁て……」

「関屋に決まってるだろう」

「え、わたしたちに吉原へ往けというのですか。冗談ではありません」

「遊女買いをしろと言ってるんじゃないぞ」

「あたりまえです。とにかく、おことわりします」

「だから、吉原じゃない。今戸《いまど》というところだ」

「どこでも同じです。寄り道などしてたら、上屋敷へ戻るころには暗くなってしまいます。

走って帰れと言ったのは、誰ですか」

「仙之助があんなこと言うから、さっきは忘れてしまったのだ。なあ、たのむ、新吾」

こんどは新吾に向かって片掌《かたて》拝《おが》みをする太郎左であった。

「今戸は吉原の周辺にございます」

口を挿《はさ》んだのは、廉平である。〈懐實御江戸絵図〉を披《ひら》いて眺めていた。

「いいんだ、廉平、調べなくても」

と仙之助は叱り、

「花魁が廓の外にいるのか」

新吾は不審を口にする。

「実は、おれが下屋敷へ入って五日ばかり経ってからだな、でへへ……」

おかしな笑いかたをして、腰をくねくねさせる太郎左であった。

「気味悪いやつだな。早く言え」

「その日、関屋の禿の芳という子が訪ねてきたのだ。花魁からの礼だと申して、これを持参してな」

太郎左が懐より出してみせたのは、鐔《つば》である。意匠は、源《みなもとの》頼政《よりまさ》が黒雲に潜み隠れる鵺《ぬえ》に矢を放っているというもので、見事な彫りであった。値が張るに違いない。

「どうだ、粋なものだろう。花魁は、おれの天野重蔵退治を、鵺退治に見立てて、感謝してくれたのだ」

「けっこうなことではないか」

「なんだ、新吾。もっと感激しろ」

「おれがもらったわけじゃない。ようするに、風呂敷包みの中身は、その返礼ということだな」

「そのとおり」

関屋は天野重蔵と揉めた翌日から具合が悪くなり、その療養のため、今戸にある万字屋の寮《りょう》へ移った、と禿の芳は明かしてくれた。寮とは別荘のことである。関屋の太郎左への礼が遅れたのも、寮へ移ってしばらくは起き上がれなかったからだという。

「太郎左」

仙之助が怒声を叩きつけた。めずらしいことである。

「なんだ、なんだ……」

さすがに太郎左もたじろぐ。

「返礼がこれですか」

仙之助は、風呂敷包みを解いて、中身をさらしていた。籠《かご》に入れた甜瓜である。

「旨《うま》かったじゃないか」

何を怒ることがあるのだと不思議そうな太郎左に、なおさら仙之助は腹を立てた。

「そういうことを言ってるんじゃない」

「そりゃあ、冷やして食ったほうが、もっと旨いだろう」

「このばかっつら」

半時後《はんとき》、新吾と仙之助は大川の竹屋ノ渡《たけやのわたし》で渡し舟に乗っていた。風呂敷包みは廉平が抱えている。

対岸は、山谷堀《さんやぼり》口。

下舟《げしゅう》した三人は、山谷堀口に架かる今戸橋の南詰《みなみづめ》へ出た。あたりには、船宿《ふなやど》と茶屋が数多く建ち並ぶ。橋向こうに、禅刹慶養寺《ぜんさつけいようじ》の本堂の屋根が見える。

ここから山谷堀沿いに道をとれば、日本堤《にほんづつみ》へ出られる。日本堤とは、浅草聖天町《あさくさしょうてんちょう》から山谷堀に沿い、吉原入口の衣紋坂《えもんざか》の下を通って、下谷三之輪町《したやみのわちょう》へ至る土手のことだが、俗にいう「土手八丁」は、聖天町から吉原入口までの距離をさす。

だが、外はまだ明るく、日本堤が嫖客たちで賑わう時分《じぶん》までにも間《ま》があるであろう。これなら、万字屋の寮へ寄ってから市ヶ谷へ戻ったところで、仙之助の案じたように夜になることはあるまい。膝付源八の好意により、汐留橋近くの屋形河岸から柳島まで、勝山藩所有の屋根舟で送ってもらったことが、時間的余裕をもたらしたといえる。

新吾は、どうせなら日本堤を歩きたいと思ったが、さいしょに眼についた茶屋で訊ねると、万字屋の寮は大川端《ばた》にあるという。ひとくちに今戸といっても、広いのである。

新吾らは、今戸橋を北詰へ渡ると、茶屋の者に教えられたとおり、そのまま山谷堀口から大川端の道へ入った。

渡し舟の舟上と違い、揺れのないぶん、川風の心地よさは格別である。護岸のために隙間なく打ち込まれた無数の木杭を叩く水音も、涼感を誘う。

また、このあたりは、山谷堀から少し離れるだけで、うそのような静謐《せいひつ》さに盈《み》ちていた。数多く寮が建つのに、それぞれが庭を広くとってあるせいであろう。

前方で、くぐもった声がした。

そこは、岸にごく短い石段がつけられており、舟つなぎの杭も立つ、私用と思われる小さな舟着場《ふなつきば》である。

いましも、猪牙舟《ちょきぶね》が岸を離れようとしている。三人の男が乗っているが、いずれも無職者《ぶしょくもの》とおぼしき風体ではないか。中のひとりが、おかっぱ頭の女の子を抱えて、口を塞《ふさ》いでいるのが見えた。

とっさに新吾の脳裡《のうり》で閃《ひらめ》くものがあった。

「あの子はきっと、関屋の禿の梅だ」

「えっ……」

びっくりする仙之助に、それ以上を告げず、新吾は早くも舟着場めざして走っている。謹慎中の天野重蔵が、破落戸《ごろつき》をつかって、梅を拉致《らち》させようというのに相違あるまい。

杭から縄を解かれた猪牙舟が、滑るように大川へ出た。

新吾は、怯《ひる》みはしない。両刀を放り捨てると、突っ走ってきた勢いをそのままに、思い切り地を蹴った。

頭から大川へ飛び込んだ新吾は、浮き上がるや、ただちに抜手を切る。

指先が艫《とも》に届きそうになったとき、

「野郎、溺れ死にやがれ」

怒号と一緒に、棹《さお》の一撃を頭へ浴びせられ、一瞬めまいをおぼえて沈みかけた。が、それを怺《こら》えて、また追泳する。

しかし、いかに泳ぎの達者な新吾でも、早くも流れにのった舟足の速い猪牙舟に追いつくのは、不可能であった。

「くそっ」

新吾は、艪音《ろおと》もせわしく遠ざかる猪牙舟を、なす術《すべ》もなく見送りながら、川面を叩いて悔しがった。

「新吾おっ」

護岸の木杭ぎりぎりまで寄った仙之助が、心配そうに呼ばわる。

「おれは大事ない。それより、花魁が無事かどうかたしかめろ」

新吾も立ち泳ぎをしながら声を張った。

「廉平を往かせました」

あきらめきれない新吾は、すぐには岸へ戻らず、もういちど猪牙舟を見やる。

五十有余年前、天野掃部助のために、藩は泣き寝入りし、神尾伊右衛門と長畑五平という忠義の者らを死なせた。鉢谷十太夫でさえ、生涯の悔いをのこしている。

だが、おれは違う、と新吾は烈《はげ》しい怒りの中で思った。天野重蔵を捨ててはおかぬし、むろんのこと少女も奪還する。

（腐《くさ》れ旗本め、思い知らせてやるぞ）

この事件が、やがて蟠竜公の陰謀へつながることになろうとは、いまの新吾は知る由《よし》もなかった。

第九章　次善《じぜん》の剣

一

「夏日といえども、ここに登れば、涼風凛々《りんりん》として、さながら炎暑をわする」

と『江戸名所図会《ずえ》』に記された愛宕山だが、その文言《もんごん》は大嘘《おおうそ》だと怒りだしたくなるほど、この夏の江戸は暑い。

山上の権現社《ごんげんしゃ》へ参拝に向かうのに、俗称を男坂《おとこざか》という畳々《じょうじょう》として急な石段を上る者はほとんど見られぬ。男も女も、鳥居の右手から回り込むなだらかな傾斜の女坂《おんなざか》を使う。それでも、どの顔もげんなりとしたようすで、ひたいや衿許《えりもと》の汗を拭《ぬぐ》っては、暑い、たまらない、などとぼやくことしきりである。深緑の木々より降り注ぐ蟬《せみ》しぐれが、鬱陶《うっとう》しさをいやましにしていた。

だが、山上よりずっと暑いはずの愛宕下の一角では、元気のよい懸け声が響き渡る。

直心影流長沼正兵衛の道場では、剣士たちが幾組《いくくみ》にも分かれて、実戦さながらに叩《たた》き合っている。防具を着けた竹刀稽古《しないげいこ》は、思い切り打突《だとつ》ができるので、まことに威勢がよい。

神棚を背にして端座《たんざ》する道場主長沼正兵衛は、師範代に眼配《めくば》せした。

「それまで」

師範代の稽古終了を告げる声がしたのと、ひとりの剣士が、対手《あいて》の小手《こて》を打ち、つづけて面《めん》を捉《とら》えたのとが同時のことであった。

おそろしく動きの迅《はや》かったその剣士は、対手に一礼してから、ともに座へ戻って、防具の面を脱ぐ。

あらわれた汗みどろの顔は、新吾のものであった。頭に巻いてある手拭《てぬぐい》から、湯気が出ている。

「寛《かけい》どのの太刀《たち》ゆきは迅すぎる」

稽古対手をつとめた者は、お手上げだと言いたげに、かぶりを振ってみせた。

「あはは。迅さは、わたしの剣の唯一《ゆいっ》の取り柄です」

新吾は笑った。

門人一同、上座に向かって、声を揃《そろ》えて礼を陳《の》べると、正兵衛が立つのを待ってから、思い思いに散じる。

これで午前の稽古は了《お》わりであった。そのまま居残って、中食《ちゅうじき》を摂《と》り、引き続き午後の稽古に臨む者もいれば、帰路につく者もいる。午後になると、また新たに門人たちがやってくる。江戸でも有数の大道場であるだけに、日暮れまで剣士たちの熱気が絶えぬ。

庭の井戸端に、稽古を了えたばかりの者らが集まり、諸肌脱《もろはだ》ぎとなって、汗を拭いはじめる。

新吾も庭へ出た。きょうは、これで引き上げるつもりでいる。いまの新吾は、市ヶ谷の藩上屋敷へ戻るのではない。本所《ほんじょ》の天野能登守屋敷へ忍び込む。そうしなければ気が済まなかった。

大川端《ばた》の万字屋の寮から、関屋の禿《かむろ》の梅が三人の破落戸《ごろつき》によって拉致《らち》されてから、はや六日経つ。

あの日、関屋は無事であったが、関屋付きの銀次《ぎんじ》という若い者と寮番《りょうばん》をつとめる老爺《ろうや》が殴り倒されていた。銀次は廉平が活《かつ》を入れてやるとすぐに正気づいたが、老爺は頭部より血を流して重傷であった。関屋は、禿の芳に、万字屋と懇意の医者《くすし》をよびにいかせた。その間、新吾と仙之助は言い争っている。

「新吾。わたしたちは引き上げましょう」

「何を言ってるんだ。このまま放っておけるか」

すると仙之助は、新吾が藩代表として将軍家台覧《たいらん》の武術大会出場を控えた大事なからだであることを、関屋に明かしてしまう。

関屋は、太郎左がその栄誉を担うはずだったことを、その謹慎後に知って、すまない気持ちでいっぱいだったので、後生《ごしょう》ですから、お関《かか》わり合いになりませぬよう、と言って新吾に頭を下げたのである。

これには困《こう》じ果てた新吾だが、やはり放っておけないと思った。

「仙之助。天野の屋敷はどこだ」

「それを知って、どうするのです」

「あの子を取り返しにゆく」

「新吾は幕府のお目付《めつけ》ですか」

「なんだと」

「お目付でもないのに、旗本屋敷へ乗り込んだりすれば、ただでは済みません」

「そんなことは百も承知だ」

「藩を潰《つぶ》す気ですか」

仙之助は、新吾を睨《にら》み据えた。

「…………」

たしかに仙之助の言うとおりであった。

新吾は牢人《ろうにん》ではない。理由はどうあれ、他藩の家中《かちゆう》や旗本・御家人《ごけにん》などと事を構えれば、とうぜん藩も責任を問われる。吉原における太郎左と天野重蔵の喧嘩《けんか》など比ぶべくもないほど、事は重大なものとなろう。

「それに、あの三人組に、梅をかどわかすよう命じたのが、天野重蔵であるという証拠もないのです」

「ほかに誰が命じたというんだ。ぐずぐずしていれば、あの子は天野重蔵の毒牙《どくが》にかけられてしまうぞ」

「しばらくは大事ないでしょう」

「どうして、そんなことが言える」

「天野能登守は、吉原の喧嘩沙汰が重蔵の歪《ゆが》んだ好色に端を発したことを知らぬはずはありません。とすれば、これ以上の不始末を起こさぬよう、謹慎中の倅《せがれ》には厳しく眼を光らせているはず。つまり重蔵は、謹慎が解けるまでは、おとなしくしているほかないのです」

「ということは、あの子の身柄も天野屋敷に運ばれたのではないというのか」

「無職者《ぶしょくもの》や吉原の禿を屋敷に入れることを、能登守が許すとは思えません。重蔵は、おのれの謹慎が解けて外出が自由になるまで、梅をどこかに押し込めておくよう、あの無職者どもに命じた。そう考えてよいでしょう」

「それなら、謹慎の解けるころに梅をさらわせるんじゃないのか。そのほうが、奴らにとって厄介事《やっかいごと》が少なくて済む」

新吾は、仙之助に反論した。子どもを長い間、どこかに監禁しておくのは、骨の折れる仕事に違いない。

「新吾。吉原から人をさらうのは、大変ですよ。廓《くるわ》の住人は、心をひとつにした籠城軍のようなものです。よそものが禿をかどわかそうとすれば、袋叩きにされるでしょう。そうではありませんか、花魁《おいらん》」

仙之助が意見をもとめると、関屋はおっしゃるとおりにございますとうなずいてみせた。

関屋が病気になり、禿たちを伴《つ》れて廓の外へ出たのは、重蔵にとって願ってもない絶好機だったのである。

仙之助の推理が正しければ、梅がいますぐ重蔵の毒牙にかけられるおそれはないが、それならそれで、梅が重蔵の手へ渡る前に、これを発見し、救出せねばなるまい。

「仙之助。あの三人組を探そう」

「どうやって探すのです。右も左も分からない大江戸ですよ。こういうことは、町奉行にまかせるほかありません」

江戸市中において、武家地・寺社地を除く町地の警察権執行は、町奉行の職掌である。

「花魁。冷たいと思われても仕方ありませんが、わたしたちはこのまま帰ります」

「決して冷たいなどと……」

関屋は、強くかぶりを振った。

「花山さまにはわたくしの命を助けていただきました。いままた、筧さまは、大川に飛び込んでまで梅を取り返そうとしてくださいました。わたくしごとき汚れ者に、かくまでのご温情を賜《たまわ》ったこと、終生忘れませぬ。ほんとうにありがとう存じました」

おのれの欲するままに行動できぬ武家の身の不自由さというものを、関屋は理解しているらしい。自身もまた、年季明けまで廓とその掟《おきて》に縛られつづける身なればこそであったろう。

「これは花山からです」

仙之助は、別れぎわになって、甜瓜《まくわうり》の入った籠《かご》を関屋の前へ差し出した。

「あのように高価な鐔《つば》の返礼としては、恥ずかしい限りですが、花山の精一杯の気持ちです」

「勿体《もったい》ないことにございます」

関屋は涙ぐんでいた。

立ち去り難い新吾であったが、どうぞお帰りになってくださいまし、と関屋からなかば哀願されて、仕方なく寮を辞したのである。

今戸から市ヶ谷の藩上屋敷までの帰路、新吾はほとんど口をきかなかった。

仙之助に腹を立てたのではない。藩を潰す気かと叱《しか》りつけながら、実は仙之助が何よりも新吾の身を案じてくれていることは、痛いほど分かっていた。

新吾は、武家の窮屈さに腹が立ったのである。

なんの罪科《つみとが》もないのに、無頼漢どもにさらわれ、どこかで恐怖にうちふるえているひとりの少女がいる。これを救出することは、紛《まぎ》れもない正義ではないか。にもかかわらず、新吾の立場でその正義を貫こうとすれば、自身はむろん主家にも災いをもたらすことになる。なんという理不尽であろう。

同時に新吾は、兄才兵衛のことばを思い出してもいた。身分違いの石原栄之進との私的な交わりを咎《とが》められたときである。

（武家とは、かくも窮屈なものだ。この窮屈さを日常とできるようにならねば、いつか道をあやまる）

関屋は、新吾らが辞したあと、銀次をつれて、今戸の自身番《じしんばん》へ駈け込んだ。折よく定町《じょうまち》廻《まわり》の同心《どうしん》が廻ってきたところだったので、この同心へ直《じか》に、梅が三人組の無職者にかどわかされたと訴えることができた。むろん、新吾と仙之助の名は出さぬ。

吉原随一といわれる花魁にたのみとされて、同心も悪い気のするはずはなく、当初は熱心に聞き取りをしていた。ところが、かどわかしの張本人は旗本の天野重蔵に相違ございません、と関屋が口にした途端、同心はそわそわしはじめ、ともかくまずはその三人組を引っ捕らえねばなるまいと言いおいて、遁《に》げるように自身番を出ていったのである。大身《たいしん》旗本の天野家と悶着《もんちゃく》を起こすことを、同心が厭《いと》ったのは明らかであった。

あの同心は本気で梅の行方を探すことはない、と関屋も銀次も感じた。

「花魁。こうなりゃあ、おれっち吉原者《もん》であの野郎どもを見つけてみせまさあ」

と銀次は請け合った。

商売柄、吉原の男衆は、裏の世界に通じている。どのみち悪さをしているに違いない無職者を探し出すのは、町奉行所の同心などより、むしろかれらのほうが早い。

こうした経過は、事件のあった翌日、仙之助の言いつけで今戸の寮へ遣《つか》わされた廉平によってもたらされた。廉平は関屋から直に話を聞いている。

これ以上は事件に関わらないと言いながらも、仙之助がそんなことをしたのは、放っておけば、新吾はその後の経過を知りたいばかりに、ひとりで勝手に動きだし、悪くするとふたたび首を突っ込むに違いないと危惧《きぐ》したからであった。

関屋は廉平に、梅を取り戻すことができたら、真っ先に新吾と仙之助へ報《しら》せると約束したという。

そして、梅が誘拐されてから、六日。いまだに関屋から報せはない。

大川へ飛び込んで、指先が猪牙舟《ちょきぶね》の艫《とも》に届きそうになったとき、新吾は、梅と眼が合っている。梅は、恐怖の色で一杯だった双眸《そうぼう》に、その瞬間だけ、希望の光を灯《とも》した。だが、棹《さお》の一撃によって新吾は追い払われた。助かると一瞬でも思ったに違いないだけに、その直後の少女の絶望感たるや、言語を絶する。それを考えるたび、新吾は、あの子を助け出すのは自分であるべきではないのか、と自責の念に駆られた。

それでも、長沼道場での稽古に身が入らぬということはなかったが、稽古が了われば、梅の眼が思い起こされる。梅の安否をたしかめないうちは、蟠竜公の陰謀を暴くどころではなかった。

仙之助は梅の身柄が天野能登守の屋敷に運ばれたことはありえないと断言したが、裏の世界に通じた吉原の男衆でも探り出せぬとなれば、かれらの手の届かぬところに監禁されていると考えるべきであろう。すなわち、武家屋敷であった。

仙之助には悪いが、新吾はもはや我慢がならぬのである。

泊まりがけで稽古をするから、きょうは上屋敷には戻らぬ、と新吾は仙之助に告げておいた。仙之助のほうも、午後から用事があり、また明日も朝から藩主吉長の他行《たぎょう》に随行するので、新吾に付き添ってきていない。

井戸端で肌脱ぎになった新吾が、手拭を冷水に浸そうとしたとき、小走りにやってきた若侍から声をかけられた。道場に住み込みで修行をする門人である。

「寛どの。先生がお招《よ》びです」

「正兵衛先生が……」

初日に挨拶して以来、長沼正兵衛とはほとんどことばを交わしていなかった。

稽古中も、正兵衛の視線を感じたことはない。というより、正兵衛は茫洋《ぼうよう》とした風貌《ふうぼう》の持ち主で、直門の門人でも、新吾のような預かりの門人でも、その稽古風景を眺めながら、常に微笑を絶やさず、特定の誰かを注視しているようには見受けられないのである。

もっとも、国許《くにもと》の高田浄円も似たような佇《たたず》まいを持っており、あるいは、名人と称えられるような人は、そういうものなのかもしれない、と新吾は思う。

新吾は、正兵衛の前へ出るのは、いささか気が重かった。自分では稽古に集中しているつもりでも、頭の片隅に一度でも梅や蟠竜公の姿がちらつかなかったといえば嘘になる。そうした心気の乱れを、正兵衛ほどの達人なら見抜いているであろう。

(仕方ない……)

お叱りをうける覚悟を決めて、新吾は正兵衛の居室へ向かった。

対《むか》い合うなり、案の定、正兵衛は言いあてた。

「寛どの。何か憂い事がおありのようだな」

四郎左衛門も正兵衛も、直門でない預かりの門人には、敬称をつける。

「申し訳ありません」

素直にあやまった新吾だが、憂い事が何であるかは明かさぬ。正兵衛も、敢《あ》えて訊き出そうとはしなかった。

「のちほど、組太刀《くみたち》を」

と正兵衛は言った。

「先生がわたしと……」

おどろく新吾に、正兵衛はゆっくりうなずいた。相変わらず、微笑を泛《うか》べたままである。

組太刀とは、二人一組で行う型稽古をいう。名人正兵衛みずからに手ほどきしてもらえる機会など、滅多にあるものではない。

だが、稽古を午前だけで切り上げて本所《ほんじょ》へ向かうつもりになっていたところだけに、新吾は躊躇《ためら》った。

「組太刀はおもしろうござらぬかな、寛どのには」

「えっ……」

新吾は背筋をひやりとさせた。

幾度も真剣の斬り合いを経験してきた新吾は、実戦というのは不測の事態がつきもので、型どおりに運ぶことなど、まずありえぬと知っている。正兵衛の一言は、新吾が実戦経験の持ち主であると看破《かんぱ》していなければ、出てこないものであったろう。

「よろしくお導き願います」

正兵衛の器量に呑《の》み込まれたようなかっこうで、新吾は頭を下げていた。

二

西空が赤い。愛宕山の木々の梢《こずえ》も、風をうけて、微《かす》かにふるえはじめた。参詣の善男善女は、ようやく涼をとれたというのに、家路へつかねばならぬ頃合いとなった。

長沼道場でも、通いの門人たちは引き上げ、いま、住み込みの門人たちだけが固唾《かたず》を呑んで見戍《みまも》るのは、正兵衛と新吾の対峙であった。

型稽古なので、両者とも木刀を用い、防具は着けていない。構えは相上段だが、そのまま双方、まったく動かなかった。

(なぜ打ってこられぬ……)

ひたいや首筋に汗を滲《にじ》ませながら、新吾は不審の思いを抱きつづけている。

仕太刀《したち》の新吾は、打太刀《うちたち》の正兵衛が先に仕掛けてこない限り、どうすることもできぬ。

本来、初めに技を受けてから反撃し、最後にはとどめの一刀を浴びせるという仕太刀は、最初に攻撃する打太刀よりも、高度な技術を要するので、上級者がこれをつとめる。この両者の場合なら、言うまでもなく正兵衛が仕太刀であるべきであった。

しかし、なぜか正兵衛は、新吾にその難しい仕太刀を命じたのである。

正直に言えば、新吾は型稽古の仕太刀は苦手であった。というより、好きではない。

みずから意を決した素早い動きで先手をとるのが、新吾の剣の真骨頂である。対手に合わせて動くのは、性《しょう》に合わぬ。

といって、国許の高田道場や、武徳館剣術所で仕太刀をつとめたことがないわけではないし、無難にやり遂げられもする。しかし、こんな経験は初めてであった。いつまで待っても打太刀が最初の一撃を繰り出してくれないとは。

この組太刀は、直心影流法定《ほうじょう》の二本目、夏の型であった。一刀両断、とも称する。打太刀、仕太刀ともに、直立青眼《せいがん》より、半円を描くようにして剣尖《けんせん》を開き、双方、上段から直立正上段に構える。このあと、この互角の状況を破るため、打太刀がにわかに剣を下段にとった瞬間から、夏は烈々と動きだす。

ところが、正兵衛は、直立正上段から木刀を下段にとらぬ。型稽古ゆえ、とうぜん、新吾も直立正上段のままである。

すでに四半時《しはんとき》ほども経ったのではないか、と新吾は思う。実際には、その半分も経っていないのだが、焦れている者には、ひどく長く感じられるのである。

（正兵衛先生は、何を考えておいでなのだ……）

もしやして、と新吾は思いめぐらせた。

（おれが機に臨み変に応ずることができるや否や、試されているのではないか……）

そう思えば、組太刀はおもしろうござらぬかな、という正兵衛のことばも腑《ふ》に落ちる。実戦剣法をみせてみよ、と正兵衛は誘っているのだ。そうに違いない。とすれば、打太刀も仕太刀もない。あるのは、おのれの剣のみであろう。

新吾は、夏の型を無視して、木刀を青眼に戻した。その瞬間、正兵衛の鋭い声が投げられた。

「法定にあらず」

その一喝で、新吾は、おのれの早合点であったことを気づかされ、凍りついた。

正兵衛は、背を向ける。

組太刀の真意を知りたい新吾は、汗を拭ってから、正兵衛を居室に訪ねた。怒っているかと案じたが、いつもの穏やかな微笑がそこにあった。

「筧どの。剣の奥義とは何であるとお思いか」

「未熟者のわたしには、想像もつきません」

「筧どのなれば、お分かりのはず」

「おたわむれを……」

何十年もの間、血の滲むような修行をしつづけたとしても、奥義に達する者は稀《まれ》であるのが剣の道ではないか。印可《いんか》も許されぬ新吾に分かるはずはない。

「抜かぬこと」

と正兵衛は言った。

「抜かぬこと……」

思わず、おうむ返しをする新吾であった。

「お国には、藩校がござろう」

「ございます」

「校名を武徳館と聞き及んでおる」

「さようです」

「抜かねば、死なぬ。怪我《けが》もせぬ。以《もっ》て、世は平穏となる。これを武徳と申すのではないのかな」

「それは……」

理想にすぎないと思った新吾だが、口にできなかった。すでに老境に入りながら、なんの衒《てら》いもなく剣の理想を語る正兵衛が、眩《まぶ》しかったからである。

「その天稟《てんぴん》と申すほかない迅さを生かして、対手の機先を制するのが、おことの剣のようじゃな」

「それはそのとおりですが、わたしから先に剣を抜いたことはありません」

「なれど、抜けば仕掛けるであろう」

「真剣の斬り合いでは、守勢にまわれば、やられてしまいます」

「おことが仕掛けるゆえ、斬り合いになる。そう思うたことはないか」

「…………」

新吾は、返すことばに窮する。そんなふうに、これまで一度も思ったことはなかったが、新吾の剣が抜けばただちに攻撃に移るというのは、事実であった。

「斬り合いは、敵味方とも抜刀したとて、いずれかが攻めぬ限り、起こるものではない。だが、筧どのの剣では、必ず斬り合いになる。剣は、抜かぬが最善、抜いても仕掛けぬが次善、このほかに善はなし」

打太刀をつとめた正兵衛が、最初の攻撃を仕掛けなかった理由は、これであった。新吾に次善の剣を教えようとしたのである。

新吾自身も、ようやくにして、それを察した。と同時に、自分がいまだ印可を許されない理由も、分かったような気がした。

（おれの剣は……）

何事につけ、まず動いてから考えるのが新吾の気象《きしよう》であった。いったん動きだせば、その時点で、事に関わる誰かを巻き込まざるをえないから、新吾が考えはじめたときには、すでに誰かに迷惑をかけたり、傷つけたりしたあとなのである。

正直に言うと、そういう自分を反省したことは、ほとんどない。正しきことと信じていれば、あるいは、筋が通っていれば、それでよいではないか。いつもそう思っていたからかもしれぬ。その考えが、自身でも気づかぬうちに剣に投影されていたのだ、と新吾ははじめて悟った。

正しきことと信じていれば、あるいは、筋が通っていれば、剣を抜いてもよい。抜けば、斬るのはやむをえぬ。

（下品《げぼん》の剣ではないか……）

七年前、藩校創設にあたり、神明平で挙行された藩主上覧の御前仕合《ごぜんじあい》を、新吾は脳裡《のうり》に蘇《よみがえ》らせた。大将同士の仕合で、太郎左に押された渡辺辰之進は、太郎左の姉を罵《ののし》って勝ちをおさめたが、その卑怯《ひきょう》な振る舞いにより、吉長から下品の剣と吐き捨てられ、敗《ま》けを宣せられた。

おのれの勝利こそ正しきことであり、そのためには、どんな手段を用いるのもゆるされる。あのときの辰之進は、そう信じていたに違いない。

(おれの剣も同じだ)

新吾は、悄然《しょうぜん》と肩を落とした。

「先生。わたしの剣は、邪剣なのでしょうか」

邪剣であるとすれば、とてものこと、将軍家台覧の武術大会に出場する資格はない。

「高田浄円どのほどの達人が、門弟の剣を見極められぬとお思いか。邪剣を藩の代表に選ばれるはずはあるまい」

「では、わたしの剣は……」

「おことの剣は、申し分なき攻めの剣じゃ。なれど、剣の攻守は表裏一体のもの。申し分なき攻めの剣ならば、心の有り様ひとつで、申し分なき守りの剣にもなりうる。さよう心得るがよろしかろう」

「はい。肝《きも》に銘じます」

新吾は、ふるえるような感激を胸に、深々と頭を下げた。

次善の剣といい、守りの剣といい、いままで思ってもみなかった剣の姿である。なんと奥深いことであろう。そして、おのれの剣のなんと独り善がりであったことか。

いまにして新吾は納得できた。太郎左の苦しみを分かち合えるという理由だけで、高田浄円・清兵衛父子が新吾を代役に選んだのではなかったことを。父子は、直心影流宗家の長沼道場が新吾を成長させてくれることを、知っていたのである。武術大会の成績よりも、こちらのほうが大事であったに違いない。

(浄円先生。清兵衛先生。ありがとうございます)

あたりは、すっかり暗くなった。

不案内な江戸の夜である。いまから本所へは容易に往《ゆ》き着けまい。といって、仙之助に嘘をついたから、市ヶ谷の上屋敷へ戻ることもできぬ。結局、新吾は、長沼道場に泊まることにした。

三

翌朝、新吾は思い直した。

(天野屋敷へ忍び込むのはやめよう……)

新吾が仕掛けるから斬り合いになる。武家屋敷潜入も、同じことであろう。よくよく考えれば、ほかに方策が思いつくはずだ。

ただ、天野屋敷の所在だけはたしかめておきたい。この日の稽古を午前中で切り上げた新吾は、長沼道場を辞すと、本所をめざした。上屋敷へ戻るのは、暮れ方でかまわぬ。

新吾は、懐から、綴《と》じた小冊子をとりだして、紙を繰った。これは廉平が、新吾のために、〈懐寶御江戸絵図〉を書き写してくれたものである。

愛宕下から御濠端《おほりばた》へ出て、屋形河岸まで往くと、視線はしぜんと、河岸を発着する舟へと向く。先日のように、偶然、膝付源八に出会って、同舟することができれば楽なのだが、と

つい虫のよいことを思ってしまうのである。

（世の中、そんなに都合よくゆくはずはないな……）

自嘲《じちよう》し、足を速めたときであった。

「寛さまではありませんか」

振り返ると、先日、新吾と仙之助・廉平主従を柳島まで舟で送ってくれた水夫《かこ》が、歩み寄ってくるではないか。

「お手前《てまえ》は、たしか、平井……」

「平井呂助にございます」

呂助は、新吾より年長だが、足軽身分なので、いささかへりくだる。

「先日はかたじけないことでした」

と新吾は礼を言う。

「ついでのことでございましたから」

「また膝付どのを、どこぞへ送られるのですか」

「きょうは、お迎えに」

呂助のおもてに苦笑が浮かぶ。

源八は、新吾らと同舟した日、両国でかっこうの碁敵《ごがたき》を見つけたので、昨夕から、その人と柳橋《やなぎばし》の料理茶屋に泊まりがけで対局しているのだという。

「日が高くなってから、ゆるゆると迎えにまいれと申しつけられまして……」

「ご苦労なことですね、平井どのも」

「いいえ。あの御方《おかた》は、どうにも憎めないところがおありで、実はそれがしも送り迎えを愉《たの》しんでいるのでございます」

「なんとなく分かるような気がします」

「それより、寛さまはどちらへ」

「ああ。わたしは、あの……また柳島まで」

とっさに新吾は嘘をついた。まさか本所の旗本屋敷を探りにゆくとは言えぬ。

「よろしければ、またお送りいたしましょう」

「いえ、そうたびたびでは……」

手を振って固辞するそぶりをみせた新吾だが、内心は、渡りに舟であった。

「それがしも、寛さまとご一緒のほうが、空舟《からぶね》より愉しゅうござる。遠慮なさらず、お乗りくだされ」

「では、おことばに甘えて」

新吾は、屋根舟で、浜町河岸《はまちようがし》まで送ってもらった。

下舟すると、両国橋《りようごくばし》を西から東へ渡り、本所へ入った。

本所は広く、上に本所と付く町名が、たくさんある。廉平の書写してくれた地図には、旗本・御家人の屋敷まで書き込まれてはいない。だが、有名寺社は記されている。

天野屋敷は弥勒寺《みろくじ》の近くらしい、と仙之助から聞いていた。鍼治学問所を興《おこ》し、五代将軍綱吉《つなよし》に鍼《はり》治療を行い、初代関東総検校《かんとうそうけんぎよう》に任じられた杉山和一《すぎやまわいち》の墓があることで、弥勒寺は知られるそうな。

竪川《たてかわ》沿いの本所相生町《あいおいちよう》を通りすぎた新吾は、二ツ目橋《ふたつめばし》の北詰までやってきた。

ここまで来れば、柳島の藩下屋敷もそう遠くないのではないか。ふとそう思って、新吾は立ちどまり、地図で調べた。

廉平の地図は、下屋敷の場所に印をつけてある。よく分からないが、ここから一里もなさそうに思えた。

甜瓜を食べた日以来、新吾は太郎左を訪ねていない。むろん、梅がかどわかされたことも報せなかった。太郎左が暴走しては困るからである。

（あとで寄ってみよう）

下屋敷に蟠竜公につながる者が存在し、不穏の気が流れていれば、何も感じられぬということはあるまい。

二ツ目橋を南へ渡って、深川松井町《ふかがわまついちょう》二丁目と本所林町《はやしちょう》一丁目の間を抜けた。

左側の角地に武家屋敷がある。塀《へい》の長さからみて、なかなか広い屋敷地と察せられた。一、二万石の大名か、大身旗本の邸宅ではなかろうか。

(天野家かもしれない……)

屋敷の南に隣接して、こんもりと緑が見える。寺社の杜《もり》のようだ。

辻番《つじばん》小屋の中の番人二人が、不審げな眼差しでこちらを見ていることに、新吾は気づいた。辻番は、昼夜を問わず、戸を閉めぬ。

新吾は、自分から歩み寄って、声をかけた。

「お江戸は広いですねえ。すっかり迷ってしまった」

その声が明るかったので、辻番の老爺たちも、つられて皺顔《しわがお》を綻《ほころ》ばせる。当時の辻番は、大名が一家で設ける一手持《いってもち》辻番以外は、町人が請け負っており、運営費を安くあげるため、給金が少なくて済む老人やからだの不自由な者を番人にしているところが、ほとんどであった。

「辻番は生きた親仁《おやじ》の捨て所」

などという川柳は、その実態をよく表現している。はっきりいって、役に立たぬ。誰もいないよりはまし、という程度であった。

「あれが回向院《えこういん》の杜ですか」

新吾は、武家屋敷の南側を指さして訊《き》いた。

「回向院へ詣《もう》でるおつもりか」

「ええ。相撲が見物できると聞いてきました」

「お気の毒だが、あれは弥勒寺じゃ」

「えっ……」

地図を右や左に傾けて、あわてたようすの新吾は、遠国《おんごく》から初めて出府した田舎武士まるだしである。辻番たちは笑いを怺《こら》えた。

「弥勒寺というのは、有名なのですか」

「杉山検校のお墓がござる」

「ふうん。どんなお人か知らないけれど、間違いついでに掌《て》を合わせてきます」

「それはまたご奇特なことで」

「ご案内、かたじけない」

笑顔で礼を陳べ、二、三歩、往きかけてから、新吾は振り返って訊いた。

「この立派なお屋敷は、どこぞのお大名家ですか」

「御旗本天野能登守さまのお屋敷じゃよ」

「ひゃあ。やっぱり将軍家御旗本ともなると、大層なものですね」

そのまま新吾は、天野屋敷の門前を通り過ぎてゆく。背後で、辻番たちが忍び笑いを洩《も》らしているのが分かった。これで、不審者とみられる恐れはあるまい。

天野屋敷にこれといって変わったようすはなさそうである。もっとも、外から眺めただけで分かるはずもないが。

弥勒寺の塀の前まで進むと、新吾をよぶ者がいた。

「やっぱり寛さま……」

向かいの路地から小走りに出てきた男は、あたりを気にしながら、新吾の袖《そで》をつかんで、路地へ引き入れた。

「銀次ではないか」

花魁関屋付きの若い衆であった。

「ここで何をしている」

「寛さまこそ、どうして」

「ちょっとな……」

ことばを濁す新吾の表情から、銀次は何か感じ取ったようである。

「どうやら、花魁の思ったとおりのお人のようだ」

「花魁の思ったとおりって……」

「花山さまもそうでしたが、寛さまも真っ直ぐな御方だから、あのまま梅を見捨てることはおできにならないような気がする。そう花魁は案じていたのでございやすよ」

「そうか……」

凄《すご》いものだ、と新吾は関屋に感心した。数えきれないほどの男と接してきた遊女なればこその、人を鑑《み》る眼であったろう。

「それより、銀次。梅の居所を突きとめたのか」

「面目《めんぼく》ねえ」

銀次は、うなだれた。

「これまでの子細《しさい》を聞かせろ」

「いけやせんぜ、関わり合いになっちゃあ」

「人手は多いほうがよかろう」

それでも銀次はかぶりを振る。

「寛さまに花山さまの二の舞を演《や》らせることにでもなれば、花魁は自分を責めて、喉《のど》を突いちまうに違いねえ」

「おどかすな」

「冗談で言ってるんじゃありやせん。花魁はそういう女なのでございやす」

「だったら、関屋には黙ってろ」

「そいつは……」

困ったような顔をする銀次であった。この男も、真っ直ぐな気象であるらしい。

「銀次。おれは、小さな子がけだものの牙《きば》にかかることを知っているんだぞ。いちどは助けようとして助けられなかった子だ。おぬしがおれだったら、放っておけるか」

銀次の眼が眩しげに瞬《またた》いた。

「江戸の侍《さむれ》えにゃあ見かけねえお人だ、寛さまは」

ついに折れた銀次は、きょうまでの自分の動きを子細に語りはじめる。

件《くだん》の三人組の行方を追うのに、銀次は吉原者を使っているが、それは日頃から昵懇《じっこん》の口の堅い少数に限った。廓には放蕩《ほうとう》の旗本衆の馴染《なじ》みの妓楼《ぎろう》や茶屋も少なくないので、あまりおおっぴらに動いては、そのことがどこから天野重蔵の耳に達しないとも限らぬからである。

蛇《じゃ》の道は蛇《へび》で、無職者らの居場所を見つけることなどたやすい、と楽に考えていたことも、探索に人数をかけなかった理由のひとつであった。

銀次が三人組の人相を記憶していたので、かれらの呼び名はすぐに知れた。権助《ごんすけ》、鉄五郎《てつごろう》、法印《ほういん》。いずれも上州あたりから流れ込んできた無宿者で、もとは僧侶だったという法印が兄貴格だそうな。かねのためなら母親でも殺しかねない手合いだという。

三人が千住《せんじゅ》あたりによく出没すると聞き及んだ銀次は、みずから出かけてみたが、ここ数日、法印らの姿を見かけた者はいなかった。それから、江戸じゅうの悪所を探ってみても、収穫なしであった。

ここに至って、銀次も、三人組は梅とともに天野屋敷にいるのではないか、と疑いをもつ。さすがの銀次らも、武家屋敷内までは手を回せぬ。

天野屋敷は、仙之助が推理したように、当主能登守が重蔵に眼を光らせていて、その可能性は薄いのかもしれないが、五千石の大身の屋敷は広い。万一ということもある。

また、法印らが、天野屋敷におらず、どこか思わぬところに隠れ棲《す》んでいるとしても、それならそれで、何らかの形で重蔵は連絡をつけようとするであろう。子どもは手に余るはずだから、扱いに困って、重蔵の指示を仰がねばならぬという事態は、充分に起こりうる。

かくて銀次は、天野屋敷に出入りする人間を見張りはじめた。もし胡乱《うろん》な者が出入りするようなら、これを尾行するつもりでいる。

「天野重蔵の取り巻きの屋敷は」

と新吾は訊いた。

「抜かりございやせん」

太郎左と重蔵が喧嘩をしたとき、重蔵の取り巻きだった五人の旗本子弟の屋敷も、銀次は吉原者に見張らせている。かれら旗本子弟の名は、幇間《ほうかん》の松六から訊き出した。ただ、五人とも重蔵と同じく謹慎中なので、いずれにせよ、銀次たちの見張りは根気のいる仕事になりそうであった。

「銀次。いつまで見張っている」

「何か起こるまで」

「それは難儀《なんぎ》だ」

「梅のことを思ったら、なんでもねえ」

明朝には交代の者がくる、と銀次はつけ加えた。

「そうか。おれは、これから柳島の下屋敷へゆくが、ふだんは市ヶ谷の上屋敷か愛宕下の長沼道場にいる。何かおこったらすぐに報せてくれ」

「承知いたしやした」

新吾は、銀次と別れて、柳島へ向かった。

四

夏日はあいかわらず厳しいが、竪川から十間川と、堀割《ほりわり》沿いの道は、少し涼気を感じられるので、足を送り出すのが億劫《おっくう》ではない。

予想どおり、弥勒寺から藩下屋敷までは、そう遠くはなかった。三十丁もないであろう。屋敷が見えたときには、声も響いてきた。太郎左の気合声である、と新吾は聞き分けた。

長屋門から屋敷内へ入ると、新吾は声のするほうへまわる。

鋭く、乾いた音に、耳をうたれた。竹刀が胴を叩いた、と新吾は思った。

広庭へ出てみると、案の定である。下屋敷詰《づめ》の藩士らが見物する中、一対一の竹刀稽古がちょうど終わったところであった。一方は防具を着用しているが、他方は面も籠手《こて》も胴もなしである。

面を脱いで、対手に深々と辞儀をし、礼を言ったのは、太郎左であった。

太郎左に対して防具なしで竹刀を合わせるとは、よほどの手錬者《てだれ》というべきであろう。無外流免許皆伝の下屋敷奉行・安富左右兵衛のほかにありえまい。

七日前、仙之助と伴れ立って下屋敷を訪れたとき、新吾は左右兵衛に挨拶をしそびれている。

友の来訪に気づいて、太郎左が大声で呼びかけたので、左右兵衛も新吾のほうを見た。

「おお、新吾」

「おぬしが寛新吾か」

「はい」

新吾は、頭をさげる。

「幾日か前にいちど参ったそうだな」

「あの日、お奉行は書き物をしておられると聞いたので、かえってご迷惑かと存じ、挨拶は控えさせていただきました」

「花山からそう聞いておる。なれど、こうして会えてよかった。藩代表の面《つら》がまえを見ておきたかったのだ」

綻ばせたおもては皺深いが、その皺の一本一本は厳しい風雪を堪《た》えてきた力強さに充《み》ちている、と新吾は感じた。それほど左右兵衛の人生は波瀾《はらん》に富む。

安富左右兵衛の父与五郎《よごろう》は、江戸詰藩士として有能な人材で、江戸小仕置役《こしおきやく》に任じられることがほぼ決まっていた。にもかかわらず、酩酊《めいてい》のあげく大川に転落、溺死《できし》した。いまから十三、四年前のことである。安富家は断絶となり、左右兵衛は、絶望感から狂気を発した母と妻子を抱えて牢人生活を強いられた。一年もすると、姑《しゅうとめ》の看病に疲れた妻が、母を殺し、みずからも子らを道連れに自害してしまう。ところが、文殊事件の後始末のさい、与五郎の死は、これに代わって小仕置役に抜擢《ばってき》された滝田甲斐の謀殺であったことが判明した。そこで、左右兵衛を不憫《ふびん》に思った藩主吉長が、これを召しだして、安富家の再興をゆるし、下屋敷奉行に任じたのである。下屋敷奉行は、いわば下屋敷の管理人のようなもので、小仕置役に比べれば、決して重職とはいえぬが、帰参していきなりの奉行職は破格といってよい。以来、左右兵衛は、吉長の恩に報いるため忠勤を励んでいる、と新吾は聞いていた。

「そうだ、新吾。おまえも、お奉行に胸をかしていただけ」

太郎左が言った。いかにもいいことを思いついたといった、得意げな顔つきである。

「いや、おれは……」

いま天野屋敷を見てきたばかりで、梅のことが気にかかっている新吾は、そういう気分にはなれぬ。

「まあ、花山、きょうはやめておこう」

と左右兵衛がかぶりを振ってくれたので、新吾はほっとした。

「おぬしのせいで、いささか腕がしびれておる」

「は……」

「幾度も竹刀を取り落としそうになったぞ。どこから出てくるのだ、その馬鹿力は」

「どこからと仰せられても……」

首をひねって考え込む太郎左に、左右兵衛も見物の藩士らも笑いだす。

このあまりに微笑《ほほえ》ましい光景に、新吾ひとり拍子抜けする思いであった。

（この中に、ほんとうに蟠竜公の陰謀に加担する者がいるのだろうか。それとも、おれの思い過ごしだったのか……）

新吾は、ふと閃《ひらめ》いた。一か八かだ、と肚《はら》をくくった。

「お奉行。願いの儀がございます」

「申してみよ」

「篤之介さまに拝謁《はいえつ》いたしとう存じます」

広庭の人々は凍りついた。かれらひとりひとりの表情を、新吾は素早く盗み見る。

「いかなる存念か、寛」

左右兵衛の口調も強張《こわば》った。

「過分にも、藩代表として将軍家台覧の武術大会に出場させていただく身なれば、主家の皆さまにご挨拶申し上げるのが臣のつとめと心得ます」

「篤之介さまご不例《ふれい》のこと、おぬしも知らぬはずはあるまい」

「せめて障子越しでも、と……」

「心がけ殊勝《しゅしょう》ではあるが、ならぬ」

きっぱり却《しりぞ》ける左右兵衛であった。

「相分《あいわ》かりました。無理を申し上げたこと、お詫《わ》びいたします」

気まずい空気の澱《よど》んだ広庭から、左右兵衛も他の者らも、それぞれ引き上げてゆく。

太郎左が、新吾の腕をつかんだ。

「痛《い》ててて……。はなせ、ばか」

「ばかっつらはどっちだ」

新吾は、馬鹿力に長屋まで引きずられていき、太郎左の部屋へ放り込まれた。

「新吾。どうしてあんなことを願い出た」

「お奉行に申し上げたとおりだ」

「うそつけ。おまえ、おれに何か隠してるだろう」

「そうみえるか」

「みえるに決まってるだろう。何年つき合ってると思うんだ」

新吾は、にわかに口を閉ざして俯《うつむ》いた。

「なんだ、こんどは黙《だんま》りか」

「…………」

「新吾は昔からそれだ。ひとりで何か大変なことを始めちまってから、あとで仙之助やおれを巻き込む」

はっ、と新吾は太郎左を仰ぎ見る。

新吾が仕掛けるから斬り合いになる。長沼正兵衛に指摘された攻め一辺倒の剣は、新吾の気象でもあった。その気象は周囲の人々を巻き込み、傷つけずにはおかぬ。

「迷惑だったか、太郎左」

新吾は掠《かす》れ声で訊いた。

「迷惑に決まってる」

断言してから、太郎左はにっと笑った。

「だが、おもしろい。すこぶるおもしろい。新吾がいなかったら、これまでのおれの人生は、よほどつまらなかったぞ」

「無理するな」

「おれが、新吾の前で無理なんかするか。仙之助だって同じだ。おまえが厄介事を持ち込むから、あんなにたくましくなった。そうは思わんか」

しぜんに、新吾はふっと笑った。仙之助のことは、そのとおりかもしれないと思ってしまったからである。

「すまん、太郎左。時機《とき》がきたら、必ず話す。それまで待ってくれ」

いま新吾は決意した。梅の一件の片をつけたら、蟠竜公が陰謀をめぐらせていることを、太郎左と仙之助に打ち明けよう。

「あんまり待たせるなよ。外で暴れたくて仕方ないんだ、おれは」

鼻息も荒く、物騒なことを口走りながら、両拳《こぶし》をつくって気合を入れる太郎左であった。

「それより、新吾にもみせたかったぞ、安富さまの太刀さばき」

「どんな太刀さばきだ」

「凄い。とりわけ、誘いが巧《うま》い。新吾なら、すぐに引っかかる。おまえは仕掛けが早いからな」

「凄いというなら、正兵衛先生だ」

こんどは新吾が、言い募る。

ふたりは、久々に剣術談義に花を咲かせ、そこからお国の思い出やら、関屋の美しさやら、話はあちこちへ飛ぶが尽きることなく、いつしか暮《くれ》六ツの鐘の音を聞くまでになってしまった。

「いそいで帰らないと、仙之助が心配する」

そうは言ったものの、弥勒寺西の路地へ寄って銀次のようすを見てから、市ヶ谷へ戻るつもりの新吾である。

安富左右兵衛はどこかへ出かけたらしく、辞去の挨拶はできなかった。新吾は、長屋門のところで太郎左に別れを告げる。

下屋敷をあとにしてしばらくは、空に仄《ほの》かな明るさが残っていたが、本所林町五丁目あたりで薄闇《うすやみ》が下りてきた。近くの辻番で、提灯《ちょうちん》に火をもらった。

新吾は、勘をたよりに、弥勒寺の南側の道へ出た。北側から進んで、昼間の辻番の老爺たちと顔が合って不審がられるのを避けるためであった。

そこから、弥勒寺西側の道へ回り込んで、銀次が潜んでいるはずの路地へ入る。

銀次の姿が見えぬ。見張り場所を変えたのであろうか。しかし、天野屋敷の表門を斜めから眺められるこの路地口は、絶好である。辻番からも見えにくい位置だ。

(飯でも食いにいったか……)

新吾は空腹ではない。太郎左のところで茶漬《ちゃづけ》を掻《か》っ込んだ。

新吾とて、長くとどまってはいられぬ。帰りがおそければ、仙之助が案じて、廉平を長沼道場へ走らせるかもしれない。

迷いながら、しかし、新吾は待った。

提灯の明かりに寄ってくる蚊《か》がうるさい。

待つ間、銀次の一言一言を思い起こしてみた。

(何か起こるまで待つ。銀次はそう言った)

もしやして、あれは、何も起こらなければ、自分で起こすという意味ではないのか。

(銀次は……)

新吾は、闇の中で、あらためて、天野屋敷の表門と塀を瞶《みつ》めた。銀次はあの向こう側にいるのでは、と胸をざわつかせたのである。

新吾でさえ、天野屋敷へ忍び込もうといちどは考えた。銀次ならば、なおさらではないのか。

梅のことを思ったら、なんでもねえ。

そのことばも、おのれの命を捨ててもと解釈できよう。命を抛《なげう》つ気ならなんでもできる。

「この、ばか」

小声で、新吾は悪態をついた。銀次の決意に気づかなかった自分を責めたのである。

耳障《みみざわ》りな軋《きし》み音が響いたのは、このときであった。天野屋敷の門扉《もんぴ》が開かれたではないか。

新吾は、提灯の火を吹き消すと、路地を出て素早く通りを横切り、弥勒寺の塀際に身を寄せた。忍び足で天野屋敷の塀まで移動し、そのまま塀沿いに、表門へと近づく。

屋敷内より出てきたのは、駕籠《かご》であった。随伴《ずいはん》の侍たちのかかげる提灯の明かりで、法仙《ほうせん》寺《じ》駕籠と見てとれた。

となれば、乗っているのは、天野能登守ではあるまい。法仙寺駕籠は、武家が用いぬということもないが、主に町方の富裕な階層に使われる。

(まさか天野重蔵が、微行《しのび》でどこかへ……)

もし能登守が今夜は宿直番《とのいばん》で下城しないというようなら、鬼の居ぬ間に重蔵は勝手に外出するやもしれぬ。駕籠の人が重蔵だとすれば、梅の監禁場所へ向かうと考えてよいのではないか。

重蔵は飢えたけだものである。新鮮な肉を捕獲しておきながら、いつまでもおあずけに甘んじていられるはずはない。我慢できずに暗い穴から這《は》い出し、獲物に食らいつきに出かけるであろう。

駕籠は、二ツ目橋のほうへ向かって動きだした。門扉が閉じられる。

(どうする……)

尾行すべきかどうか、新吾は迷った。銀次の安否が気がかりなのである。それに、駕籠の人は重蔵と決まったわけではない。

新吾がここにとどまっていれば、銀次の命を救えたかもしれないのに、離れたばかりに、結果として見殺しにすることになった。そんな状況が、頭の中でどす黒く渦巻いてしまう。

小さな羽音がして、頬《ほお》に蚊がとまった。

蚊をぴしゃりと掌で潰した瞬間、背後で空気が動いた。

振り向きざまに腰を沈めた新吾は、抜き討ちのかまえをとった。

眼前の黒影が立ちすくんだ。

「銀次か……」

それとはっきり見定められぬまま、新吾は声をかけた。抜き討ちのかまえは解かぬ。

「そちらさんは……」

やや怯《おび》えた声が訊き返してくる。

「おれだ。筧新吾だ」

沈めていた腰を伸ばし、新吾は歩み寄った。月明かりに、互いの顔がようやく認められる。

「なんだ、おどかさねえでくだせえよ」

銀次は大きく息を吐いた。

「おぬし、天野屋敷に忍び込んだな」

「ちょいとばかし」

「何がちょいとばかしだ。あきれたやつだ」

たったいま、塀を越えて、屋敷外へ降り立ったばかりの銀次だったのである。

「梅が屋敷内にいるようすはありやせん」

「天野重蔵は」

「ひと間《ま》に籠《こ》もりきりでさあ。廊下に強そうな侍《さむれ》えがいて、どうも重蔵を見張ってるような あんばいでして……」

「やはり能登守は倅を厳しく監視しているということのようだな」

「あっしも、そう思いましてございやす。梅がまだあの野郎の毒牙にかかっていねえらしいと分かって、ほっといたしやしたよ」

「能登守も在宅か」

「どいつが能登守か分かりやせんが、庭の茶亭で坊主と会ってたえらそうなのが、たぶんそうだと思いやす」

「僧侶と……」

「へえ」

銀次は、大胆にも、まだ日のあるうちに屋敷を侵し、できうる限り、ようすを探った。そのさなかに、法仙寺駕籠は入ってきた。もしや梅が運ばれてきたのではと疑い、物陰から窺《うかが》ってみると、玄関前で法仙寺駕籠から降り立ったのは僧侶であった。

「どこの僧侶だ」

「さあ、そこまでは……。ですが、坊主が重蔵と会ったようすはなし、梅のことには関わりねえと思いやすぜ」

「そうか……」

新吾は、法仙寺駕籠の去った方向を眺めやる。何ということもないのだが、このままでいいものかと躊躇《ためら》った。いまならまだ、走れば追いつけるであろう。

「それより、筧さま。どうしてお戻りになられたんで……」

「おぬしが無茶をすると思ったのさ」

皓《しろ》い歯をみせる新吾に、銀次はなぜか照れたように頭を下げる。

「おれは、あの駕籠を尾《つ》ける。何とはなしに気になるのでな」

言いおいて、新吾は走りだした。

五

夜空に巨大な火の花が咲き、爆発音が響き渡る。と同時に、どよめきが起こった。

大川では、納涼舟、物売舟、芸人舟など夥《おびただ》しい数の舟が、舷《ふなべり》を接して江上《こうじょう》を覆い尽くし、それらの灯火の揺れるさまは、日本中の蛍《ほたる》をここに放したかのような壮観と形容できよう。

往来や橋上に鈴なりの遊山《ゆさん》客のざわめき、両岸の飛楼高閣から洩れる絃歌鼓吹《げんかこすい》、数知れぬ夜《よ》見世《みせ》の幟《のぼり》が川風に翻《ひるがえ》る音、客寄せの口上《こうじょう》、物売りの懸け声などが、耳に盈《み》ちてかまびすしい。

この殷賑《いんしん》は、夏季の両国橋界隈《かいわい》では毎夜のことである。東海の小藩から初めて出府した新吾にとっては、この世のものとは思われぬ絢爛《けんらん》たる光景で、頭がくらくらしてしまう。

だが、いまは宇内《うだい》一というべき盛り場に誘惑されていてよいときではない。この殺人的な雑踏の中、法仙寺駕籠を見失わないよう、尾行をつづけねばならぬ。

法仙寺駕籠は、両国橋へ踏み入ると、橋上を埋め尽くす夕涼《ゆうすず》み客たちの間を縫って、ずんずん先へ進む。器用なものだ、と新吾は江戸の駕籠舁《かごかき》の足捌《あしさば》きに感心する。これほどの群衆を掻き分けながら足早に歩くのは初めての経験となる新吾は、幾度も人の肩に触れたり、足を踏んだりしては、そのたびに文句を言われ、謝った。

提灯も邪魔になる。新吾は、竪川沿いの往来で頒《わ》けてもらって灯した火を、いったん吹き消し、提灯を折り畳んだ。

両国橋を渡りきり、広小路《ひろこうじ》を抜け出たときには、ほとんどぐったりしていた。人気《じんき》にあてられたのである。だが、萎《な》えそうになる気持ちをみずから奮《ふる》い立たせ、ふたたび道往く人から提灯にもらい火をして、なお法仙寺駕籠を追った。

法仙寺駕籠は、神田川《かんだがわ》沿いの柳原通《やなぎはらどおり》を遡《さかのぼ》り、和泉橋《いずみばし》を渡って、神田佐久間町《さくまちょう》の火除広道《ひよけひろみち》を抜け、湯島《ゆしま》へ出る。神田川の土手や河岸にも夕涼みの人々は少なくなかったが、両国をあとにしてきたばかりの者には、ひどく閑散として見えるから不思議というほかない。

神田明神《みょうじん》の門前を通過した法仙寺駕籠は、本郷《ほんごう》を抜け、駒込追分町《こまごめおいわけちょう》へと入る。

（いったい、どこまで往くんだ）

むろんのこと新吾は、両国からこちら、町名など知らぬし、方角も定かではない。廉平に書写してもらった〈懐寳御江戸絵図〉を取り出して確認している暇もなかった。

やがて、町家と寺社地の混在する一帯に、新吾は入った。混在といっても、寺社地のほうがはるかに広く、草木の匂いが鼻をついた。こんもりと黒く蟠《わだかま》る木立が、あちこちに見える。

往還に夕涼みに出ている人は見あたらず、あたりは静かすぎて不気味ですらある。だが、人いきれから完全に解放されたことで、新吾は元気を取り戻していた。

前を往く提灯の明かりが動かなくなった。法仙寺駕籠はとまったようである。寺の門の前であるらしい。

新吾は、そのまま歩をすすめた。ここで、とつぜん足をとめたり、提灯の火を消したりすれば、疑われると思ったからである。

明かりの動きと物音とで、駕籠の人が降りたらしいと分かった。

門扉は閉じられている。脇の潜《くぐ》り戸《ど》が開けられ、影がひとつ入ってゆこうとしたとき、新吾は法仙寺駕籠を追い越して、先へ進んだ。随行のふたりの侍がこちらを見たのを、気配で察したが、振り向きはしなかった。

新吾は、よほど離れてから、ようやく後ろを顧《かえり》みた。

法仙寺駕籠は遠ざかりつつある。その提灯の明かりを数えて、侍たちも去っていったと分かった。

（天野家の者らだったのか……）

寺侍《てらざむらい》だと思い込んでいたのである。

寺侍を抱えているとなれば、よほど格式の高い寺院の僧侶であろう。その興味も、新吾に尾行を決意させた一因であった。

新吾は、門の前まで戻った。さして大きな寺ではなさそうである。

きっと天野家の菩提寺《ぼだいじ》か、何か所縁《ゆかり》ある寺であろう。

(骨折り損か……)

そう思った途端、からだじゅうに一時に疲れが押し寄せてきたような気がした。

寺号だけでも知っておこう、と門扉に近づき、軒下へ向けて提灯を高く掲げてみる。寺号額はあるようだが、もう少し明かりを近づけなければ、文字を読みとれそうにない。

新吾は、提灯を持つ右腕をいっぱいに伸ばしながら、幾度も跳びあがった。柳の枝に跳びつこうとする蛙《かえる》さながらではないか。

新吾の持つ提灯は、火袋に簡単な柄《え》をつけただけのぶら提灯である。手軽に持ち歩ける代わり、弓張《ゆみはり》提灯のような安定性がないので、跳びあがるたびに激しく揺れて、とうとう蠟燭《ろうそく》の火が火袋に燃え移った。

手が熱くなってから気づいた新吾は、あわてて、息を吹きかけ、次いで足許に落として踏みつけにしたが、間に合わぬ。火袋に書き入れてある藩の家紋が、めらめらと燃えあがり、灰になってしまった。

燃え移ったときすぐに気づかなかったのは、ようやく読み取ることのできた寺号に、一瞬、茫然《ぼうぜん》としたからである。

西泉寺。

（まさか……）

藩主家の江戸の菩提寺と同じではないか。

たしか、駒込浅嘉町というところであったはず。江戸に寺院は掃いて捨てるほど多く、寺号が同じ寺もあろうが、ここが駒込浅嘉町ならば、眼前の寺こそ藩主家菩提寺に相違あるまい。

門扉の前に座り込んだ新吾は、〈懐寳御江戸絵図〉を取り出し、月明かりの下でひろげてみた。藩に関わる場所と地名は、廉平がすべて別に抜き書きして、絵図と照合できるようにしてくれてある。しかし、月明かりだけでは、文字は言うにおよばず、絵もほとんど見えなかった。

提灯を使えなくしてしまった自分の軽率を、新吾は詛《のろ》わずにはいられぬ。

（もしこの寺が藩主家の菩提寺であるとしたら……）

はっきりそれと確認できぬだけに、かえって新吾の胸はざわついた。

（あの僧侶は妙道《みょうき》さま……）

当代藩主吉長の亡父吉晴《よしはる》は、その藩主時代に毒殺されかかったことがあるが、吉晴の弟の左兵衛尉信親は、関与を強く疑われて、それがために隠居せしめられた。この信親こそ、蟠竜公である。

その後も、蟠竜公は再三、野心をちらつかせた。御家《おいえ》騒動を懼《おそ》れた藩では禍根《かこん》を絶つため、蟠竜公のふたりの男子に僧籍に入ることを命じたが、気位の高かった長子はこれをきらって自害してしまう。おとなしく藩命に服した次子が、妙植である。

蟠竜公は、隠居後も新たに男子を三人もうけたものの、ふたりは早世した。のこるひとりも、生まれついての病弱で、京の寺に入室後、半年も経たぬうち流行《はや》り病で逝《い》った。これらの不幸は、実の兄の毒殺をもくろんだ蟠竜公への天罰だ、と噂《うわさ》されたものである。

僧侶とはいえ、蟠竜公にのこされたたったひとりの男子が、将軍家御書院番頭《ごしょいんばんがしら》の天野能登守と会っていた事実は、新吾の鼻を刺激せずにはおかぬ。まことにもって、きな臭《くさ》い。

（しかし……）

梅の一件を追っていたら、思いがけず蟠竜公の陰謀に近づいた、などという偶然がありえようか。

偶然を信じるなら、天野家もまた西泉寺を菩提寺としているとしてもおかしくはない。つまり、能登守と妙植はそれだけのつながりということだ。とすれば、梅の一件はむろんのこと、蟠竜公の陰謀とも無関係であるに違いない。

そう考えてみた新吾だが、胸のざわつきは依然消えぬ。

（なぜか気になったからこそ、尾けてきたんじゃなかったのか……）

と新吾は自問する。

それは、勘というものだ。自分では梅の一件に対する勘だと思い込んでいたが、実際には、同時進行の憂事というべき蟠竜公の陰謀に対するそれが、無意識裡に働いたといえぬであろうか。

い。

（よし。忍び込んでみるか）

新吾は、懐から手拭を出して、それで頬かむりをした。幾度も汗を拭《ふ》いた手拭なので、臭い。

おかしな話だが、その臭さが、新吾を少し冷静にした。

動いてから考える自分の気象が厄介事を引き起こす。きょう、長沼正兵衛の前で、そして太郎左の前で、そう反省したばかりではないか。

万一、能登守と妙馗の間に蟠竜公に関わる密談があったとしても、いまこのとき、両人はそれぞれの住まいにいる。何か動きがあるわけでもあるまい。まずは明日、明るいうちに、あらためて訪れ、この寺が藩主家菩提寺の西泉寺であることをたしかめなければならぬ。それと確認できれば、その後、日中に訪れるぶんには、疑われることもなかろう。藩代表の武術大会出場者として、藩主家のご先祖さまのご加護を賜りにきたとでも言えばよいのである。

そうして境内のようすをよく調べたうえで、後日、夜中《やちゅう》に忍び入る。

（なんだか、まだるっこい……）

と自身に苦笑しながら、新吾はふと白十組のことを思った。

白十組は、こういった手順を踏み、周到な準備をして、探索や闘いを開始するのに違いない。とすれば、たしかに、新吾のようにいきなり飛び込んで、思うさまかきまわす人間は、迷惑このうえないであろう。新吾は、はじめて、阿野謙三郎の気持ちを思い遣《や》ることができた。

新吾は、頬かむりを解こうと、あごの下の結び目に指をかけた。門脇の潜り戸が開けられたのは、このときである。素早く開けられた。

新吾は、立ち上がる。が、門扉の前から離れることはできなかった。潜り戸から出てきた影に、正面をふさがれたのである。

影は早くも殺気を放射していた。

門扉の前に長居しすぎたことを、新吾は悔やんだ。眼前の影は、門内からこちらの気配を察したのであろう。ということは、この寺には、常に警戒を怠ってはならぬ事情があるということではないのか。

(やはり、ここは……)

藩主家菩提寺の西泉寺である、と新吾は断定した。そして、蟠竜公の陰謀に重大な関わりをもつ。

「ば……」

蟠竜公の手の者かと言いかけて、新吾は口を噤《つぐ》んだ。こちらの正体の手がかりとなるなにものも与えてはならぬと思い直したのである。

影が、弓張提灯を前に突き出してきた。火袋には西泉寺と書き込まれてある。

明かりはほとんど顔まで届かぬし、新吾は頬かむりもしているので、人体《にんてい》を見定めがたいはずであった。

「猫頭巾《ねこずきん》ではないようだな……」

影がそう言ったので、この瞬間、

（語るに落ちたぞ）

疲れは吹っ飛び、昂奮《こうふん》をおぼえる新吾であった。猫頭巾が白十組の忍び装束のひとつであることを、影は知っている。

「何者だ。名乗れ」

影の語気が鋭くなった。

聞いたことがあるような声ではある。が、誰といって、まったく思い泛《うか》ばぬ。声などというものは、よほど親しい人でなければ、それと聞き分けがたい。

新吾が無言なので、影は一歩踏み出した。ぜがひでも人体をたしかめたいようだが、その無造作な踏み出しは、対手に突然抜き討たれても、これに対応できる自信のあらわれでもあろう。

新吾は、ぶら提灯の残骸を投げつけざま、右へ走った。だが、影も、それを軽く躱《かわ》して、新吾と同方向へ足を送った。やはり、対応に余裕がある。

（力が違う……）

新吾は、建部神妙斎と対峙したときのような、圧迫感をおぼえた。膚《はだ》に粟粒《あわつぶ》が生じる。

ただ、この影は、神妙斎ではない。神妙斎が江戸にいるはずはないし、影の体軀《たいく》はひとまわり小さい。

互いを正面から見据える形のまま、両人はなおも走った。蟹《かに》のように横へ、横へと。

西泉寺の築地塀《ついじべい》を背にする新吾は、形を崩したいのだが、影がそうさせてくれなかった。左手を差料《さしりょう》の栗形《くりがた》に添えながら、沈めた腰はふらつかず、ほとんど足音も立てずに走る影の身のこなしは、それだけで恐るべき手錬者であることを、誇示していた。右手の弓張提灯も離さぬ。

築地塀が切れて、新吾の背後に小路がひらけた。

新吾は、影に背を向け、小路へ走り込んだ。前を向いて走れば、誰にも追いつかれない自信がある。

ちらり、と新吾は後ろを見た。思惑どおり、ぐんぐん差をひらきはじめている。

（逃げきれる）

その安堵《あんど》は束の間のことにすぎなかった。

不案内な土地というのは、どうしようもない。前に塀、左右にも塀。ここは袋小路であった。

前は武家屋敷。右は西泉寺。左も寺院のようである。新吾は、左の寺院の塀に跳びつこうとして、風を切る音にひやりとし、宙空で身をひねった。

塀際に尻から落ちた新吾は、腹のあたりに副子《そえこ》が突き刺さっているのを見て蒼《あお》ざめた。副子というのは、刀の鞘《さや》に指し副《そ》えられる小刀《こがたな》である。新吾の差料にも副えてある。

痛みはない。腹をまさぐってみると、〈懐寶御江戸絵図〉が防具の役目を果たしていた。

新吾は、副子を抜き取り、立ち上がりざまに、影に向かって投げ返した。弓張提灯の明かりが的《まと》である。

狙い過《あやま》たず火袋を破って突き抜けた副子は、影の首の横を掠めて、その後方へ落ちた。西泉寺の文字が燃えあがる。

影は、提灯を投げ捨て、差料をゆっくり抜いた。

新吾は、後退し、武家屋敷の塀を背にして、抜刀する。かまえは青眼である。

影は、やや左半身となり、諸手《もろて》左上段のかまえから、右拳が右肩あたりにくるまで、剣を下ろした。八相《はっそう》である。

八相は、大きなかまえだけに、対手に威圧感をあたえるが、打ち込みの迅さに自信がなければ、かえってみずからを危険にさらす。影が満腔《まんこう》の自信を持つことは明らかであった。

新吾の勝てる対手ではない。生き残る道はただひとつ、影の左右いずれかを駈け抜けて逃げるのみである。

この場合、左側を抜けようとすれば、新吾は八相の最も迅い打ち込みを躱しきれまい。右側へ斬りつけながら駈け抜けるのがよい。八相は、ひとたび右側からの攻撃をゆるしてしまうと、受けが窮屈にならざるをえないからである。

新吾は、おのれの身を左へ、つまり影の右側へ回り込ませるそぶりをみせた。影もただちに、動きを合わせ、新吾に回り込ませぬ。新吾の意図を封じるというより、いやがっているような印象であった。

新吾は看破した。

（誘いだ）

右側へ回り込まれたくないと思わせておいて、実はそうされることを待っている。影は、並の剣士と違い、八相のかまえから、右方の敵に対し、意外な技を繰り出せるのに違いない。

新吾は、影の輪郭《りんかく》から、左腋《わき》がわずかに甘いのをみてとった。

（そうか……）

影の八相は、むしろ左側に隙《すき》がある。左腋の甘いぶん、左方へ打ち下ろす剣もやや大回りになる。

おそらく、それは、影が八相にかまえたときの癖《くせ》なのであろう。どれほど修行を積んでも、直らない癖というのはあるものなのだ。代わりに、影は八相の右側に独自の技を編み出した。

そう考えれば、納得がゆく。

影の左側へ、それもからだの近くへ、できる限り低く飛び込めば、間一髪の差で切っ先から逃れられるやもしれぬ。

だが、その意思に反応した新吾の肉体は、剣尖《けんせん》をぴくりと動かすにとどめた。

昨日までの新吾なら、対手のほんの微かな隙でも、それと見れば、迷わずに仕掛けていたであろう。いまは踏み込むことを躊躇っている。

（剣は、抜かぬが最善、抜いても仕掛けぬが次善、このほかに善はなし）

この生死の際《きわ》で、長沼正兵衛のことばが閃光《せんこう》となって脳裡を掠《かす》めたからであった。

正兵衛はまた、新吾の剣を申し分なき攻めの剣と評し、それは心の有り様ひとつで、申し分なき守りの剣にもなりうると言った。つまり、この場合は、影のほうから仕掛けてくるのを待つということか。待って、応じて、果たして攻めと同じ剣が揮《ふる》えるであろうか。

（くそ。性《しょう》に合わん）

新吾は、さらに影の隙を窺った。

影のかまえは、八相に固着したかのように見える。新吾が誘いにのるのを、まだ待っているとみてよい。

（いまなら意表をつける。やはり仕掛けるべきだ）

新吾は、ついに、剣を振り上げ、上段から打ち込みざま、踏み込んだ。その斬撃《ざんげき》は、影の剣に上段の守りをさせるための誘いであった。それによって、さらに大きく空《あ》くはずの左腋より下へ、低く飛び込み、駈け抜けるという策である。だから、剣を打ち合うとみせて、実は合わせせぬ。要は、ただ駈け抜けるのである。新吾ほどの尋常ならざる俊敏さの持ち主にして、はじめてなしえる捨て身の技というべきであろう。

ところが、この瞬間、新吾にとって驚くべきことが起こった。影は、新吾の上段からの斬撃を禦《ふせ》ぎもせず、左足を引いて、剣を打ち下ろしてきたのである。

はじめから、合わせるつもりも、斬りつけるつもりもない新吾の剣は、影の左胴すれすれの宙を泳いだ。新吾自身は、沈めた肩へまともに刃が落ちてくるのを、もはや躱しようもなかった。

（斬られた）

そう感じたが、不思議にも、送りだす両脚《あし》は動きをとめない。振り返らず、そのまま駈け抜けた。そのうち気遠《けどお》くなり、道に斃《たお》れるのであろう。

左腕をつかまれた。とどめを刺されるのか。

すでに気力は萎《な》えている。反撃しようとも思わなかった。ただ、何となく走っている。

新吾は、顔をしかめた。背中に鋭い痛みがはしったのである。

「もっと速く走りなせえ」

「銀次……」

なぜ銀次がここにいる。

「話はあとだ。野郎が追いかけてきやがる。さあ、覚さま」

「おれは死ぬんじゃないのか」

「大げさですぜ。たいした疵《きず》じゃねえんだ。ほら、もっと速く」

新吾は、首をひねって、後ろを見た。たしかに影が追いかけてくる。

(走るだけなら、負けやしない)

本能が息を吹き返した。

にわかに脚を速めた新吾と銀次は、影を引き離す。夏月に照らされて白々と霜《しも》をおいたような江戸の往還に、やがて、影は立ち尽くした。

(下巻に続く)

夏雲あがれ　下　目次

この作品は二〇〇二年八月、集英社より刊行されました。
文庫化にあたり、上下巻に分冊しました。

集英社文庫 目録（日本文学）

峰隆一郎 非情の牙 人斬り弥介その六
峰隆一郎 埋蔵金の罠 人斬り弥介その七
峰隆一郎 殺《さつ》刃《じん》 人斬り弥介その八
峰隆一郎 密書 新・人斬り弥介
峰隆一郎 凶賊 新・人斬り弥介
峰隆一郎 狼たち 新・人斬り弥介
峰隆一郎 白蛇 新・人斬り弥介
峰隆一郎 暗殺 新・人斬り弥介
峰隆一郎 牙と芽 新・人斬り弥介
峰隆一郎 翁《おきな》党《とう》 新・人斬り弥介
峰隆一郎 化粧鬼 新・人斬り弥介
峰隆一郎 宮里洸 甲州金 新・人斬り弥介
峰隆一郎 金沢発寝台特急「北陸」13分の殺意
峰隆一郎 別府発寝台特急「富士」45分の殺意
峰隆一郎 「出雲2号」13分の空白
峰隆一郎 新撰組局長首座 芹沢鴨

峰隆一郎 流れ灌《かん》頂《じょう》
峰隆一郎 都城発寝台特急「彗星」25分の殺意
峰隆一郎 西鹿児島発「金星」9分の殺意
峰隆一郎 青森発「十和田」4分の殺意
峰隆一郎 秋田発寝台特急「出羽」の殺意
宮内勝典 ぼくは始祖鳥になりたい
宮尾登美子 岩伍覚え書
宮尾登美子 影絵
宮尾登美子 朱夏(上)(下)
宮尾登美子 天涯の花
宮城谷昌光 青雲はるかに(上)(下)
宮子あずさ こんな私が看護婦してる
宮子あずさ 看護婦だからできること
宮子あずさ 看護婦だからできることII
宮子あずさ 老親《ろうしん》の看《み》かた、私の老い方
宮子あずさ ナースな言葉 こっそり教える看護の極意

宮里洸 幽鬼 人斬り弥介秘録
宮里洸 鬼神 人斬り弥介秘録
宮里洸 沈む町 人斬り弥介秘録
宮里洸 茜雪 あかねゆき 人斬り弥介秘録
宮里洸 霧隠才蔵 決定版・真田十勇士
宮沢賢治 銀河鉄道の夜
宮沢賢治 注文の多い料理店
宮嶋康彦 さくら路《みち》
宮部みゆき 地下街の雨
宮部みゆき R.P.G.
宮本輝 焚火の終わり(上)(下)
宮本昌孝 藩校早春賦
宮本昌孝 夏雲あがれ(上)(下)
宮脇俊三 鉄道旅行のたのしみ
三好徹 興亡と夢(全五巻)
三好徹 戦士の賦(上)(下)

集英社文庫　目録（日本文学）

三好徹　愛と死の空路
三好徹　貴族の娘
三好徹　興亡三国志（全5巻）
三好徹　妖婦の伝説
武者小路実篤　友情・初恋
村上政彦　ナイスボール
村上龍　だいじょうぶマイ・フレンド
村上龍　テニスボーイの憂鬱(上)(下)
村上龍　ニューヨーク・シティ・マラソン
村上龍　69 sixty nine
村上龍　村上龍料理小説集
村上龍　ラッフルズホテル
村上龍　すべての男は消耗品である
村上龍　コックサッカーブルース
村上龍　龍言飛語
村上龍　エクスタシー
村上龍　昭和歌謡大全集
村上龍　KYOKO
村上龍　はじめての夜　二度目の夜　最後の夜
村上龍　メランコリア
村上龍・中田英寿　文体とパスの精度
村上龍　タナトス
村上龍　2days 4girls
村山由佳　天使の卵　エンジェルス・エッグ
村山由佳　BAD KIDS
村山由佳　もう一度デジャ・ヴ
村山由佳　野生の風
村山由佳　きみのためにできること
村山由佳　キスまでの距離　おいしいコーヒーのいれ方Ⅰ
村山由佳　青のフェルマータ
村山由佳　僕らの夏　おいしいコーヒーのいれ方Ⅱ
村山由佳　彼女の朝　おいしいコーヒーのいれ方Ⅲ
村山由佳　翼 cry for the moon
村山由佳　雪の降る音　おいしいコーヒーのいれ方Ⅳ
村山由佳　緑の午後　おいしいコーヒーのいれ方Ⅴ
村山由佳　海を抱く BAD KIDS
村山由佳　遠い背中　おいしいコーヒーのいれ方Ⅵ
村山由佳　夜明けまで1《ワン》マイル somebody loves you
村山由佳　坂の途中　おいしいコーヒーのいれ方Ⅶ
村山由佳　優しい秘密　おいしいコーヒーのいれ方Ⅷ
群ようこ　トラちゃん
群ようこ　姉の結婚
群ようこ　でも女
群ようこ　トラブルクッキング
群ようこ　働く女
群ようこ　きもの365日
群ようこ　小美代《こみよ》姐《ねえ》さん花乱万丈《からんばんじょう》
室井佑月　血《あか》い花《はな》

集英社文庫 目録（日本文学）

室井佑月 作家の花道
室井佑月 ああ～ん、あんあん
室井佑月 ドラゴンフライ
室井佑月 ラブ ゴーゴー
室井佑月 ラブ ファイアー
タカコ・H・メロジー やっぱりイタリア
タカコ・H・メロジー イタリア幸福の12か月
タカコ・H・メロジー 女が幸せになるイタリア物語
タカコ・H・メロジー フェラーリ家のお友だち
タカコ・H・メロジー イタリア 幸福の食卓12か月
タカコ・H・メロジー マンマとパパとバンビーノ イタリア式 愛の子育て
望月諒子 神の手
望月諒子 殺人者
望月諒子 呪い人形
本岡類 住宅展示場の魔女
本宮ひろ志 天然まんが家

森詠 オサムの朝《あした》
森詠 那《な》珂《か》川《がわ》青春記
森詠 日に新たなり 続・那珂川青春記
森絵都 永遠の出口
森鷗外 舞姫
森鷗外 高瀬舟
森博嗣 墜ちていく僕たち
森雅裕 会津斬鉄風
森まゆみ とびはねて町を行く 「谷根千」10人の子育て
森まゆみ 寺暮らし
森瑤子 情事
森瑤子 嫉妬
森瑤子 傷
森瑤子 招かれなかった女たち
森瑤子 熱い風
森瑤子 ジゴロ

森瑤子 夜光虫
森瑤子 女と男
森瑤子 女ざかりの痛み
森瑤子 家族の肖像
森瑤子 叫ぶ私
森瑤子 カナの結婚
森瑤子 男三昧 女三昧
森瑤子 誘われて
森瑤子 ハンサムガールズ
森瑤子 ダブルコンチェルト
森瑤子 消えたミステリー
森瑤子 夜の長い叫び(上)(下)
森瑤子 垂直の街
森瑤子 四つの恋の物語
森瑤子 シナという名の女
森瑤子 人生の贈り物

集英社文庫　目録（日本文学）

集英社文庫　目録（日本文学）

山口洋子　愛をめぐる冒険
山崎洋子　魔都上海 オリエンタル・トパーズ
山崎洋子　ホテル・ルージュ
山崎洋子　横浜幻燈館 俥屋おりん事件帳
山崎洋子　柘《ざく》榴《ろ》館《やかた》
山崎洋子　ヨコハマB級ラビリンス
山下洋輔　ドバラダ乱入帖
山田詠美　熱帯安楽椅子
山田詠美　メイク・ミー・シック
山田かまち　17歳のポケット
山田かまち　15歳のポケット
山田かまち　10歳のポケット
山田太一・大林宣彦・内館牧子 選　「カルピス」の忘れられないいい話
山田風太郎　不知火軍記
山田風太郎　妖説忠臣蔵
山田風太郎　怪異投込寺
山田風太郎　秀吉妖話帖
山田正紀　少女と武者人形
山田正紀　超・博物誌
山田正紀　渋谷一夜物語《シブヤンナイト》
山田洋次　遙かなるわが町(上)(下)
山村美紗　鳥獣の寺
山村美紗　目撃者ご一報下さい
山村美紗　京都の祭に人が死ぬ
山村美紗　妻たちのパスポート
山村美紗　京舞妓殺人事件
山村美紗　京都二年坂殺人事件
山村美紗　伊良湖岬の殺人
山村美紗　京都紅葉寺殺人事件
山村美紗　京都貴船川殺人事件
山本文緒　あなたには帰る家がある
山本文緒　きらきら星をあげよう
山本文緒　ぼくのパジャマでおやすみ
山本文緒　おひさまのブランケット
山本文緒　シュガーレス・ラヴ
山本文緒　野菜スープに愛をこめて
山本文緒　まぶしくて見えない
山本文緒　落花流水
山本幸久　笑う招き猫
唯川恵　さよならをするために
唯川恵　彼女は恋を我慢できない
唯川恵　OL10年やりました
唯川恵　シフォンの風
唯川恵　キスよりもせつなく
唯川恵　ロンリー・コンプレックス
唯川恵　彼の隣りの席
唯川恵　ただそれだけの片想い
唯川恵　孤独で優しい夜

集英社文庫 目録（日本文学）

集英社文庫

夏雲《なつぐも》あがれ　上《じょう》

2005年 8月25日　第1刷
2006年 6月 6日　第5刷

定価はカバーに表示してあります。

著　者　宮《みや》　本《もと》　昌《まさ》　孝《たか》

発行者　加　藤　　潤

発行所　株式会社　集　英　社
東京都千代田区一ツ橋2―5―10
〒101-8050
電話　03（3230）6095（編　集）
　　　　（3230）6393（販　売）
　　　　（3230）6080（読者係）

印　刷　凸版印刷株式会社

製　本　凸版印刷株式会社

ISBN4-08-747857-2 C0193